요즘 시대,
요즘 세대, 요즘 리더

요즘 시대, 요즘 세대, 요즘 리더

초판인쇄   2023년 9월 18일
초판발행   2023년 9월 22일

지은이   이명노 이영선 오미현 나현숙 김보성
　　　　　김은희 정성실 배정진 라원준
발행인   조현수
펴낸곳   도서출판 더로드
기획   조용재
마케팅   최문섭
편집   이승득
디자인   토 닥

주소   경기도 파주시 초롱꽃로17 3단지 303동 205호
전화   031-942-5366
팩스   031-942-5368
이메일   provence70@naver.com
등록번호   제2015-000135호
등록   2015년 6월 18일

ISBN   979-11-6338-411-3 03810

정가 17,000원

요즘 시대

요즘 세대

요즘 리더

이명노 이영선 오미현 나현숙 김보성 김은희 정성실 배정진 라원준 지음

도서
출판 **더 로드**
The Road Books

이 책은 훌륭한 리더가 되고자 하는 모든 사람을 대상으로 하였다. 따라서 직장에서 훌륭한 리더가 되고자 하는 사람뿐만 아니라 학교에서 훌륭한 선생님, 가정에서 훌륭한 부모가 되고자 노력하는 사람에게도 큰 도움이 될 것이라 믿는다. 다만 저자들의 자료수집 제한성 때문에 직장 상황을 기본으로 하여 서술하였음을 미리 밝힌다. 그러나 가정에서의 효과적인 자녀지도 방법에 대해서도 최대한 다루려 노력하였다.

학교 상황에서 교사의 학생 지도에도 적용할 수 있는 도구라 생각한다. 최근 많은 교사가 정치적, 사회적, 환경적인 문제로 극심한 어려움을 겪고 있다. 교권이 무너지고 있다고 한다. 이러한 현실에도 교사의 학생 지도는 그 무엇과도 대체할 수 없는 교사의 핵심적인 역할이다. 이 책을 통해 교사가 인성 함양과 학업성취 양 측면에서 학생을 정확하게 알게 된다면 효율적인 학생 지도를 할 수 있고 좋은 결과를 얻을 것이다. 학교에서 교사의 교권과 학생의 인권이 공존하는 행복한 교실이 만들어진다면 이 또한 저자들이 바라는 바이다.

최근 전 세계적으로 수많은 기업이 빠른 의사결정, 단기적 목표, 그리고 개인의 자율권에 포커스를 맞추고 있는 애자일한 리더십을 요구하고 있다. 급속도로 변화하는 테크놀로지에 발맞춰 재빠르게 움직여야 하는, 비즈니스 분야에 국한된 리더십 접근 방법으로 시작됐던 것이, 이제는 일반적인 리더십의 주요 이슈로 자리매김한 것이다.

21세기를 살아가는 현대인들에게 리더십은 새삼스럽게 기본적으로 갖추어야 할 필수 요소가 되었다. 개개인이 모두 CEO라고 할 만큼 아주 작은 부분까지 세밀하게 전문화되고 있는 이 시대가 새로운 리더십을 요구하기 때문이다. 21세기가 요구하는 새로운 리더십은 어떤 것일까?

오늘날 빠른 변화를 위한 준비를 필요로 하는 것은 단지 IT 분야만이 아니다. 조직 내의 모든 사람들이 변화에 빠르게 적응해야 한다. 예전의 수직적인 조직구조와 탑다운 경영 방식은 빠른 속도로 변화하는 요즘 비즈니스 환경에 전혀 맞지 않는다. 이것이 바로 비전을 공유하고, 자율권이 부여된 팀을 만들고, 변화를 주도하고, 결정권을 공유하는 것 등이 리더십의 핵심 요소가 된 까닭이다.

성공하는 조직과 실패하는 조직의 차이는 무엇인가? 답은 명확하다. 성공하는 조직은 성과를 창출하고 실패하는 조직은 성과를 내지 못하기 때문이다. 그렇다면 그 차이는 어디에서 발생하는가? 그것은 바로 사람이다. 특히 오늘날처럼 지식기반 사회에서 사람의 중요성은 더욱 커지고 있고 조직의 리더에게도 성과 창출을 위한 직원 관리가 핵심 능력으로 강조되고 있다. 특히 초보 리더의 경우, 그동안 조직에서 많은 프로젝트와 업무수행을 통해 탁월한 성과 창출 능력을 쌓았다. 그러나 이제 팀장이 되어 많은 팀원들을 이끌면서 상황은 달라진다. 그동안의 일 관리와는 차원이 다른 새로운 문제에 직면하게 된다.

'시급하게 처리해야 하는 과제가 한 달이 되어가는 데도 팀원들로부터 보고가 없다.'

'대표님 보고가 이틀밖에 남지 않았는데 아직도 구체적인 해결 방안을 내놓지 못한다.'

'출장을 간 팀원들은 어디서 무엇을 하는지 아직도 아무 소식이 없다.'

'회의를 해도 팀원들의 반응이 없다. 모두 꿀 먹은 벙어리인가?'

요즘 시대, 요즘 세대, 요즘 리더

이럴 때 팀장들은 망연자실해진다. 보고서를 들고 오는 팀원의 표정을 보면 보고서의 질이 보인다. 자신이 없고 시간에 쫓겨 마지못해 올라온 보고서에 울화가 치밀 때가 한두 번이 아니다. 하나씩 가리키면서 수정해 나가는 것도 하루 이틀이지 그렇게 해서는 조직의 다양한 업무를 수행할 수가 없다.

그렇다면 어떻게 할 것인가? 팀원들 스스로가 업무의 주체가 되어 일하는 조직을 만들어야 한다. 팀장은 팀원들이 일할 수 있는 분위기와 동기를 제공해야 한다. 조직의 성과는 구성원들의 능력과 리더의 리더십에 좌우된다. 조직에 들어온 사람들의 능력이 비슷하다고 할 때, 결국 조직의 성공 요인은 리더의 리더십, 바로 직원들이 스스로 일을 통해 성과를 창출하도록 하는 사람 관리 능력에 달려 있다.

신임 팀장의 경우, 부임 90일 이내에 리더로서의 성공 여부가 결정된다고 한다. 부임 초기에 구성원들과 어떤 관계를 형성하느냐에 따라 팀원의 사기와 조직의 성과에 결정적인 영향을 미친다. 조직에서 많은 사원들이 훌륭한 리더가 되고자 하지만 제대로 준비하는 경우는 드물다. 또한 기존 팀장 역시 바쁘다는 핑계로 자신이 어떤 리더십을 확보할 것인가에 대해 고민하지 않는 경우가 많다.

이 책은 직장에서 신임 리더로 부임할 때, 혹은 기존 리더들이 직원들의 사기가 떨어지거나 직원들 간의 갈등으로 조직이 위기에 직면했을 때, 겪게 되는 문제를 최소화하고 조직의 생산성을 높이기 위한 효과적인 리더십의 방법을 제시한다. 그런 이유로 이 책의 주요 대상은 조직의 리더, 특히 팀장과 팀장을 준비하는 모든 직장인들이다. 또한 이 책이 일선 현장에서 묵묵히 성과를 창조하는 리더들에게 사람 관리의 가이드 북이 되고, 모든 예비 리더들이 성공하는 팀장으로 우뚝 서는 데 도움이 되기를 희망한다.

현명하게 요즘 시대 리더로 성장하라

조직에서 인재의 중요성은 아무리 이야기해도 지나치지 않다. 어떤 인재와 함께 일하느냐에 따라 조직의 성과가 크게 달라지기 때문이다. 세계적인 기업들은 매일 벌어지는 치열한 경쟁을 어떻게 이겨낼까? 그 답 역시 사람이다. 비전에 가슴이 설레고 고객서비스를 보다 높은 차원에서 실현하려는 의욕을 가진 직원들이 존재하기 때문에 그들은 경쟁에서 살아남을 수 있었다. 그렇다면 어떻게 해야 이런 의욕적인 직원들을 만들 수 있을까?

리더십의 완성은 팔로워에 달려있다고 한다. 요즘 기업조직의 구성원 중 대부분은 MZ세대라 명명되는 집단이다. MZ세대는 휴대 전화를 비롯한 무선통신(인터넷)과 떨어뜨려 생각할 수 없다. 모바일을 적극적으로 활용해 SNS를 비롯한 소셜 네트워크 활동이 활발한 것이 그들의 특징이다.

이들은 무엇보다 '나' 자신을 중시한다. 그들을 경제적으로 큰 어려움 없이 자랐고 대한민국 역사상 가장 민주적인 환경에서 성장했다. 따라서 정치나 사회보다는 주로 나를 중심으로 한 소비에 관심이 많고, 나의 행복 추구를 삶의 중심으로 삼아 살아가고 싶어 한다. 어느 세대보다 다양한 삶에 대한 존중과 실행이 도드라진다. 또한 자신이 관심 있고, 하고 싶어 하는 분야에서는 누구보다 깊은 지식과 정보를 자랑하기도 한다.

> "팀장님은 물론 제 사수까지 모두가 나를 '요즘 아이들'이라고 불러요. 나를 뭐라고 부르든지 상관없는데 그냥 좀 답답합니다."

> "회의 시간에 제 아이디어를 열심히 설명했더니 반응이 너무 안 좋았어요. 저는 열심히 일하려는 것이었는데 선배들은 저에게 '너무 나댄다'고 말하더라고요."

> "저도 열심히 일할 준비가 되어 있다는 점을 선배가 알아주었으면 좋겠어요. 제 능력과 잠재력을 제대로 보고 기회만 주신다면 신나게 일할 각오가 되어 있어요. 그러면서 저도 더 성장하고 우리 회사에도 이

바지하는 좋은 직원이 되고 싶습니다."

또한 젊은 팔로워인 MZ세대는 X세대 리더나 Y세대 선배들이 기존의 틀에 박힌 리더십에 고착되어 있으며, 시대감각에 뒤떨어져 있다고 생각한다. 이러한 생각의 차이가 세대 간의 갈등을 야기시키고 조직 성과 향상의 저해 요인이 되고 있다.

이 책의 목적은 이와 같은 문제점들을 리더들이 해결할 수 있도록 도우려는 것이다. 특히 리더들이 직원들의 일상 행동을 계획하고 조직하고 동기화하고 통제하는 등 분주한 모습에서 탈피하게 하려는 것이다. 다시 말해서 리더가 직원들을 일일이 지시하고 지도해 주기보다는 옆에서 지원하고 때로는 뒤에서 지켜보며 직원들 스스로가 일을 처리해 나가도록 맡겨두어도 탁월한 성과를 거둘 방법을 제시하고자 한다.

이 책에서는 그에 대한 해결책으로 바로 요즘 시대 리더십 모델을 제시한다. 자. 이제부터 요즘 시대 리더십 모델을 통해 다음 의문에 대한 해답을 함께 찾아보자.

급격한 환경변화에 적응하고 최고 성과의 조직으로 성장하기 위한 리더십은 과연 있는가? 있다면 어떤 것인가? 당신은 어떤 리더인가? 그동안 당신과 함께 일했던 직원들을 어떤 팔로워였는가? 당신은 그들에게 어떤 리더십을 발휘했었는가? 그 리더십이 과연 효과적이었는가? 효과적이지 못했다면 당신은 앞으로 어떻게 변화해야 하는가?

우리 저자들은 이와 유사한 수많은 질문을 스스로에게 끊임없이 던졌다. 그리고 현장에서 35년 가까이 리더십을 연구해 온 결과, 우리는 상황 대응 리더십을 토대로 또 하나의 답을 구할 수 있었다. 요즘 시대 리더십의 적용을 통해 리더의 영향력과 리더십 효과성을 끌어올릴 수 있다고 확신하게 되었다.

리더십 유형론에서는 리더십을 크게 구분하여 민주형과 독재형으로 나눈다. 직원의 말에 귀를 기울이고 그들을 의사결정 과정에 적극적으로 참여시키는 참여관리 리더십은 민주적이라 오랫동안 가장 훌륭한 리더십으로 생각되었다. 반면에 직원들의 모든 일을 지시하고 통제하는 독재적인 리더십은 바람직하지 못한 것으로 여겨졌다.

그러나 리더십을 연구하는 많은 학자들은 이런 생각에 의문을 품게 되었다. 가령 경험이 없고 능력이 부족한 직원의 경우, 그가 잘 모르는 의사결정 과정에 참여시키는 것이 바람직한가 라는 문제제기를 하게 되었다. 분명 어떤 사람들은 지식과 기술이 성숙해질 때까지 강력한 지시적 리더십을 필요로 하기 때문이다.

우리가 숙고한 결과로 얻은 해답은 바람직한 리더십은 한 가지로 정해진 방법이 있는 것이 아니고 사람마다 그에 적합한 리더십을 사용하라는 것이다. 상황과 개개인의 업무와 관련한 발달단계에 따라 알맞게 적용하는 것이 바로 가장 좋은 리더십이기 때문이다. 요즘 시대 리더십에서는 언제 어디서나 효과적인, 정답 같은 리더십은 없다고 한다. 있다면 상황에 맞는 효과적인 리더십이 있을 뿐이다. 리더가 직면하고 있는 현장에서, 부하 직원들 속에서 길을 찾을 수 있다는 것이다.

이 책은 이상과 같은 의도와 배경으로 기획되었다.

1장은 리더십이란 무엇인가?, 2장은 유연한 리더가 유능한 직원을 만든다, 3장은 현재 위치를 알아야 최적의 길을 안내할 수 있다, 4장은 효과적인 리더십은 합의에서 시작된다, 5장은 우리 팀의 발달단계를 확인하라, 6장은 변화를 리드하는 조직이 살아남는다, 7장은 스스로를 성장시키는 셀프 리더가 되라. 총 7장으로 구성하였다.

제 1장에서는 리더십의 중요성과 정의, 현대 리더십의 변화와 흐

름, 리더십 유형론과 상황 대응 이론을 정리하였다. 제 2장에서는 일 대일 상황에서 발휘하는 리더십 유형과 그 유연성에 대해, 제 3장에 서는 리더십의 효과성을 좌우하는 상황변수와 직원 발달단계 진단 에 대해, 제 4장에서는 각각의 발달단계에 맞는 최적 리더십 선택과 합의에 대해 기술하였다. 제 5장에서는 일대일 리더십을 넘어 최고 성과를 올리는 팀 리더십에 대해, 제 6장에서는 팀 리더십에서 더 확장하여 조직 전체의 혁신과 발전을 가능케 하는 조직 변화관리 리더십에 대해, 제 7장에서는 마지막으로 요즘 시대 리더십을 활용 한 셀프 리더십 개발을 설명하였다.

저자들이 이 책을 통해 리더들에게 바라는 것은 그들이 지속적 으로 성장하는 것이다. 대한민국 모든 리더들이 이 책을 통해 학습 하고 혁신하고 성장하기를 기원한다. 그 결과 그들의 노력으로 우리 조직에, 인재가 넘치고 성과가 향상되고 구성원 모두가 크게 발전하 기를 희망한다.

저자 일동

part 1

리더십이란
무엇인가?

리더십의 정의와 중요성

탁월한 경영자가 되는 열쇠는 리더십에 달려있다고 한다. 그렇다면 리더십이란 과연 무엇인가? 먼저 리더십을 정의하는 일에서부터 논의를 시작하고자 한다.

리더십은 영향력이다

우리는 흔히 '리더십은 영향력이다.' 라고 말한다. 여기서 말하는 리더십에서의 영향력을 어떻게 이해할 수 있을까? 아래의 사례를 읽고 영향력의 의미를 생각해 보자.

수요일 오후, 리더는 직원에게 주간 보고서를 완성하라고 지시하고 회의에 들어갔다. 직원은 리더에게 자세한 지시를 받지 못했고 빨리 보고서를 작성하려는 마음에 보고서의 많은 세부 사항을 빠뜨렸다. 그리고 퇴근시간이 다 되어서 겨우 보고서를 제출하였다.

다음 날 아침, 리더가 보고서를 살펴보니 몇 가지 중요한 사항들이 빠진 것을 발견했다.

이런 상황에서 리더는 어떻게 해야 할까?

A리더는 급한 마음에 자신의 손으로 보고서를 전부 다시 고쳤다.

B리더는 직원에게 주간보고서를 지시한 상황을 공유하고 보고서에 대한 의견을 피드백하고 재 작성을 지시하였다.

A, B리더의 행동에 따른 결과는 어떻게 되었을까? A리더의 행동은 리더 입장에서 마무리되었다. 하지만 B 리더의 행동은 직원을 움직였다. 정확한 피드백을 받은 직원은 기한 시각까지 보고서 작성을 끝내려고 심혈을 기울였고 필요한 사항을 위해 다른 동료들을 설득하여 그를 돕도록 했다. 결국 다른 동료와 협업을 하면서 우수한 보고서를 기한 시각까지 완성했다.

위 사례처럼 리더가 직접 다시 작성하는 방법과 직원에게 재 지시하는 방법, 이 두 가지 모두 일 자체는 이루어진다. 하지만 이 두 가지 경우를 리더십 관점에서 살펴보면 확연하게 다르다. A리더의 경우 리더십은 실패로 끝났다. 리더 스스로가 일을 해치워 버려서 일은 수행되었으나 직원이 성장하지 못했기 때문이다. B리더의 경우는 성공적인 리더십을 발휘했다. 직원 스스로 일을 수행하였고 그 과정을 통해 업무적, 관계적 성장이 이루어졌기 때문이다. 진정한 리더십의 성공은 업무가 어떻게 잘 이루어졌느냐 뿐만 아니라 장기적인 영향력까지 발휘되어야 한다. 리더가 직원에 대해서 행사하는 리더십이 성공이냐 실패냐 하는 것은 리더가 바라는 것을 직원이 실천하는 정도에 따라서 결정된다.

▍리더십은 누구나 발휘할 수 있다

리더십은 리더가 직원에게 영향력을 미치는 것이다. 그래서 조직 내 리더십이란 리더가 직원들과 함께 직원의 목표와 조직의 목표를 모두 달성할 수 있도록 영향력을 행사하는 과정이다. 즉, 리더가 팀원을 지시하고, 지도하여 팀원이 성과를 달성하도록 장기간에 걸쳐 행동하는 방식을 말한다.

이처럼 리더십은 리더의 영역이라고만 생각할 수 있지만 리더십의 정의를 자세히 살펴보면 리더십을 다른 개인, 또는 집단적 행동에 영향을 미치고자 하는 시도라고 정의하고 있다. 어떤 사람이 다른 사람이나 집단의 행동에 영향력을 미치려고 한다면 그것이 바로 리더십을 발휘하는 것이다. 예를 들어 리더가 아닌 당신이 조직 내 누군가의 행동에 영향을 끼치려고 한다면 당신도 이미 리더십 행동을 하고 있는 것이다.

리더십은 성과 달성을 위해 영향력을 미치는 것이다

리더십에서의 성과는 정량적인 성과뿐만 아니라 변화의 환경 속에서 직원들의 동기를 자극하고 이끄는 행동으로 직원들의 비전과 조직의 비전을 향해 나아가도록 하는 것이라고 정의할 수 있다.

따라서 리더가 올바른 영향력을 발휘하기 위해서는 성과적 목표뿐만 아니라 직원들의 동기에도 영향을 미쳐야 한다. 즉 직원들의 동기가 공통의 목표를 향하도록 이끌 수 있어야 한다는 것이다. 그러기 위해서는 직원들의 핵심적인 신념과 가치관을 이해해야 한다. 직원들에게 가치관이 기본이 된 행동을 할 기회를 제공하지 않는다면 아무리 많은 시간이 주어져도 그들을 이해할 수 없다. 진정한 리더십을 발휘하려면 당신이 영향을 끼치려고 하는 사람들의 가치관과 신념을 이해해야 한다. 그런 후 그들의 가치관과 신념이 조직이나 사회의 목적에 부합하도록 해야 한다.

리더가 조직의 비전을 아무리 잘 설명한다고 해도 조직의 비전과 다른 가치관을 가진 사람들에게는 조직의 비전은 아무 의미도 열정도 제공하지 못할 것이다. 따라서 비전은 궁극적으로는 리더를 따르는 사람들과 연결되어야만 한다. 비전은 리더 혼자 만들어서는 직원들에게 계승되지 못한다.

현대 리더십의
변화와 흐름

20세기 초 과학적 관리법의 시대에는 사람 자체보다는 일을 절대시하는 기계적 인간관 때문에 리더십이 그다지 중시되지 않았다. 그러다가 1930년대 이후 인간관계가 중요시되면서 리더십에 관한 연구가 본격화되었다.

리더십 초창기 연구에서는 효과적인 리더는 남과 다른 개인적인 특성이 있다고 생각하고 그 특성을 규명하기 위한 연구들이 많았다. 이것이 리더십 특성이론이다. 이 이론에 의하면 리더가 고유한 개인적인 특성만 가지고 있으면 그가 처해 있는 상황이나 환경이 바뀌더라도 항상 훌륭한 리더가 될 수 있다고 생각하였다. 그러나 리더십 특성이론은 연구가 거듭될수록 리더의 공통적인 특성보다는 관련 없어 보이는 일반적인 형태의 특성 나열에 그침에 따라서 한계에 봉착했다.

이후 개인적 특성보다는 리더의 지속적인 행위와 스타일에 관한 방향으로 연구가 선회하게 되었다. 이것이 리더십의 행위이론이다. 이 이론에서는 리더의 계속적인 어떤 행위가 구성원들에게 동기부여 및 조직의 목표 달성에 기여하는가를 연구하여 그 상관관계를 밝혀내는 데에 주력하였다. 그러나 리더십의 특성이론이나 행위이론은 이상적인 리더들의 특성이나 행동만을 연구의 대상으로 하고 상황에 대한 영향을 간과하였다. 이후 피들러, 허시와 블랜차드에 의해서 상황이 연구되었고 이것이 리더십의 상황이론이다.

이러한 상황이론에서는 리더와 구성원의 관계, 리더의 권한, 과업의 구조 등 리더를 둘러싼 환경 및 상황이 리더십에 끼치는 영향과 상황에 맞는 리더십 관계 등을 고찰하였다.

1980년대에 들어서면서 급격하고 복잡한 기업 경영 환경의 변화로 인해 조직이 상시적인 비상사태로 운영되게 되었다. 이러한 위기 상황을 극복하고 지속적으로 성장하기 위해 조직 구성원의 강한 일체감과 적극적인 참여를 유도할 수 있는 새로운 패러다임에 의한 리더십이 요구되었다.

이러한 변화에 따라 이후 리더십 연구와 논의 중심은 변혁적 리더십이었다. 변혁적 리더들은 그들의 가치관과 특성을 통해 조직 구성원들이 공통된 목표를 향해갈 수 있도록 구성원들의 지각, 기대 등을 변화하도록 장려했다. 전통적 접근들과는 다르게 이 리더십은 상호적 교환 관계에 기초하지 않고 변화를 만드는 리더들의 성격이나 기질, 능력에 기초했다. 이 추세와 함께 카리스마 리더십, 슈퍼 리더십, 비전 리더십, 자기희생적 리더십, 서번트 리더십, 임파워먼트 리더십, 감성 리더십, 등 다양한 리더십 이론이 제기되었다.

이상으로 지난 100여 년간의 현대 리더십 이론을 개관해 보았다. 리더십 이론은 크게 보면, 훌륭한 리더십은 무엇인가? 즉 효과적인 리더십의 속성, 요소, 내용을 연구하는 특성이론과 훌륭한 리더십을 발휘하기 위해서는 어떻게 해야 하는가? 효과적인 리더십의 행위, 과정, 방법을 연구하는 유형이론으로 대별할 수 있다.

그리고 지금까지 이 두 가지 흐름이 시대에 따라서 순환 반복되었다. 20세기 초반에는 특성이론이 주류를 이루었으나, 중반에는 유형이론이 득세하였다가 1960년대 이후에는 유형이론의 진화된 모델로서 상황이론이 등장하였다. 1980년대에는 신 특성이론이라 불리는 변혁적 리더십, 슈퍼 리더십, 임파워링 리더십, 서번트 리더십 등이 유행처럼 나타났다. 그러다가 2010년대 이후 변동이 심하고, 불확실하고, 복잡하고, 모호한 환경 변화에 빠르게 적응하기 위해서 또다시 상황이론이 재조명을 받고 있다.

이 책의 기본이 되고 있는 최고 성과 달성 리더십은 1968년 미국 허시와 블랜차드에 의해 개발된 상황대응 리더십 이론, 특히 1980년대 초반 블랜차드에 의해 수정되고 발전된 변혁적 상황대응 리더십 이론을 근거로 하였다. 더 나아가 21세기 시대적 상황과 우리나

라의 사회 문화적 특성에 맞춰 새롭게 개발한 리더십 모델이다. 이 리더십 모델로 들어가기 전에 시대적 흐름에 따라 재조명되고 있는 유형이론과 그 진화된 모델인 상황이론을 알아야 한다. 즉 1차원적 유형이론에서는 리더의 민주적, 독재적 행동을, 2차원적 유형이론에서는 리더십 그리드 이론, 상황이론에서는 켄 블랜차드의 변혁적 상황대응 리더십 모델을 기술하여 이해를 돕고자 한다.

▌ 나는 어떤 리더인가

리더의 행동을 극단적으로 구분한다면 하나는 독재적(Autocratic) 행동이고 다른 하나는 민주적(Democratic) 행동이다. 독재적 행동은 리더 자신의 직위로부터 비롯된 파워와 권위를 중심에 두고 구성원들에 대한 보상과 처벌, 강요 등의 방법을 동원함으로써 구성원의 복종을 유발하는 행동이다. 그리고 민주적 행동은 다른 사람에게 자신의 권위를 위임하고 참여를 촉진하며 부하직원들의 지식과 경험을 존중하고 직원으로부터의 존경심을 바탕으로 영향력을 행사하는 행동이다.

독재적 행동의 리더들은 구성원들을 지시 감독하기 때문에 구성원들에게 빈번하게 적대감을 느끼게 하지만 민주적 행동의 리더들은 부하직원들에게 적대감보다는 긍정적 감정을 불러 일으키는 것으로 나타났다. 더구나 민주적 행동의 리더들은 리더가 없는 경우에도 비교적 높은 수준의 성과를 보여 주었다. 이런 특성은 오늘날 왜 많은 조직에서 권한위임이 점점 더 중요한 의미를 갖게 되는지를 설명해 준다.

오늘날 환경의 변화로 인해 리더의 독재적 행동보다는 민주적 행동이 요구된다. 많은 연구들이 리더의 민주적 행동이 보다 많은 잠재적 효과가 있음을 보여주었다. 이를테면 사람들이 의사결정의 과정에 함께 참여하게 될 때 리더에게 부족한 정보를 구성원들이 보완함으로써 더 좋은 해결책을 얻을 수 있다. 또한 협력과 지식 공유의 과정에서 다양한 관점을 통합하고 양질의 결정을 할 수 있다. 물론 그렇게 되기 위해서는 먼저 목표에 대한 동의가 전제되어야 한다. 서로 양립할 수 없는 목표를 가지고 있다면 참여와 협력은 때로 더 많은 갈등을 낳을 수 있다.

리더의 민주적 행동이 효과적인 또 다른 이유는 대안을 찾는 데 구성원들의 주인의식을 이끌어낼 수 있고 그 결과 실행동기를 높이기 때문이다. 함께 참여하고 있는 구성원들은 어떤 대안이 자신들에게 무슨 영향을 주는지 알 수 있고, 장차 생길 수 있는 잠재요인들에 대한 두려움과 공포를 제거함으로써 실행 과정에서의 저항을 줄이는 효과가 있다. 또 참여 과정을 통해 결정된 사안들이 그 결정의 내용에 관계없이 결정 과정에 보다 많은 만족감을 보이고 있다.

여기에는 절차적으로 개인의 의견에 대한 존중과 존경이 그 같은 인식을 가능하게 했기 때문이다.

그렇다고 리더의 민주적 행동이 언제나 옳다는 것은 아니다. 또 실제 리더의 행동도 민주적 혹은 독재적 행동으로 양분된다기보다 다양한 수준에 걸쳐 일어나고 있다. 최상이 아니라 최적의 리더십 행동이 존재한다는 것을 인정한다면 리더는 상황에 부합하는 행동을 창안하고 창조적으로 적응할 수 있는 능력을 키워야 한다. 만일 리더가 시간적인 압력을 받아 제시간에 성과를 내야 하거나 직원이 의사결정을 할 수 있을 만큼 충분한 역량을 가지고 있지 못한 경우라면 리더는 아마도 독재적 행동을 보이는 것이 보다 바람직할 것이다. 다만 문제는 이러한 행동이 지속적으로 반복되는 경우, 결국 직원은 리더에게 매우 의존하게 되고 자율성을 잃게 된다는 점에서 이 행동이 언제나 정당화되지는 않는다.

반대로 직원이 충분히 스스로 의사결정을 할 수 있을 만큼 능력을 보유하고 있거나 직원이 리더와 차별적인 역량을 보유하고 있어 리더를 보완할 수 있다면 리더는 적극적으로 직원의 참여를 유도해야 한다. 이러한 행동을 일관되게 지속적으로 보인다면 직원들은 더 독립적이고 더 자주적으로 행동할 가능성이 크다.

과연 얼마만큼 구성원을 통제하면서 리더 중심적으로 행동할 것인지, 아니면 얼마나 자율적 권한을 주면서 직원 중심적으로 행동하게 할 것인지는 리더의 상황적 맥락과 주체적인 판단을 통해 슬기롭게 결정해야 한다. 여기에 획일적인 기준은 없다. 다만 지나친 통제가 직원들의 자율성을 잃게 할 가능성이 있다는 점, 반대로 지나친 참여가 혼란을 일으킬 수 있다는 양 측면을 고려하면서 적정한 균형점을 찾아야 한다. 사실 자율과 통제, 독재와 민주의 균형이야말로 리더의 중심적 과제인지도 모른다.

▌리더십 그리드 이론

A, B 두 명의 서로 다른 팀장을 생각해 보자. A팀장은 팀을 새로 맡은 첫날 자신을 소개한 뒤, 자신이 어떤 방식으로 팀을 운영할 것인지, 그리고 각자가 이제 어떤 새로운 역할을 수행해야 하는지를 설명하는 데 많은 시간을 할애한다. B팀장은 팀을 맡은 첫날 자신을 소개한 뒤 각자 구성원들이 자신들에 관해 이야기할 수 있는 시간을 내주고 서로가 친숙해질 수 있는 기회를 제공한다. 사소해 보이지만 이 두 사람의 리더십 행동은 극적으로 서로 다르다. 리더십을 연구하는 학자들은 A팀장의 행동을 과업 지향적(Task-oriented) 행동으로, B팀장의 행동을 사람 지향적(People-oriented) 행동으로 구분한다.

과업 지향적 행동을 보이는 리더들은 계획을 수립하고 업무 스케줄을 짜며, 부하직원 활동을 통제하고 조정한다. 필요한 장비와 기술을 지원하고 직원이 목표에 도달할 수 있도록 돕는다. 사람 지향적 행동을 보이는 리더들은 인간관계에 대한 관심을 보이면서 직원을 지지하고 돕는다. 이들은 신뢰감, 자신감, 우호적이고 배려하는 마음을 보이면서 직원을 칭찬하고 인정한다. 어떤 리더는 이 둘 중에 한 행동이 편안하고 능숙한 반면, 또 다른 리더는 이 두 행동 모두에 걸쳐 무능함을 드러내기도 한다. 그러나 이 두 가지 행동을 모두 다 성공적으로 보여줄 수 있을 때만 우리는 유능한 리더라고 말할 수 있다.

블레이크와 무튼은 이 두 가지 행동을 과업에 관한 관심(concern for production)과 사람에 대한 관심(concern for people)으로 부르고 리더십에 대한 통찰력을 발견할 수 있는 '리더십 그리드(leadership grid) 이론을 개발했다. 이 모델은 1960년대에 처음 등장한 이래 여러 차례 다듬어지고 또 개정되었다. 이 모델에 의하면 가장 바람직한 리더십 행동은 과업과 사람 둘 모두에 높은 관심을 보이는 통합형 리더십이다. 이 유형은 사람에 대한 높은 관심뿐 아니라 과업에 관한 높은 관심을 함께 드러낸다. 이런 리더들은 바람직한 성과를 내기 위해 구성원들의 높은 몰입과 참여를 이끌어내고 효과적으로 갈등을 해결한다.

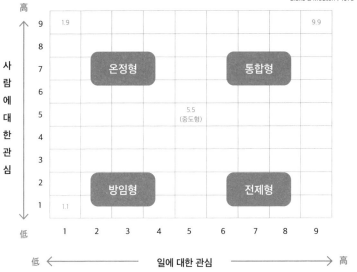

Blake & Mouton ; 1973

〈그림 1-1〉 리더십 그리드 모델

<그림1-1>에서 보여 주듯이, 과업에는 높은 관심을 보이지만 사람에 대한 관심이 낮은 전제형(독재형)리더들은 권력과 권위를 활용하여 최고의 생산성을 얻으려고 노력한다. 반면 온정형의 리더들은 생산성이 위협받는 상황에서도 구성원들의 좋은 감정을 유지하는 일을 더 높은 우선순위로 둔다. 중간(중도)형의 리더들은 각각의 행동에 대해 중간 수준을 보이면서 현상을 유지한다. 방임형의 리더들은 특별한 행동 없이 최소한의 행동만을 수행한다.

리더십 그리드 이론에서는 사람과 과업 모두에 대한 높은 관심

을 보이는 통합형이 가장 바람직한 리더 행동임을 보여준다. 설령 대부분의 리더가 어느 한쪽의 스타일이 보다 높게 발휘된다 하더라도 최상의 리더는 이 두 가지 행동을 효과적으로 잘 발휘하는 사람이라고 할 수 있다. 예를 들어 사람과 과업에 대해 모두 높은 관심을 보이는 통합형의 리더들은 제품의 품질을 추구하기 위해 직원에게 도전적이지만 달성 가능한 목표를 수립하도록 독려할 것이다. 하지만 과업에는 관심이 높지만 사람에게 그다지 관심을 두지 않는 전제형 리더들은 품질 향상을 위해 직원에게 과도한 압력을 행사할 것이다. 또 과업에는 그다지 관심이 없지만 사람에게는 높은 관심을 보이는 온정형 리더들은 품질 문제에 그다지 관심을 두지 않고 직원을 배려하고 업무 환경을 보다 유쾌하게 만드는 방법을 직원들과 협의하게 될 것이다. 과업과 사람에 대해 둘 다 낮은 관심을 보이는 방임형 리더들은 품질 문제는 물론 직원의 욕구나 관심에도 무관심할 것이다.

블레이크와 무튼은 실제 경험적인 연구를 통해 리더십 그리드 모델을 훈련받은 리더들을 추적 조사한 결과 이들이 보다 높은 성과 개선, 낮은 결근 및 이직률, 높은 종업원 만족도를 보인다는 연구 결과를 내놓았다. 하지만 다른 연구자들은 이 두 가지 행동이 모두 높다는 것은 하나의 신화에 불과하다는 주장을 하면서 이에 동의하지 않았다. 다시 말해 이 두 가지 행동이 모두 높은 것이 직원의 만족감과 성과에 대한 긍정적인 상관성이 있기는 하지만 그렇다고 탁월한 효과가 있다고 말할 수 없다는 것이다.

사실 이 두 가지 관심을 모두 높게 유지한다는 것은 쉬운 일이 아니다. 어떤 경우는 직원의 욕구와 관심을 희생하고서라도 목표를 달성해야 하는 경우가 있고 또 두 가지 행동을 최상으로 발휘한다고 해서 최적 수준이 되는가는 미지수이기 때문이다. 예를 들어 직원에게 역할 기대를 명확히 해주는 것은 일반적으로 유용하지만 과도한 지시를 하면 원망을 사게 되고 주도성을 억제하여 내재적 동기를 손상시킬 수 있다. 또 직원에게 어느 정도의 지원과 격려를 해주는 것은 유익하지만 과도한 지지적 행동은 의존을 조장하고 발전을 제한할 수 있다.

리더십을 발휘한다는 것은 과업과 사람에 대한 관심이 뒤얽혀 있기 때문에 어떤 리더십 행동도 이 두 차원을 분리해서 다루기는 어렵다. 그래서 현실 속의 리더들은 실제로 많은 부담을 가지게 되고 그 속에서 적절한 시간과 에너지를 관리해야만 한다. 그럼에도 불구하고 효과적인 리더들은 사람과 과업에 대한 균형 잡힌 관심을 보인다. 다만 구체적으로 경험하는 하나하나의 사건 속에서 사람과 과업에 대한 관심을 어떻게 결정해야 하는지, 이를 어떻게 통합하여 본래의 목직을 구현할 수 있는지에 대해 사려 깊은 판단을 할 수 있어야 한다. 그것이 유능한 리더가 되는 훈련이라고 할 수 있다.

상황대응
리더십 이론의 등장

1960년대에 이르러 리더십 유형론에 입각하여 이상적인 리더십 유형은 어떤 것인지를 찾으려는 연구가 활발하게 이루어졌다. 그중 대표적인 연구가 오하이오 주립대학의 대규모 실증연구이다. 조사 대상은 효과적인 리더십을 발휘하고 있다고 인정받고 있는 리더들이었다. 직업별, 계층별로 다양하게 선정한 지도자 그룹이었다. 연구의 중심 가설은 이들의 리더십 유형이 대부분 통합형 리더십일 것이라는 것이었다. 그러나 연구 결과는 그렇지 않았다. 그들의 리더십 유형은 단지 통합형뿐만 아니라 전제형, 온정형, 중간형, 방임형 5가지 유형 모두였다.

이 연구의 결과로 얻은 결론은 이상적인 유일 최선의 리더십은 존재하지 않는다는 사실이다. 바람직한 리더십은 한 가지로 정해진 정답이 있는 것이 아니라는 것이다. 따라서 특정한 상황마다 그 상

요즘 시대, 요즘 세대, 요즘 리더

황에 적합한 리더십을 사용하라는 것이다. 상황과 개개인의 업무와 관련한 발달단계에 따라 알맞게 적용하는 것이 바로 가장 좋은 리더십이라는 결론을 내렸다. 이런 연구 결과가 상황대응 리더십 탄생의 배경이 되었다.

앞서 살펴본 바와 같이 사람들은 오랫동안 독재적인 리더십과 민주적인 리더십, 단지 두 가지 유형의 리더십만 존재한다고 생각했다. 그동안 사람들은 이 두 가지 유형을 놓고 어느 쪽이 더 나은지 저울질하기에 바빴다. 독재적인 리더들이 사납고 거만하다는 평가를 받은 반면 민주적인 리더들은 허약하고 태평하다는 점에서 비난을 받았다. 어느 쪽이든 한쪽으로 치우친 리더십 유형은 효과적이지 못한 반 쪽짜리가 될 수밖에 없다.

완전한 리더가 되기 위해서는 유연한 사고를 가지고 자신의 리더십 스타일을 상황에 맞게 적용할 수 있어야 한다. 직원이 신입사원이고 주어진 업무에 대한 경험이 없는가? 그렇다면 더 많은 지시와 지도가 요구된다. 직원이 경험이 많고 숙련도가 높은가? 그렇다면 감독과 간섭을 줄일 필요가 있다. 모든 사람들은 특정한 시기에 맡고 있는 업무에 따라서 각기 다른 발달단계를 갖고 있다.

발달단계에 맞는 리더십을 발휘하는 것이 중요한 것은 과잉 감독이나 감독 부족의 경우 직원들의 성장과 성과 향상에 부정적인 영향을 끼치기 때문이다. 상황대응 리더십의 핵심은 각각의 발달단계에 맞는 효과적인 대응전략을 사용하는 것이다. 상황대응 리더십을 사용하는 리더가 자신의 직원들을 조직에서 필요로 하는 자율적인 직원들로 개발시키기 위해 상황대응 리더십 모델을 어떻게 활용할 수 있는지 간략하게 살펴보자.

영업 경험이 거의 없는 스물다섯 살의 영업사원을 채용했다고 가정해 보자. 이 영업사원은 좋은 영업사원이 되기 위해 의욕이 넘치고, 희망적이며, 자신의 일에 대해서 무척 흥분해 있을 것이다. 이런 발달단계에 있는 사람을 열정적인 초보자라고 한다. 이 발달단계에서는 지시적인 리더십 유형이 알맞다. 리더는 이 신입 영업사원에게 영업에 관한 모든 것을 가르쳐 주고, 자기계발을 위한 단계별 계획을 세워줘야 한다.

이제, 신입 영업사원이 몇 주간의 영업 교육을 마쳤다고 가정해 보자. 이 신입 영업사원은 영업의 기본은 이해하고 있지만 자신이 생각했던 것보다 영업이 훨씬 어렵다는 것을 깨닫게 될 것이다. 이 영업사원은 더 이상 전처럼 영업에 대해서 의욕이 넘치지 않으며, 때때로 낙담하기도 한다. 이런 단계에 있을 때, 영업사원은 좌절한 학습자가 된다. 이때 필요한 것은 높은 지시와 높은 지원을 제공하는 지도형 리더십이다. 리더는 지속적으로 지시를 제공해 주고 그 영업사원의 노력을 세밀히 관찰해 주며 또한 쌍방향 의사소통을 해주어야 한다. 이 발달단계에서 리더는 직원에게 자신감을 키워주고,

의욕을 다시 북돋아 주며 격려해 주기 위해서 많은 칭찬과 지원을 해주어야 한다.

드디어 이 신입 영업사원이 자신의 위치에서 실행해야 하는 책임 사항을 숙지하고 좋은 영업 스킬을 키워서 익히게 됐다. 하지만 이 영업사원은 여전히 자신에 대한 확신을 갖지 못하고 과연 리더의 도움 없이 제품을 판매할 수 있을지에 대해서 자신감이 결여되어 있다. 이 발달단계에 있을 때, 유능하지만 조심스러운 수행자가 된다. 이 단계에서는 지원형 리더십이 필요하다. 이 영업사원은 좋은 영업 스킬을 갖추게 되었기에 지시보다는 자신의 리더가 자신의 우려를 들어주고 아이디어에 귀 기울여 주고 자신을 지원해 줄 것을 필요로 하게 된다. 이때는 어느 정도 위험 부담을 감수해도 괜찮다는 것을 인지시켜 주며 질문을 통해 문제에 대해 스스로 해결책을 찾을 수 있도록 도와줘야 한다.

어느덧, 예전에 신입 영업사원이었던 직원이 핵심 영업사원이 됐다. 영업 스킬을 마스터했을 뿐만 아니라, 가장 어려운 고객들도 능수능란하게 성공적으로 응대한다. 어떤 문제가 발생할 수도 있다는 것을 미리 예측하고 해결책을 제시하며 주도적인 자세로 성공적으로 일을 해내고 있으며 다른 사람들에게 영감을 주기도 한다. 이 발달단계에 도달하면 자주적인 성취자가 된다. 이 단계에서는 위임형 리더십이 가장 좋다. 결정권과 문제 해결에 대한 권한을 위임하고 자립적으로 일할 수 있도록 해주고 자율권을 보장해 주는 것이다.

이처럼 리더들은 상황대응 리더십을 사용해 더욱 주도적이고 몰입하며 궁극적으로는 자립성을 키울 수 있도록 직원들을 개발할 수 있다. 변화에 민첩하게 응대하고 빠른 의사결정을 하며, 자율적으로 자신의 업무를 성공적으로 수행해야 하는 조직의 근본적인 니즈를 충족시킬 수 있도록 해 주는 것이다.

탁월한 상황대응 리더가 되기 위해서는 세 가지 기술이 필요하다. 리더십 스타일의 유연성 기술, 상황진단 기술과 또 그에 따라 적절한 리더십 유형을 선택하는 효과성 기술이다. 다양한 리더십 유형의 유연한 사용 기술, 상황을 판단하는 직원 발달단계 진단 기술, 효과적인 리더십을 결정하는 최적의 리더십 선택 기술이 그것이다.

유연성은 서로 다른 리더십 스타일을 자유롭게 구사할 수 있는 기술이다. 상황진단은 직원의 발달단계, 즉 수행 목표를 달성하기 위한 그들의 역량과 의욕을 알아보고 판단하는 것을 의미한다. 최적의 리더십 선택은 리더십 스타일을 직원의 발달단계와 맞게 사용하는 것을 말한다.

상황대응 리더의 목표는 이러한 세 가지 기술을 발휘해서 직원들을 발달하게 하여 리더의 관리 감독 없이도 높은 역량과 높은 의욕에서 자신들의 목표를 성취할 수 있도록 만들어 주는 것이다.

1. 리더십이란 무엇인가?

2. 현대 리더십 이론은 어떻게 발달하였는가?

3. 리더의 독재적, 민주적 행동은 무엇인가?

4. 리더십 그리드 이론의 시사점과 제한점은 무엇인가?

5. 상황대응 리더십의 등장 배경과 시사점은 무엇인가?

나의 리더십에 대해 생각해 보기

1. 나의 리더십 행동을 독재적, 민주적 행동의 측면으로 보다면 어떤 수준에 있는가? 아래 박스 안에 있는 내용을 작성하고, 그 결과를 검토해 보자.

a~d는 리더의 독재적 행동을, e~g는 리더의 민주적 행동을 나타낸 것이다.
(1)~(5)를 읽고 빈칸에 독재적, 민주적 행동을 구별하여 작성해보자.

a   리더가 결정하고 통보한다

b   리더가 설득한다.

c   리더가 아이디어를 제시하고 직원의 질문을 받는다.

d   리더가 상황에 따라 잠정적인 대안을 제시하고 필요하면 수정한다.

e   리더가 문제를 제시하고 의견을 구한 뒤 함께 결정한다.

f   리더가 한계를 정하고 직원이 의사결정을 하도록 요구한다.

g   리더는 구성원들이 정한 범위 안에서 의사결정을 하도록 허용한다.

(1) （　　）　김대리. 지금 당장 회의실을 치워주게.

(2) （　　）　김대리, 자네를 영업 팀으로 옮기는 결정을 했네. 하지만 자네가 원치 않는다면 가지 않아도 되네.

(3) （　　）　여기까지 진행되었는데, 이 절차에 대해 다른 질문이 있는 사람 있나?

(4) （　　）　2주간의 휴가를 갈 수 있네. 언제 갈 것인지 선택하게.

(5) ( ) 이 제품의 결함을 개선하는 데 자네의 아이디어를 듣고 싶네. 그리고 우리가 실행으로 옮기는 안에 대해서는 내 의견도 이야기 해주겠네.

해답> (1) a (2) b (3) c (4) f (5) e

2. 나의 리더십 행동을 사람에 대한 관심과 과업에 대한 관심의 측면에서 보다면 어떤 수준에 있는가? 아래 밧 안에 있는 설문을 통해 진단하고 그 결과를 검토하자.

리더십 그리드 진단

자신의 리더십 스타일을 진단해 보자.

그렇다 2, 대체로 그렇다 1, 그렇지 않다 0

(1) ( ) 나는 직원들이 일을 수행하는 데 직접적으로 관련되지 않은 일을 할 때, 이를 보고 하게 한다.

(2) ( ) 나는 일과 시간에 구성원들과 서로 이해할 수 있도록 개인적인 이야기를 나눈다.

(3) ( ) 나는 일을 하는 데 필요한 것을 구성원들이 잘 알 수 있도록 명료한 목표를 제시한다.

(4) ( ) 나는 사람들이 다른 사람들과의 갈등을 잘 풀 수 있도록 관심을 보인다.

(5) ( ) 나는 팀의 목표를 달성할 수 있도록 구성원들을 지시하는 데

많은 시간을 쓴다.

(6) ( ) 나는 구성원들이 내 허가 없이 자신들의 일과 관련된 문제를 풀 수 있도록 격려한다.

(7) ( ) 나는 구성원들이 정해진 절차에 따라 정확히 일을 할 수 있도록 한다.

(8) ( ) 나는 의사결정을 내릴 때 구성원들의 의견을 구한다.

(9) ( ) 나의 팀의 생산성을 정확하게, 그리고 자주 기록하며 구성원들이 어떻게 일을 하고 있는지 알려준다.

(10) ( ) 나는 구성원들 간의 신뢰를 구축하기 위해 노력한다.

홀수 번호에 부여한 점수를 집계해 보자. 이를 아래에 표시하라.

높은 과업에 대한 관심 _____ 낮은 과업에 대한 관심

짝수 번호에 부여한 점수를 집계해 보자. 이를 아래에 표시하라.

높은 사람에 대한 관심 _____ 낮은 사람에 대한 관심

당신 자신의 리더십 행동을 과업에 대한 관심 점수는 X축으로, 사람에 대한 관심 점수는 Y축으로 하여 그림을 그린다면, 그림의 좌표상 어디에 위치하게 되는가? (0점은 1점으로, 10점은 9점으로 처리한다)

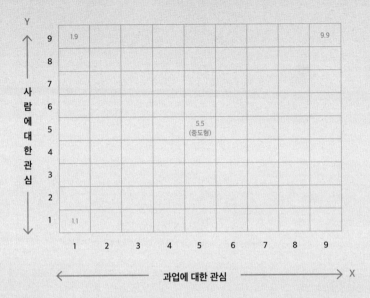

리더십 그리드 이론에서는 통합형을 이상적인 리더십이라고 한다. 그렇다면 통합형 리더십이 효과적이 되기 위한 전제는 무엇이고, 리더에게 어떤 추가적인 노력이 요구되는가?

(참고사항: 각 장 말미에 제시한 교육자료는 리더십 강의활동에 활용할 수 있는 연습용 자료이다. 그 사용방법에 대해서 좀 더 자세하게 알아보고자 하는 분에게는 공동 저자들이 정기적으로 운영하고 있는 요즘 시대 리더십 교육과정 수강을 추천한다.)

part 2

유연한 리더가
유능한 직원을
만든다

유연한 리더와
유능한 직원

　상황에 맞는 효과적인 리더십을 발휘하기 위하여 무엇보다도 먼저 다양한 리더십 유형을 사용할 수 있어야 한다. 리더는 유연성을 발휘해서 서로 다른 직원들이 목표나 과제를 성취하도록 돕기 위해 다양한 리더십 스타일을 자유자재로 구사할 수 있어야 한다.

　직원들의 발달을 돕고자 할 때 리더가 사용할 수 있는 행동은 지시행동과 지원행동, 두 가지로 나눌 수 있다. 지시행동이란 직원에게 무엇을, 언제 어디서, 어떻게 해야 하는지 명확하게 하는 업무 관련 행동이다. 지원행동이란 말을 들어주기, 결정 행위에 직원을 참여시키기, 격려하기, 일의 진전을 칭찬하고 다른 사람들과 상호작용을 용이하게 해 주기 등 심리적으로 지지해 주는 행동이다.

　리더가 행하는 지시행동과 지원행동의 기본 조합으로 리더의 스타일을 네 가지 리더십 유형으로 구분해 볼 수 있다. 네 가지 리더십 유형은 리더가 부하직원들에게 영향을 미치고자 할 때 사용할 수 있는 두 가지 기본적인 리더 행동의 결합이다.

당신의 직원이 어떤 발달단계에서 다음 단계로 옮겨 가거나 성장하거나 퇴보하는 등 변화를 하면, 당신의 리더십 유형 역시 그에 따라 변해야 한다. 그러나 리더십 현장 연구결과에 따르면 대부분의 리더들은 54퍼센트는 오직 한 가지 유형의 리더십만 사용하는 경향이 있었고, 35퍼센트는 두 가지를, 10퍼센트는 세 가지, 그리고 단지 1퍼센트만이 네 가지 유형을 모두 사용하고 있었다.

탁월한 리더가 되기 위해서는 네 가지 리더십 유형을 모두 사용할 수 있어야 한다. 상황에 적절하게 잘 대응하는 유능한 리더는 이와 같이 직원의 발달단계를 진단하고 각각에 맞는 리더십 스타일을 유연하게 발휘한다. 자신이 관리하고 있는 직원이 낮은 역량 단계라면 지시형 리더십, 약간의 역량을 가진 정도라면 지도형 리더십, 상당한 역량을 갖추고 있다면 지원형 리더십, 높은 역량과 탁월한 성과를 올리고 있다면 위임형 리더십을 구사하여 직원을 성장하게 하고 조직의 성과를 극대화할 수 있다.

일단 직원들의 발달단계를 파악했으면 각자에게 적합한 리더십 유형을 활용해야 한다. 리더는 유연성을 발휘해서 개개인이 목표나 과제를 성취하도록 돕기 위해 다양한 리더십 유형을 자유자재로 구사할 수 있어야 한다. 다양한 리더십 유형을 적절하게 사용할 수 있다면, 당신은 요즘 시대 리더의 첫 번째 기술인 유연성에 통달했다고 볼 수 있다.

리더십 네 가지 유형이란 무엇인가?

리더십 유형은 오랫동안 남들에게 인식되어 온 것으로 당신이 다른 사람들에게 영향을 미치는 행동 유형이라고 정의할 수 있다. 자신의 행동에 대한 당신의 인식과 다른 사람들에게 미치는 당신 행동의 영향은 흥미롭고도 중요하다. 하지만 이러한 자기 인식은 당신의 의도를 알아차리는 것일 뿐이다.

만약 직원들이 당신의 자기 인식을 인정해 주지 않는다면 그것은 리더십 유형이라고 할 수 없다. 그것은 리더십 의도라고 부를 수 있다. 리더십 유형이란 말은 다른 사람들 눈에 비친 당신의 리더십 행동, 즉 남에게 영향을 미치려는 의도로 하는 행동을 의미할 때 쓰인다. 그러므로 다른 사람들이 당신이 하는 말을 어떻게 듣느냐에 관심을 갖도록 노력하라. 당신의 행동을 자신의 의도를 전달하는 매개체로 생각해야만 된다.

이런 식으로 당신은 자신의 영향력을 다른 사람들에게 이해시키고 인식시키려고 부단히 노력해야 한다. 예를 들어 당신은 자신이 정서적이고 사람 지향적인 리더라고 생각하는데 직원들은 당신을 고집 세고 업무 지향적인 리더라고 생각한다면, 그들은 당신과 그들 자신의 인식 중 어느 것에 따라 행동하게 될까? 그들은 분명히 자신들의 인식에 의거해서 행동할 것이다.

▎리더십 행동의 두 가지 기본 요소

남들에게 영향력을 끼치려는 리더십 행동에는 두 가지 기본 요소가 있다. 어떤 리더는 업무 목표와 비전의 측면에서 직원들의 행동을 지시하고 형성함으로써 그들에게 영향력을 끼치려고 한다. 이런 리더십 행동들은 지시하고, 조직하고, 주의를 집중시키는 행동이라고 부른다. 한 편 또 다른 리더는 사회 정서적인 지원을 제공하고 그들과 직원들 사이에 정서적인 관계를 형성하는 데 관심을 갖는다. 이들 리더십 행동들은 지원하고, 협력하고, 동기부여 하는 행동이라고 부른다. 이렇게 지시하고, 지원하는 행동의 기본 요소들은 함께 사용될 수도 있고 각자 독자적으로 사용될 수도 있다.

각 구성요소들을 표현하기 위해 사용되는 세 가지 단어에 주목해 주길 바란다. 지시, 조직, 집중이라는 단어들은 지시 요소를 구성한다. 지원, 협력, 동기부여라는 단어들은 지원 요소를 구성한다. 이들 단어들은 두 가지 요소씩 짝을 이루어서 일대일 차원, 팀 차원,

조직 차원이라는 세 가지 차원을 구성한다.

일대일 차원에서의 행동의 두 가지 기본 요소는 지시행동과 지원행동이다. 리더십 유형은 당신이 다른 사람들에게 영향을 끼치는 스타일로서, 오랫동안 다른 사람들로부터 인식되어 온 것이라는 점을 기억하자.

▌지시행동

지시한다는 것은 개인, 팀 또는 조직의 성과를 지도하고 통제하고 평가하는 행동이라고 하면 그 의미가 가장 잘 전달될 것 같다. 이런 리더의 행동을 중심으로 '언제, 어디서, 무엇을, 어떻게, 누구와 함께, 왜' 등과 관련한 직원들의 행동을 형성한다. 의사결정은 전문지식이나 지위 권한에 근거하기 때문에 궁극적으로는 리더의 손에 쥐어져 있다고 할 수 있다.

지시행동을 정리하면 다음과 같다.
(1) 목표 설정
(2) 사전 업무 계획
(3) 일정 계획 수립
(4) 업무의 우선순위 지정
(5) 평가 방법 결정

(6) 명확한 역할 구분

(7) 업무 수행 방법 보여주기

▎지원행동

지원한다는 것은 다른 사람들에게 영향을 끼칠 때 리더와 직원들 사이에 상호 신뢰와 존경심을 발전시키려는 인식된 행동을 의미한다. 이들 행동들은 다른 사람들의 문제를 들어주고 문제해결을 격려하고 칭찬하는 행동에서 아주 잘 나타난다.

지원행동은 일반적으로는 사회 행동적인 지원이라고 여겨지지만 근본적으로는 일과 관련된 지원이라고 할 수 있다. 즉 리더는 일과 관련된 문제를 들어주고 조직의 목적과 부합되는 행동을 칭찬해 주고 일과 관련된 문제를 해결하려고 한다.

지원 행동을 정리하면 다음과 같다.

(1) 의견 및 고충 경청

(2) 칭찬과 격려

(3) 의견 요청

(4) 총체적인 조직 운영에 대한 정보 공유

(5) 자신에 대한 정보 공유

(6) 독자적 문제 해결 장려

(7) 이론적 설명과 이유 제시

리더는 이 두 가지 지시행동과 지원행동의 사용빈도를 조정할 수 있다. 만약 리더가 자주 지시행동을 사용한다면 그는 지시행동을 자주 사용하는 리더로 인식될 것이다. 목표 설정, 계획, 평가, 목적 달성 방법을 가르쳐주고 제시하는 등의 행동을 자주 하지 않는다면 그는 지시 행동을 자주 사용하지 않는 리더로 인식될 것이다. 이와 마찬가지로 직원들에게 귀를 기울이며 칭찬하거나 격려하고, 조직이나 자신의 정보를 공유하고, 독자적인 문제 해결을 장려하는 등 지원행동을 하는 빈도에 따라 지원 행동을 많이 혹은 적게 하는 리더로 인식된다.

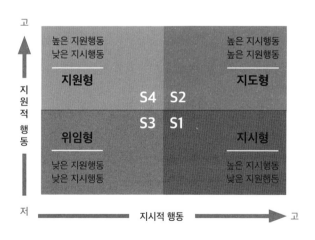

〈그림 2-1〉 네 가지 리더십 유형

이와 같이 지시행동의 많고 적음과 지원행동의 많고 적음으로 <그림 2-1>에서 보는 바와 같이 네 가지 리더십 유형을 구분할 수 있다. 지시행동이 많고 지원행동이 적은 지시형 리더십(Style1: S1), 지시행동도 많고 지원행동도 많은 지도형 리더십(Style2: S2), 지원행동은 많으나 지시행동이 적은 지원형 리더십(Style3: S3), 지원행동도 적고 지시행동도 적은 위임형 리더십 (Style4: S4) 유형이 그것이다.

세 가지 리더십 차원과
리더의 역할

　지시 요소들과 지원 요소들은 환경에 따라서 모양이 변하지만 본질까지 변하는 것은 아니다. 예를 들어 리더인 당신과 직속 부하 직원 한 명으로만 이루어진 일대일 차원에서 당신은 목표 설정 문제에 대해서는 지시행동을 해야 한다. 이런 경우 당신은 일정계획 작성처럼 당신이 원하는 특정 목표를 정의하고 목표 달성에 필요한 행동을 결정해야 한다.

　팀 차원에서는 조직 요소를 통해 팀의 목적과 일정, 다양한 팀 규범을 설정할 수 있다. 반면 조직 차원에서는 집중 요소를 이용해 조직의 비전을 수립한다. 당신 조직의 사회적 목적과 조직 운영의 가치관을 설명해 주고 조직 활동의 최종 결과 모습을 구체적으로 제시해줘야 한다. 이들 세 가지 차원을 통해 알아볼 수 있는 공통점은 개인, 팀, 조직의 성과를 지도하고 통제하고 평가하는 리더의 노력이다. 반면에 각 차원의 차이점은 차원에 따라 리더가 표현하는 행동 요소가 다르다는 것이다.

두 가지 점을 생각해 보자. 첫째, 이들 세 가지 차원에서 행동하는 것이 모든 리더의 책임과 의무라는 것이다. 애석하게도 팀 리더로서의 자신의 역할을 구체화하지 않거나 조직 내에서 직원들에게 집중하고 그들을 동기부여 시키는 것이 리더의 역할이라는 생각을 하지 못하는 리더가 많다.

둘째, 지시행동과 지원행동의 사용 빈도는 차원 자체보다는 각 차원의 상황에 따라 다르다는 것이다. 같은 차원 내에서도 상황이 다르면 이들 지시행동 요소들과 지원행동 요소들의 조합이 달라진다. 이들 요소들의 적절한 사용에 대해 알아보기 전에 차원에 따른 일반적인 행동들에 대한 구체적인 설명이 필요하다.

세 가지 차원을 관찰해 보면 특정 행동들이 차원에 따라 다르기는 하지만 지시 요소들과 지원 요소들의 본질은 그대로라는 것을 확인할 수 있다. <그림 2-1>에서 보는 봐와 같이 이들 행동들은 세 가지 차원 전반에 걸쳐 찾아볼 수 있지만 때때로 상당한 차이를 보이기도 한다. 여기에서는 일대일 차원에서의 리더십 행동에 대해서 알아보자. 팀 차원, 조직 차원에서의 리더십 행동에 대해서는 제 5장 팀 리더십, 제 6장 조직 변화관리 리더십에서 살펴보도록 하겠다.

〈그림 2-2〉 세 가지 리더십 차원

지시형 리더십에 대한 기본적인 이해

일대일 차원에서 지시형(Style1: S!)은 지시 행동은 많고 지원 행동은 적다. 지시형 리더는 부하직원의 역할을 규정하고 언제, 어디서, 무엇을, 왜, 어떻게 누구와 일을 하는지를 지정한다. 그리고 리더가 문제해결과 의사결정을 주도한다. 리더가 해결책과 결정을 발표하고 대체로 일방통행 식 대화를 하며, 직원의 업무 수행 방식을 면밀히 감시한다.

대부분의 리더들은 지시형 리더십을 자주 사용하는 것을 불편해한다. 리더들은 리더십과 경영 책자에서 권장하는 직원에게 권한을 부여해 주는 참여적 관리를 유연하게 받아들인다. 군대나 경찰처럼 태생적으로 지시가 많고 지원이 적은 문화를 가진 조직이 아니라면 말이다.

때때로 지시형 리더십은 독재적이고 비정하고 힘에 굶주린 마초적 스타일로 인식되었기 때문에 그다지 인기가 없다. 또한 리더들 자신이 S1유형의 리더십으로 관리 받기를 원치 않는 만큼, 직원들에게도 적용하지 않으려고 해서 S1 지시형은 요즘 별로 사용되지 않는다.

성공한 유능한 리더들은 부하직원이었을 때 처음 시작 단계에서는 지시를 원했고 그것을 필요로 했다. 그리고 그렇게 필요로 했던 지시를 얻지 못했을 때 실망했었던 것을 잊는 경향이 있다. 문제는 리더의 요구가 아니라 부하직원들의 요구다.

S1 리더가 꼭 거칠거나 무감각하고 거만한 것은 아니다. 사실 적절한 상황에서만 사용된다면, S1은 직원들의 기술과 생산 능력의 발전을 돕는 강력하고 유익한 리더십 유형이다.

적절한 때에 효과적으로 사용되는 지시형 리더십에 혹시 생겨날 거부감을 완화하기 위해 당신의 어떤 행동들을 보고 직원들이 당신을 S! 리더라고 인식하는지 자세히 알아보자. S1 리더는 지시행동은 많고 지원행동은 적은 것이 특징이다. S1 리더의 지원행동에는 열린 질문하기, 직원들의 의견 요청, 직원들에게 다양한 선택권을 주는 것 등은 포함되지 않는다. 개인에 대한 정보는 공유하지만 반면에 조직과 같은 큰 문제에 대한 정보는 공유하지 않는다. 일부 지원행동들을 사용하기는 하지만 지시행동에 비하면 사용 빈도가 낮다.

직원들의 시각에서는 S1리더를 규정하는 앞서 살펴본 지시행동들이 모두 똑같이 중요한 것은 아니다. 즉 직원들의 눈에 더욱 두드러지고 의미 있게 받아들여지는 리더의 행동들이 있다는 것이다. 직원이 보기에 S1 리더가 가장 자주 사용하는 행동들은 다음과 같다. (1) 목표를 설정하고 (2) 목표가 달성되는 방법을 설명하고 보여주는 것이 그것이다.

S1 리더로 보이기 위해 사용해야 하는 중요한 특징적인 행동 기술은 무엇(**목표**)과 어떻게(**방법**)이다. 지시행동들 중에 계획을 하고, 기한과 우선순위를 정하는 등의 행동은 덜 중요한 기술이다. 이것은 업무를 달성하는 데 있어서 중요하지 않다는 의미가 아니다. 자주 지시행동을 사용하는 S! 리더에 대한 직원의 인식을 형성하는 측면에서 덜 중요하다는 의미이다.

직원들의 눈에 리더가 S1 행동을 부정적으로 사용하는 것처럼 보이는 데는 리더가 뚜렷한 방법을 제시하지 않은 채, 지나치게 일을 계획하고 기한을 정하고 우선순위를 지정할 때다. 이런 행동들은 직원들에게 혼란과 분노를 일으킨다.

만약 당신이 지시형 리더로 인식되고 싶다면 어떤 목표(**무엇**)를 어떻게 달성할 것인가(**어떻게**)에 대해 직원들과 끊임없이 대화해야만 한다. S1 리더는 '언제, 누구와, 얼마나'에 해당하는 일부 지시행동과 대부분의 지원행동 기술은 상대적으로 적게 사용하는 편이다.

때때로 리더는 무엇(**목표**)을 설명하는 것으로 충분히 지시형 리더십이 된다고 잘못 생각한다. 그러나 방법을 제시하지 않고, 목표 달성에 대해서만 설명한다면, 직원들은 당신이 위임형 S4(지시와 지원이 모두 적은 유형) 리더라고 인식할 것이다.

요약하면 지시형 리더십은 지시행동은 많고 지원행동은 적은 스타일이다. 직원에게 언제, 어디서, 무엇을, 어떻게 해야 할지 구체적인 지시를 내리고 업무의 수행과정을 가까이서 지켜보는 리더십 유형이다. 임무와 목표에 대해 명확하게 지시하고, 결과에 따라 잦은 피드백을 제공하기 위해 일의 실행과정을 면밀하게 감독하는 리더의 모습이다.

예를 들면 직원이 A고객사와 중요한 미팅이 있다고 가정하자. 직원에게 "미팅을 하기 전에 미팅 체크리스트를 확인하세요. 그리고 미팅 시에는 B내용에 대한 부분을 명확히 해야 합니다. 미팅 후 B부분이 어떻게 됐는지 저에게 보고해 주세요."라고 하는 것은 지시형 리더십 스타일이다.

직원들은 S1 리더를 단기 지향적이라고 생각한다. 이들 S1 리더는 원대한 계획이나 목표 달성을 위한 장기적인 전략을 설명하지 않는다. 그 대신 그들은 부하직원들을 전략이 아닌 전술에 집중시킨다. 직원들로 하여금 "왜"가 아닌 '어떻게'에, 즉 포괄적인 역할보다는 구체적인 행동에 몰입하게 하는 것이다.

지시형 리더십(S1)의 예

예를 들어 당신을 영업 팀의 관리자라고 생각해 보자. 만약 당신이 S1 리더로 인식되고 싶다면 당신은 영업사원을 위해 목표를 설정하고 그 목표를 어떻게 달성할지를 설명해야 한다. 당신은 영업사원에게 이렇게 말해야 할 것이다. "이번 분기에는 100개에서 125개의 상품을 판매하면서 평균 세전 이익은 7퍼센트로 하는 것이 합리적인 목표인 것 같네. 이 목표를 달성하기 위해 상공인 인명부를 확인해서 매주 10통의 콜드 콜을 해보게."

여기서 제시된 목표는 달성이 가능할 수도 있고 아닐 수도 있다. 이 목표를 달성하기 위해서는 콜드 콜 이외에도 입찰 참여 같은 방식이 도움이 될 수도 있다. 이 예에서 중요한 것은 당신이 직원에게 '무엇'과 '어떻게' 하라고 구체적으로 지시해 주었다는 점이다.

당신은 이제 지시형 리더십을 언제 사용해야 하는지 곧 알게 되겠지만, 그에 앞서 먼저 지시형 리더십의 특성을 이해해야 한다. 이는 지시형 리더십에 대한 당신의 반감을 줄여줄 것이다.

리더십 유형은 그 전달 방식 속에 있다

직원들은 리더의 언어적/비언어적 측면을 통해 그의 리더십 유형을 인식한다. 영업사원을 앉혀놓고 그에게 영업 요령을 알려주면서 리더가 허리에 두 손을 올리고 서서, 눈썹을 찡그리며 큰 목소리로, 딱딱한 어조로 빠르게 말을 한다면, 이는 어떤 식으로 인식될까? 중요한 것은 전달의 의도만큼 전달의 형태도 명확해야 한다는 점이다. 리더의 의도는 무엇인가? 직원에게 도움이 되기 위함인가? 아니면 직원을 통제하려는 것인가?

지시형 리더에 대해 생각해야 할 마지막 문제가 있다. 리더가 지시형 리더십 사용하는 것을 스스로에게 정당화할 때, 자신이 지시하기 위해 고압적인 권위를 사용했다고 생각하지 않는다는 것이다. 그들은 직원의 복종을 요구할 정당한 권한을 가졌으며 그 권한을 행사했을 뿐이라고 믿는다. 이것은 그들이 리더십의 수행에 있어서 감수성이 부족하다는 것을 보여준다.

▌지원형 리더십에 대한 기본적인 이해

S1지시형과 가장 대조를 이루는 것이 S3(Style3) 리더십이다. S3 리더십을 정확하게 이해하기 위해서 S2에 앞서 먼저 검토해 보기로 하자.

재미있는 사실은, 리더나 직원들 모두 대부분의 리더가 S3리더십을 사용한다고 말하는 것이다. 65퍼센트에서 70퍼센트의 리더가 스스로를 S3리더라고 생각하고 있는 반면, 55퍼센트에서 65퍼센트의 직원들이 그들의 리더가 S3리더십의 범주에 든다고 생각한다. 이

것은 현재의 문화적, 기업적 가치관에 비추어 S3 행동이 사회적으로 가장 호감도가 높다는 것을 의미한다.

<섬기는 리더십>, <감성 리더십> 등과 같은 많은 리더십 책들에서는 상황대응 리더십 모델의 S3리더십에 해당하는 리더의 행동과 태도를 권장하고 지지하고 있다. S3 리더가 되기는 쉽다. 왜냐하면 이 유형은 개인 상호 간의 갈등을 줄이고 직원의 자기 집중을 격려하기 때문이다. 그러나 이런 리더십이 부적절하게 사용될 때에는 직원의 요구가 조직의 요구보다 앞서는 경향이 있다.

이 유형의 적절한 사용을 이해하기 위해 당신은 지원은 많고 지시는 적은 S3리더십의 구체적인 지원 행동들을 정확히 파악해야만 한다. 앞서 이미 설명한 바 있는 구체적인 행동들을 다시 한번 살펴보자.

(1) 경청

(2) 칭찬과 격려

(3) 자료 요청

(4) 전체적인 조직의 운영에 대한 정보 공유

(5) 리더 자신에 대한 정보 공개

(6) 다른 사람들의 문제 해결 돕기

(7) 이론적 설명 제공

S3 리더는 이러한 지원행동들을 자주 사용하는데, 그때 사용빈도수가 낮은 지시행동들과 더불어 사용한다. 기한이나 우선순위를 정하는 것과 같은 지시행동들도 간혹 사용될 수 있지만 지원행동에 비해 상대적으로 사용빈도수가 매우 낮다.

직원들이 S3 리더에 대한 인식을 형성할 때 앞서 살펴본 구체적인 지원행동들이 모두 똑같이 중요한 것은 아니다. 이런 행동들은 수용자인 직원들에게 더 중요하게 인식된다. 리더가 S3리더십의 행동을 한다고 직원들이 인식하는 데 가장 영향을 미치는 지원행동은 경청과 직원의 문제 해결을 돕는 행동이다.

업무 관련 문제의 해결을 돕는다는 것은 직원들에게 예리하고 열려있는 질문을 통해 리더의 의도대로만 하는 것이 아니라 직원들 스스로 문제의 해답을 찾도록 도와주는 것을 의미한다. 직원들에게 스스로 해답을 찾도록 도와줌으로써 당신은 직원들에게 어떻게 목표를 이룰 것인가에 대해 스스로 결정하는 권리를 주는 것이다.

요약하면 지원형 리더십은 지원행동은 많으나 지시행동은 적은 스타일이다. 직원의 업무 완수를 위한 활동을 돕고 지원한다. 즉 직원이 기울이는 노력에 지지를 보내고 그들의 의견을 가능하면 수용하면서 그들과 의사결정의 책임을 나눈다. 서로 간의 상호관계를 원활하게 하도록 돕고, 사람들의 말을 잘 들어준다. 또 의견을 말하게 하고, 격려와 지원을 아끼지 않지만 지시는 거의 하지 않는다.

만약 문제 상황에 처한다면 특정 문제를 어떻게 해결할 것인지,

혹은 특정 업무를 어떻게 완수할 것인지 이야기하는 법이 거의 없다. 이들은 직원들의 사고를 확장시키고 위험을 부담하고자 하는 태도를 장려할 질문을 던짐으로써 직원들이 자기만의 해결책에 도달하도록 돕는다. 앞의 예에서 "A고객사와 중요한 미팅이 있군요. 우리가 원하는 결과를 얻기 위해 어떻게 하면 좋을까요?" 라고 묻는다면 바로 지원형 리더십 스타일이다.

▌ 지원형 리더십(S3)의 예

앞서 들었던 예를 다시 생각해 보자. 당신은 영업직원과 약 100-125개의 상품 판매와 세전 이익 7퍼센트를 목표로 하는 토론을 하고 있다. S3리더십을 사용한다면 토론은 이렇게 전개될 것이다.

"자네도 알다시피 이번 분기의 자네 목표는 대략 100-125개의 상품 판매와 평균 세전 이익 7퍼센트를 올리는 거야. 자네는 이런 목표에 대해 어떻게 생각하나? 그리고 이 목표를 달성하기 위해 어떤 일을 할 계획인가?"

이 토론에서 리더는 어떻게 목표를 달성할지에 대한 영업시원의 생각을 유도하면서 직원의 감정은 어떤지, 어떤 마음가짐인지를 살펴본다. 당신이 직원의 말을 들어주고 질문을 하는 의도는 직원에게 그만의 방법을 모색하게 하려는 것이다. 결국 문제 해결이나 목표 달성을 위해 최종적으로 채택되는 것은 직원의 아이디어와 행동이다.

그런데 여기서 주의할 것이 있다. 만약 당신이 과거에 직원에게 아이디어를 생각할 문을 열어주고는 직원의 생각이 부적절하다며 직원의 면전에서 문을 쾅하고 닫아버린 적이 있었다면, 그 직원은 당신이 초기에 던진 질문들을 지원 행동이라고 생각하지 않는다. 과거의 경험 때문에 리더의 질문들이 간섭이며 통제라고 느낄 것이다. 따라서 당신은 자신의 진정한 의도를 이해해야 한다. 그러기 위해서는 당신의 의도를 전달할 수 있을 만큼 충분히 자신에 대해 알아야만 한다. 만약 업무나 목표가 절대로 실패해서는 안 될 중요한 것이라면 S3리더십은 적절하지 못할 수 있다. 혹은 그 직원이 과거에 업무나 목표 처리 기술을 보여주지 못했다면 그때에는 S3리더십을 사용하지 말아야 한다. 반대로 그 직원이 과거에 이미 그와 같은 업무를 완수하고 목표를 달성했다면 그는 당신이 해결책을 내놓는 것을 자신에 대한 비판이나 통제이며 불필요한 것이라고 생각할 것이다.

과거의 역사를 문제 삼지 않더라도 만약 어떤 직원이 의심이나 혼란을 표현한다면 리더는 문제 해결에 대한 질문을 하게 될 것이다. 그 직원이 "저는 이번 분기의 목표가 좀 부담스럽습니다. 왜냐하면 저는 이제 막 제 영업 지역을 접수해서 아직 소비자들과 일대일 관계를 발전시키지 못했기 때문입니다." 라고 말한다면 훌륭한 문제 해결 행동을 보이는 리더는 이렇게 질문할 것이다. "그럼 자네가 한 일은 무엇인가? 이제 문제를 해결할 열쇠는 직원의 손으로 넘어갔다. 그 직원은 20여 분 동안 자신이 이룬 성과에 대해 얘기할 것이다. 직원이 한 말을 토대로 S3리더는 또 이렇게 질문할 것이다. "그럼 어떤 대안을 생각하고 있는가?"

직원들이 보기에는 S3 리더의 주요 행동은 직원과 문제 해결을 위해 노력하고 직원의 이야기를 들어주는 것이다. 칭찬하고, 의견을 묻고, 전체적인 조직의 운영과 자신에 대한 정보를 공유하고 이론적인 설명을 제공하는 것과 같은 나머지 행동들도 업무 달성을 위해 적지 않게 중요하다. 하지만 그것들은 직원들이 지원행동을 많이 하는 S3리더를 정의할 때 참작하지 않는 행동들이다. 만약 당신이 S3 리더로 인식되고 싶다면 당신은 직원의 이야기를 들어주고 업무와 목표 달성에 대한 직원의 생각을 격려해 주어야 한다. 그리고 직원들이 생각하는 방식으로 목표나 업무를 달성하도록 허용해야만 한다.

S3리더십은 네 가지 유형 중에서 가장 애용되고 있다. 몇 가지 이유를 생각해 본다면 그것이 사실이라는 생각이 들 것이다. 첫째, 대부분의 리더는 직원들과 상호 관계를 유지하는 것에 관심이 있다는 것이다. 그들은 합리적이고 남을 배려하는 사람으로 인식되고 싶어 한다. 둘째, 직원이 목표 달성 방법을 정의하고 관리하는 것을 지원해 줄 때, 목표를 설정하고 그것을 달성하려는 동기가 증가한다는 것이 리더의 생각이다. 셋째, 리더가 직원에게 무엇을 어떻게 하라고 구체적으로 말해줄 수 있는 전문적인 지식을 가지지 못했을 수도 있다. 마지막으로 넷째, 리더가 직원을 다루는 방법에 대해서 지식이나 생각이 부족할 수 있다. 왜냐하면 훌륭하지 못한 리더는 자신의

행동을 이끌어줄 성향이나 가치관이 굳건하지 못하기 때문이다.

▌지도형 리더십에 대한 기본적인 이해

지시도 많고 지원도 많은 S2(Style2) 리더십은 네 가지 리더십 유형 중 가장 본능과 무관한 유형이다. 반면에 S1지시형 리더십에 자연스럽게 적응하는 사람들이 있다. 바로 통제 지향적인 성향이나 가치관을 가진 사람들이다. 통제는 S1 리더십의 본질이기 때문이다.

S3지원형 리더십에도 자연스럽게 적응하는 사람들이 있다. 이들은 수용적인 성향이나 가치관을 가진 사람들이다. 수용적인 행동은 효율적인 S3 리더가 되기 위해 기본적으로 필요하기 때문이다. 그러나 S2 리더가 되려면 목표를 달성하도록 직원들을 밀고 당기는 지시행동과 지원행동을 조합한 행동을 해야 하고 또 그런 행동에 대해 이해해야만 한다.

S2 리더는 직원의 의견과 참여를 이끌어낸다. 그러나 최종 의사결정권은 리더의 손에 달려 있다. S2 리더는 자신과 직원의 전문성과 열정 사이에 섬세하게 균형을 맞춘다. 목표와 방법 설정을 통제하면서도 개방적으로 직원의 제안을 받아들임으로써 S2리더의 섬세한 균형이 유지된다. S2 리더에 대한 최종 평가는 리더가 내린 의사결정에 대해 직원들이 긍정적으로 생각하는지의 여부에 달려 있다. S2리더는 현명하게 직원들의 이야기를 들어주고 의견을 묻는 한

편 목표와 실천 계획을 직접 결정한다. 즉 S2 리더는 지시도 많고 지원도 많은 행동을 사용한다. 그런데 그렇게 균형을 맞추려면 시간이 많이 소비되기 때문에 많은 리더들이 S2리더십을 자주 사용하지 않는 것이다. 그러나 대부분의 직원들은 S2 리더십을 가장 이상적인 대안 리더십 유형이라고 생각하고 있다.

요약하면 S2지도형 리더십은 지시 행동도 많고 지원 행동도 많은 스타일이다. 직원들에게 계속해서 지시를 내리고 가까이서 지켜본다. 하지만 동시에 리더의 의사결정에 대해 자세하게 설명한다. 직원들로부터 제안을 받으며 업무 진행과정을 돕는다. 또 그 일을 해야 하는 이유를 설명해 주고 직원의 의견을 들어주기도 하며 직원의 실력이 향상되면 칭찬하지만 업무 수행과정을 지속적으로 지시, 지도하는 리더이다. 앞의 예에서 "A고객사와 중요한 미팅이 있군요. 미팅 체크리스트를 확인하여 준비하고 미팅 시 B 내용에 대한 부분을 명확히 하면 좋겠습니다. 혹시 미팅 관련 질문이나 다른 의견 있으신가요?" 라고 말하는 것은 지도형 리더십 스타일이다.

▍위임형 리더십에 대한 기본적인 이해

위임을 주로 하는 (지시도 적고 지원도 적은) 유형인 S4(Style4) 리더십은 네 가지 중 가장 이해가 많이 필요한 유형이다. 많은 리더들이 원치 않는 일을 믿을만한 직원에게 떠넘겨버릴 때 S4 리더십을 사용한다. 본의 아니게 S4행동을 하게 되는 경우도 있다. 리더가 일을 할 시간도 지식도 없을 때나 리더가 직원의 업무 능력을 시험하고 싶을 때도 S4를 이용하게 된다.

대부분의 사람들은 S4리더십을 사용하지 않는다. 왜냐하면 리더는 통제력을 잃는 것을 두려워하기 때문이다. 또한 만약 리더가 업무의 모든 단계에 면밀히 관여하지 않으면 리더의 이미지가 손상될까 봐 두렵기 때문이다. 재미있는 것은 리더가 S4리더십을 사용해도 직원들은 그가 자신들을 믿는다는 뜻이라고 긍정적으로 보지 않는다는 사실이다. 직원들은 권한을 위임하는 리더를 방임적인 리더로 인식하는 경우가 많다.

만약 당신이 직원에게 자주 권한을 위임할 계획이라면, "적은 지시"가 지시를 전혀 하지 않는 것을 의미하거나 '적은 지원'이 지원을 아예 하지 않는 것을 의미하는 것이 아님을 제대로 이해해야만 한다. 권한을 위임하려면 업무 진행과 결과에 대해 계속 정보를 받는 통로를 확립해 놓아야만 한다. 업무 결과에 대한 정보를 지속적으로 제공받지 못한다면, 당신은 아무것도 모른 채 지내게 될 가능성이 높아진다.

높은 의욕과 뛰어난 역량을 지닌 직원은 리더의 지시 없이도 이미 상당량의 일을 하겠지만 기억해야 할 것은 리더로서 당신은 여전히 목표를 위임해줘야 한다는 사실이다. 하지만 당연히, S1리더십의 경우처럼 구체적으로 목표를 설정해 주는 것은 아니다. 이들은 분명

일도 잘하고 당신한테서 많은 위임을 받는 직원이지만 여전히 활동과 에너지를 집중시킬 수 있도록 그들에게 목표의 윤곽을 제시해줘야 한다.

여기서 '목표의 윤곽을 제시한다' 라는 말을 사용한 이유는 높은 의욕과 뛰어난 역량을 지닌 직원에게 있어서 목표는 리더의 인식보다는 자기 인식의 결과물이기 때문이다. 사실 그들은 리더의 최종 승낙만 있으면 되는 혁신적인 아이디어나 목표를 제시하기도 한다. 여기서 위임은 직원에게 '방법'이 아닌 일반적으로 정의된 '목표를 제시해 주는 것에서부터 리더의 자리에서 행동할 수 있는 권한을 주는 것까지도 의미한다.

위임은 리더가 직원에게 업무와 목표 달성을 위한 적절한 책임과 권한을 양도하는 것을 의미한다. 리더가 직원에게 주는 책임과 권한은 직원으로 하여금 혼자 힘으로 일을 해냈다는 뿌듯함을 느끼게 해 준다. 적절한 책임이란 업무와 목표 달성을 위해 리더와 직원이 서로 합의한 의무 사항을 뜻한다. 따라서 직원은 업무와 목표를 완수하는 것이 그의 의무라고 느껴야만 한다. 직원이 리더에게 승낙을 받으러 왔다는 것은 그 자체가 벌써 목표를 달성할 의무를 느끼고 있다는 증거다.

적절한 권한이란 업무와 목표를 완수하는 데 필요한 자원을 이용할 때, 리더의 자리에서 행동할 수 있는 합법적인 권한을 말한다. 즉 권한을 위임한다는 것은 직원이 업무나 목표 달성에 필요한 의사결정을 하거나, 돈을 쓰거나, 사람을 이용하도록 허락하는 것을 의미한다.

　권한 없이 책임만 위임하는 것은 직원의 의욕을 단박에 꺾어버린다. 어떤 리더는 의무는 부과하면서 목표 달성에 필요한 권한은 부여해 주지 않는 경우가 있다. 그것은 목표의 범위와 중대성에 비추어 리더가 직원을 믿지 못하기 때문이다. 효율적인 위임을 하려면 위임을 하기 전에 위임된 목표의 범위와 관련 부속 업무를 리더가 이해해야 한다. 명확한 목표 범위가 정해지면 리더는 직원에게 적절한 책임과 권한을 부여해 줄 수 있다.

　위임은 직원의 역량과 의욕에 의거한, 목표나 업무에 관한 것이다. 당신이 리더의 역할을 잘하려면 상황에 따라 팀을 위해 목표를 정하거나 또는 직원 한 명 한 명을 위한 목표를 정하도록 해야 한다. 그러나 당신 소속 직원들의 인사고과나, 개인 또는 팀의 성과를 관리하는 책임은 리더인 당신에게 있다.

　요약하면 위임형 리더십은 지원 행동도 적고 지시 행동도 적은 스타일이다. 매일 발생하는 의사결정과 문제해결의 책임을 직원에게 맡긴다. 또한 직원들이 업무를 더욱 훌륭하게 수행할 수 있도록 적절한 지원을 하며 독립적으로 행동할 수 있게 해 주는 리더이다. 앞의 예에서 "오늘 A고객사와 미팅이 있죠. 잘 진행해 주세요" 라고 말하면 위임형 리더십 스타일이다.

현장 리더십
유형 진단과 해석

현장의 리더들은 일반적으로 주로 사용하는 1차 리더십 유형(메인 스타일)이 있고 보조적으로 사용하는 2차 리더십 유형(백업 스타일)이 있다. 대부분의 리더들은 2가지 리더십 유형을 복합적으로 사용하며 6가지의 전형적인 모습을 보이고 있다.

지시-지원형 리더십

지시형과 지원형 리더십을 주로 사용하는 리더는 직원을 아주 온정적으로, 혹은 아주 냉정하게 관리한다. 이들은 어떤 직원들은 본래 게으르고 책임감이 없어서 신뢰할 수 없다고 생각하기 때문에 이러한 직원을 관리하는 유일한 방법은 강제, 보상, 벌과 엄격한 감독뿐이라고 생각한다. 반대로 어떤 직원들은 책임감 있고 스스로 동기화되기 때문에 리더가 약간의 도움만 주어도 충분히 잘한다고 생각한다. 그래서 지시-지원형 리더는 직원을 좋은 직원, 문제 직원 등으로 단정 짓기를 좋아한다. 이러한 리더와 함께 일하는 직원은 리더란 좋아하는 직원은 이끌어주고 도와주지만 싫어하는 직원에게는 간섭과 비판만 하는 존재로 생각한다.

지시-지원형 리더십 방식은 종종 문제를 일으킨다. 항상 지원적인 리더십 방식으로 관리받는 직원은 자기 자신과 다른 사람에 대하여 긍정적인 자세를 가지고 있는 좋은 직원으로 알려져 있지만 사실은 그렇지 않다. 지시-지원형 리더십에서 특히 지원적인 방식만이 지나치게 사용될 때 자기중심적이며 리더에게 의존하는 직원이 되기 쉽고, 언제나 지시적이고 엄격한 감독만을 받을 때는 수동적이거나 권위에 저항하는 직원이 되기 쉽다. 당연히 이들 어느 쪽도 바람직하지 않다.

따라서 이러한 지시-지원형 리더십 방식의 리더는 그들이 좋아하지 않는 직원의 능력을 개발시킬 방안을 가지고 있지 않다. 직원이 보다 더 상위의 발달단계가 되도록 도와주는 지도형 리더십 방식을 사용하지 않기 때문이다. 이 리더는 직원이 차츰차츰 성장한다는 것을 잊어버리며 직원을 낮은 발달단계에 그대로 머물게 하거나 혹은 문제 직원이 되게 한다.

지시-지원형 리더는 직원의 성장을 도와줄 수 없을 뿐만 아니라 오히려 발달단계의 퇴보를 촉진하기도 한다. 이러한 리더십으로 관리하는 리더에게 필요한 것은 지도적 리더십으로 변화하는 것이다.

이러한 리더가 지시형 리더십에서 지원형 리더십으로 바로 바꾸기는 어렵지만 지도형 리더십으로의 전환은 불가능한 것이 아니다. 또한 지원형 리더십을 받는 직원에게도 지도형 리더십을 통해 그들의 역량을 개발하고 성장할 수 있도록 지원할 수 있다.

▎위임-지시형 리더십

위임형과 지시형 리더십 방식을 같이 사용하는 리더는 대체로 기본적인 방법으로 위임형 리더십을, 보조적인 방법으로 지시형 리더십을 발휘하는 경향이 있다. 이 리더십 방식은 리더가 직원을 일정한 범주로 분류한다는 점에서 '지시-지원형 리더십 방식과 유사하다. 이 경우에는 직원들이 일을 잘하지 못하기 때문에 그렇게 되는 수가 많다. 이러한 리더십을 사용하는 리더는 직원이 책임감 있게 잘 행동하면 간섭하지 않고 내버려 두지만, 잘못 행동한다고 생각하면 직원을 몰아붙이고 직원의 모든 행동을 엄격하게 감독한다.

위임-지시형 리더십 방식은 현실에서 아주 흔하게 나타나는 형태이다. 대부분의 리더는 직원을 자유롭게 내버려 두다가, 직원이 문제를 일으키면 질책을 한다. 소위 적절하지 않은 뒤통수 치기 관리가 행해진다. 이들은 직원이 먼저 행동을 한 다음에 뒤늦게 관리하고자 한다. 직원을 지도하고 성장하게 하는 기술이 부족하여 직원을 질책만 피하는 수동적인 존재로 만들고 만다.

위임-지시형 리더는 직원을 스스로 잘 행동하게 할 수도 있다. "지시가 리더의 역할이다" 라고 생각하는 리더는 지시만 하고 그다음은 직원이 마음대로 하게 내버려 둔다. 그러므로 만약 직원이 빠른 학습자라면, 리더의 지시행동 없이도 빨리 성숙하겠지만, 느린 학습자라면 리더의 지시행동 없이 자유롭게 행동해야 하는 것이 얼마나 곤욕스러운지를 곧 깨닫게 된다. 이 직원은 단 한 번의 실수가 지시형이라는 감옥으로 되돌아가게 된다는 것을 알기 때문에 책임이 주어지더라도 받아들이지 않는다. 따라서 위임-지시형 리더십은 관련 경험이 있어서 성장이 빠른 직원에게는 적합하지만, 관련 경험이 전혀 없거나 느리게 학습하는 직원에게는 부적합하다.

　만약 자신이 위임- 지시형 리더십을 사용하는 리더가 아닐까 하고 생각한다면, '내가 직원과 언제, 어떤 대화를 했는지 생각해 보라. 직원의 성장을 돕는 지름길은 적절한 시기에 긍정적 강화를 해 주는 것이다. 어른이나 아이를 막론하고 누구나 긍정적 칭찬을 원한다. 그러나 위임-지시형 리더는 무엇을 해야 할 것인가를 가르치지 않고 무엇을 하지 말라고 하는 부정적인 간섭과 질책만을 사용한다. 이러한 리더십을 발휘하는 리더가 더욱 효과적이 되려면 업무를 지시하는 초기에 충분한 정보를 제공하고 구체적으로 지도하여야 한다. 또한 업무 수행 중, 수행 후 적절한 시기에 자녀를 질책하기보다는 칭찬을 해 주어야 한다.

지도-지원형 리더십

지도-지원형 리더십을 발휘하는 리더는 보통의 발달단계에 있는 직원과는 잘 지내지만, 낮은 발달단계에 있는 직원과 그 직원의 문제를 다루기가 어렵고, 또 높은 발달단계에 있는 직원에게 책임을 잘 위임하지 않는다. 지도-지원형 리더는 책임자의 역할을 수행하기를 좋아하며 직원들을 그냥 내버려 두지 않는다. 위임형 리더십을 사용하지 않기 때문에 직원이 자신의 능력을 발휘할 기회를 충분하게 제공받지 못한다. 또한 직원으로부터도 호감을 받는 것이 중요하다고 믿기 때문에 지시형 리더십을 사용하지 않는다. 지도-지원적인 리더십이란 업무 수행에 필요한 지시와 감독을 직접 하면서 또 한편 직원을 지지하고 격려해서 의욕을 높이는 행동도 충분히 하는 것을 의미한다.

지도-지원형 리더십은 보통의 중간적인 리더십 방식이기 때문에 흔히들 안전한 리더십이라고 한다. 그러나 지시형과 위임형 리더십을 사용하지 못하기 때문에 문제가 생기기도 한다. 예를 들면 어떤 부부가 과거에 할머니의 세심한 보살핌을 받았던 10대의 자녀들만 남겨두고 며칠간 외부의 일을 보러 가기로 결정했다고 하자. 이 부부는 아마 자녀들이 높은 발달단계에 있지 않은데도 위임형 리더십을 사용했기 때문에, 다시 집에 돌아왔을 때는 집안이 엉망인 광경을 목격하게 될 것이다. 이 자녀들은 다른 사람의 감독 없이도 스스로 자신을 돌보는 법을 아직은 익히지 못했기 때문에 지시형 리더십을 사용하여야 한다.

반대로 이 자녀들이 과거 성숙하고 책임 있는 행동을 했었고 보살펴주는 사람 없이도 잘 성장해 왔다고 가정해 보자. 그런데 이 부부가 며칠간 외부 일을 보러 가는 동안에 자녀를 돌봐줄 사람을 고용했다면, 자녀들은 부모의 처사에 혼란스러워할 것이다. 왜냐하면 스스로 잘할 수 있는 자녀라서 평소에는 위임형 리더십을 취하다가, 부모가 없는 동안 문제가 생길까 두려워서 자녀를 믿지 못하고 부적절한 지시형 리더십을 사용한 모양이 되었기 때문이다. 이 때야말로 자녀를 믿고 자녀 스스로 알아서 할 수 있도록 위임형 리더십을 사용하여야 한다.

지도-지원형 리더가 리더십 효과를 최대화하기 위해서 직원의 행동 상황이 이러한 리더십 방식을 요구한다면 지시형이나 위임형 리더십을 적절하게 사용하여야 한다. 직원의 발달단계가 낮아서 세심한 관리가 필요한 경우에는 지시형 리더십을, 직원의 발달단계가 높고 자율에 맡겨 주기를 원하는 경우에는 위임형 리더십을 사용해야 한다.

지시-지도형 리더십

지시-지도형 리더십을 사용하는 리더는 기본적으로 지시형 리더십을 사용하고 보조적으로 지도형 리더십을 사용하는 경향이 있다. 이러한 리더는 직원관리에서 지원행동을 늘리거나 줄이는데 능숙한 사람이다. 그러나 직원이나 자녀를 지시하고 감독하지 않고는 못 배기는 사람이다. 지시-지도형의 리더는 중하의 발달단계의 직원에게 효과적이다. 이 리더십은 초기의 낮은 발달단계에 특히 성공적이며, 신입사원을 훈련할 때 유용하다.

그러나 초기의 낮은 발달단계나 훈련이 끝나고 나면 문제가 생긴다. 이 리더십을 사용하는 리더는 직원들을 더 이상 성장시킬 수가 없다. 즉 직원에게 어떻게 책임감을 위임할지를 모르므로 직원의 성장을 방해한다. 이 리더십 방식은 직원을 반항적이고 무례하고, 지시 없이는 스스로 행동하지 못하는 수동적이고 의존적인 직원으로 만든다. 지시-지도형 리더십은 어느 것도 만족스럽지 못하다. 반항적인 직원은 자기 자신에 대해서는 긍정적인 생각을 가지지만 리더나 다른 사람에 대해서는 적대감을 가지게 되고,, 수동적인 직원은 자기 자신에 대해서는 부정적인 생각을 가지지만 리더나 다른 사람에 대해서는 긍정적인 생각을 가지게 된다.

지도-위임형 리더십

지도-위임형 리더십을 사용하는 리더는 기본적인 리더십으로 지도형 리더십을 취하고, 보조적 리더십으로 위임형 리더십을 취하는 경향이 있다. 이 리더십을 사용하는 리더는 직원에게 지시, 지도를 하지 않으면 불안을 느끼지만 동시에 직원과의 대화와 높은 지원행동으로 부드러운 직장 분위기를 만들기도 한다. 지도-위임형 리더는 먼저 결정하고 난 뒤에 직원에게 그 결정이 옳다는 것을 납득시킨다. 때로는 직원 스스로 결정하게도 하지만 직원들은 스스로 결정해 본 경험이 부족하기 때문에 어쩔 줄 몰라한다. 즉 지시-위임형 리더는 지도형 리더십에서, 지원형 리더십을 거치지 않고 곧바로 위임형 리더십으로 옮겨가는 실수를 범한다.

예를 들어보자. 아버지가 아들과 함께 집안일을 열심히 하고 있다. 아버지는 무엇을 언제 어디서 어떻게 해야 하는지에 대해서 아들을 완전히 통제하는 경향이 있지만 그래도 아들은 아버지에게 아주 협조적이다. 그런데 아버지가 직장 일 때문에 토요일에 집에 있을 수가 없게 되었다. 그런데 급히 해야 할 집안일은 여전히 남아 있었다. 그래서 아버지는 자기가 없는 동안에 해야 할 집안일을 아들에게 맡겼다. 아들은 이러한 아버지의 위임을 자기에 대한 아버지의 신뢰와 인정의 표시로 보기보다는 오히려 아버지가 자기에게 귀찮은 일을 떠넘긴다고 생각한다. 즉 '왜 아버지는 이 일을 나에게만 맡길까? 내가 무엇을 잘못했을까? 아마 아버지가 나를 싫어하시는가 보다.' 라고 생각한다. 이 경우에 아버지의 위임형 리더십은 아들에게 신뢰와 인정이 아니라 벌로 느껴졌을 것이다.

이 아버지는 지도형 리더십에서, 지원형을 거쳐 위임형 리더십으로 변경했어야 한다. 아버지는 먼저 아들의 등을 가볍게 두드려 주면서 아들의 역할이 큰 도움이 될 것이라고 말해 주고 나서 아버지가 직장에서 겪고 있는 어려움을 설명해 준 다음에 아버지가 왜 얼마 동안 토요일에 집을 비워야 하는지를 아들에게 말해 주어야 한다. 그러고 나서 해야 할 집안일이 있다는 것을 알려주고 아들이 혼자서 그 일을 할 수 있는지를 물어보고 난 다음에 아들과 함께 해야 할 집안일에 대해서 이야기해야 한다. 아들을 의사결정에 참여시킴으로써 아버지는 지원형 리더십으로 옮겨간다. 아들이 관심 있어하는 일을 선택하게 한 다음에 아버지는 '나는 네가 스스로 이 일을 할 수 있다고 믿는다. 그러나 만약 어려움이 있으면 나에게 알려주고, 그 어려움을 함께 풀어 나가도록 하자' 라고 말해야 한다. 이렇게 해야 지도형에서, 지원형을 거쳐서 위임형 리더십에 도달하게 되는 것이다. 그렇게 될 때 아들은 스스로, 즐겁게 집안일을 하게 된다.

▎지원-위임형 리더십

지원-위임형 리더십을 사용하는 리더는 지원행동을 늘리거나 줄일 수는 있지만 직원에게 일을 하는 방법과 절차를 정해주고 그대로 따라 하게 하는 지시행동을 사용하지 못한다. 따라서 이 리더십 방식은 높은 발달단계의 직원에게는 적합하지만 낮은 발달단계의 직원이나 발달단계가 퇴보하고 있는 직원에게는 적합하지 않다. 대학에 다니는 자녀나 성숙한 10대의 자녀를 둔 부모는 보통 지원-위임형 리더십을 사용하는 것이 좋다. 이 리더십 유형은 매우 엄격한 가정에서 자라난 부모의 특징으로 이 부모는 '우리 아이는 나와 같은, 그러한 대우를 받게 할 수 없어' 라고 생각하고 '우리가 자라왔던 방식대로 아이를 키우면 아이도 우리와 같은 생각을 할 꺼야' 라는 두려움 때문에 자녀에게 지시나 감독을 하지 않으려고 한다. 편부나 편모는 일반적으로 지원-위임형 리더십을 사용하기 쉽다. 예기치 않은 사망이나 이혼, 별거 등으로 인해 자녀지도 책임을 혼자 떠맡게 된 부모는 자녀가 한쪽 부모만 있다는 열등감을 극복하도록 하려고 높은 지원행동을 하게 된다. 물론 이 리더십 방식은 성숙하고 책임감 있는 자녀에게는 효과적이다.

또한 자녀가 필요로 하는 지시행동이 다른 사람 예를 들면 조부모나 교사들에게 적절히 인계되고 부모가 이들의 적극적 훈육을 간섭하지 않는다면 미숙한 자녀에게도 성공적일 수 있다. 따라서 지원-위임형 리더십을 사용하는 부모는 자녀가 필요한 지시나 훈육을 외부에서 얻을 수 있도록 하여야 한다. 자녀에게 지시나 훈육을 해줄 사람이 없는데도 지원-위임형 리더십만을 사용할 경우에는 조심해야 한다. 그렇지 않으면 자녀를 버릇없는 아이로 기르게 되고 자녀의 자아상이 왜곡되어 자녀의 자존심이 파괴된다.

성장과 발달에 대한 시사점

지금까지의 설명으로 네 가지 리더십 유형이 특정한 직원의 행동 상황에 적합할 때에는 효과적일 수 있음이 밝혀졌다. 리더는 실제로 직원의 다양한 발달단계를 다루게 되므로 직원의 각 행동 상황에 적절한 네 가지 기본적인 리더십을 사용할 수 있는 능력을 길러야 할 필요가 있다. 비록 리더가 이러한 융통성을 발휘하기가 쉽지 않지만 요즘 시대 리더십을 이해함으로써 충분히 이러한 융통성을 발휘할 수 있을 것이다.

요즘 시대 리더십을 좀 더 익히면 효과적인 리더십에 대한 의욕과 역량을 키울 수 있다. 무엇보다 중요한 것은 좋은 리더가 되겠다는 의욕과 동기이다. 이러한 의욕과 동기를 가지면 누구나 다양한 리더십 방식을 융통성 있게 사용할 수 있는 훌륭한 리더가 될 수 있다. 리더는 직원의 행동 상황을 조심스럽게 관찰하는 습관을 가지고 주의 깊게 진단하여 적절한 시기라고 생각되면 다소의 모험을 감수하고라도 새로운 리더십 방식을 사용해야 한다. 그래야 리더십의 융통성과 적응성이 증가된다.

1. 리더십 유형이란 무엇인가?

2. 리더 행동의 두 가지 기본 요소는 무엇인가?

3. 4가지 리더십 유형(지시형, 지도형, 지원형, 위임형) 중 당신의 리더십 유형은 무엇인가?

4. 당신이 사용하는 리더십 유형의 특징은 무엇인가?

5. 4가지 리더십 유형을 잘 사용하기 위해 각 유형의 특징과 주의점은 무엇인가?

리더 행동 구분 연습

아래 각각의 문항 내용이 지시행동인지, 지원행동인지 구분해 보자.

1. 구성원이 구체적으로 무엇을 잘했고, 그에 대해 당신이 어떻게 느끼는지, 그 결과로 조직과 동료들은 어떤 도움을 받았는지를 구체적으로 언급하며 고마운 마음을 표현한다.

2. 구성원의 업무 또는 개인 문제를 들은 후, 구성원의 감정에 동의를 표하거나 적절한 질문을 던지고 방금 들은 말을 자신의 표현으로 다시 언급함으로써 어떻게 받아들였는지 알려준다.

3. 목표설정- 목표/과제가 무엇인지, 성공적인 결과란 어떤 것을 말하는지, 성과는 어떻게 측정할 것인지 구체적으로 정한다.

4. 액션플랜 수립- 자원을 조달하고 액션플랜을 수립하며, 구성원이 새로운 스킬을 습득할 수 있도록 계획을 세운다.

5. 구성원에게 의견이나 제안사항을 물어 의사결정 과정에 참여시킨다.

6. 우선순위 결정- 구성원에게 무엇이 중요한 과제인지 알려준다.

7. 기한을 정해 준다.

8. 평가방법을 결정하고, 성과를 관찰, 모니터링하고 목표와 비교하며, 결과에 대해 자주 피드백을 제공한다.

9. 이유를 설명하고, 전제적인 상황을 알려주며 의사결정에 대한 근거를 제시한다.

10. 문제 파악, 대안 제시, 각 대안의 장단점 평가, 해결책 선택, 해결책 실행, 해결책의 효과성에 대한 평가에 이르기까지 일련의 질문을 던짐으로써 구

성원이 독립적으로 문제를 해결하도록 장려한다.

11. 특정 과제를 수행하는 방법을 가르쳐 준다.(시범을 보인다.)

12. 조직/목표/과제에 관한 정보를 제공한다. 자유로운 의사소통 및 독창적인 아이디어 제안을 장려 한다.

13. 개인의 경험 및 생각을 서로 이야기하면서 공감대를 형성하고 신뢰를 구축한다.

14. 역할 명확화- 목표달성을 위해 각 개인이 맡아야 할 역할을 정하고, 권한의 한계를 규정하며, 의사결정 방식을 명료하게 한다.

해답> 1. 지원, 2. 지원, 3. 지시, 4. 지시, 5. 지원, 6. 지시, 7. 지시, 8. 지시, 9. 지원, 10. 지원, 11. 지시, 12. 지원, 13. 지원, 14. 지시

리더십 유형 구분 실습

리더십 유형 구분 실습은 48장 카드를 활용하여 네 가지 리더십 유형을 식별하고 각각의 리더십 유형을 발휘하는 방법을 연습할 수 있도록 하는 활동입니다.

실습 1단계

(1) 3명 이상, 6명 이하의 소집단을 만듭니다.

(2) 소집단들과 함께 협력하여 54장의 카드를 4가지 리더십 유형별로 구분합니다.

(3) 소집단별로 리더십 유형을 각각 발표하고 다른 소집단에서 피드백해 줍니다.

(4) 강사가 최종적으로 확인해 줍니다.

실습 2단계

(1) 1단계를 통해 구분 완료된 리더십 유형 카드를 가지고 각 유형별 리더십 행동을 한두 문장으로 표현합니다.

(2) 이 리더십 행동을 표현하는 문장을 조원이 현재 수행하고 있는 과제, 목표에 적용해서 연습해 봅니다.

<48장 카드 내용>

1. 업무의 바람직한 목표와 그 결과를 설정해 준다.
2. 달성해야 할 목표의 우선순위를 알려준다.
3. 목표의 의미와 중요성에 대하여 강조한다.
4. 행동계획 수립을 주도해 주며 무엇이, 언제, 누구와 이루어져야 하는지 결정을 내려준다.
5. 업무에 대한 피드백을 계속해서 제공해 준다.
6. 구체적인 지시를 내리고 팀원의 업무를 주의 깊게 감독하고 피드백한다.
7. 업무 수행을 위한 기본적인 방법부터 알려준다.
8. 업무와 관련된 모든 과정을 처음부터 마무리 단계까지 알려준다.
9. 필요한 경우 직접 업무 수행 장면을 시연해 보여주고 가르쳐준다.
10. 팀원의 역량을 개발할 수 있도록 단계적으로 경력개발 계획을 마련해 준다.
11. 경험이 많은 선배들의 노하우를 알려준다.
12. 팀원이 성공하기 위해서는 어떤 일부터 우선 처리해야 하는지 알려준다.
13. 실천 계획을 세우기 전에 팀원의 느낌과 생각을 경청해 준다.

14. 팀원의 성장에 대해 칭찬해 준다.

15. 팀원이 기술과 지식을 쌓을 수 있도록 함께 일한다.

16. 성공적으로 처리한 부분을 놓치지 않고 바로 칭찬하고 격려하여 자신감을 회복시킨다.

17. 조언을 해주면서 팀원이 질문이나 제안을 할 수 있도록 유도한다.

18. 잃어버린 의욕과 적극성을 되찾게 하기 위해 칭찬과 지원을 충분히 한다.

19. 팀원의 의견을 신중하게 고려하되 최종 결정은 리더가 한다.

20. 커뮤니케이션을 일방적 방식에서 점차 쌍방향 방식으로 바꾼다.

21. 실수를 추궁하기보다는 작은 발전, 성취에 대한 피드백을 주로 한다.

22. 잦은 미팅을 통해 구체적인 방법을 찾고 현장에서 적용할 수 있도록 독려한다.

23. 실수를 허용하고 그것을 통해 학습하도록 도와준다.

24. 실수나 실패에 대한 이유 설명과 해결방안에 대해 자세하게 알려준다.

25. 문제해결과 의사결정에 있어서 스스로를 신뢰할 수 있도록 격려해 준다.

26. 팀원들 간에 팀워크를 이루고 협력하는 것을 장려한다.

27. 업무능력이 충분하기 때문에 지시를 줄이고 지원을 더욱 늘린다.

28. 팀원을 믿고 지켜보면서 스스로 처리할 수 있도록 동기부여 한다.

29. 팀원의 고충이나 제안을 잘 들어주고 격려하며, 함께 해결책을 모색한다.

30. 팀원의 업무 평가를 팀원과 함께 한다.

31. 팀원을 격려하고 칭찬하여, 힘들지만 새로운 업무에 도전할 수 있게 한다.

32. 충분한 역량이 있으나 조금 더 많은 협력을 통해 의욕을 고취시킨다.

33. 팀원과 피드백을 주고받는 형태로 진행한다.

34. 사고를 넓혀주고 모험을 감수할 수 있도록 격려한다.

35. 문제에 대한 방안을 스스로 찾아낼 수 있도록 격려한다.

36. 의사결정에 대한 참여를 늘리고 함께 결정한다.

37. 지시적 행동과 지원적 행동을 최소로 한다.

38. 팀원의 판단을 신뢰하고 일을 믿고 맡긴다.

39. 팀원이 주도권을 갖고 일하며 정기적인 보고만 하게 한다.

40. 팀원의 공로가 인정받고 있다는 느낌을 준다.

41. 팀원이 주어진 업무 목표를 달성할 수 있을 것이라 믿는다.

42. 일상적인 의사결정과 문제해결에 대한 책임을 넘겨준다.

43. 자신의 영역을 스스로 관리할 수 있도록 믿고 맡긴다.

44. 권한을 부여하고 독립적으로 행동할 수 있도록 허락하고 신뢰한다.

45. 뛰어난 성과를 인정해 주고 계속 성과를 올릴 수 있도록 기회를 제공한다.

46. 계속해서 높은 성과를 올리고 능력을 더욱 발전시켜 갈 수 있도록 격려한다.

47. 더욱 높은 수준의 업무에 도전할 수 있도록 응원해 준다.

48. 스스로 결정하여 일을 하게 하고 팀원이 요청할 때 지원을 아끼지 않는다.

해답> 1번부터 12번까지 : S1지시형, 13번부터 24번까지 : S2지도형,
25번부터 36번까지 : S3지원형, 37번부터 48번까지 : S4위임형

(참고사항: 각 장 말미에 제시한 교육자료는 리더십 강의활동에 활용할 수 있는 연습용 자료이다. 그 사용방법에 대해서 좀 더 자세하게 알아보고자 하는 분에게는 공동 저자들이 정기적으로 운영하고 있는 요즘 시대 리더십 교육과정 수강을 추천한다.)

part 3

현재 위치를
알아야 최적의 길을
안내할 수 있다

상황 진단과
직원 발달단계

리더십의 성공과 실패를 좌우하는 상황 변수는 리더와 팔로워뿐만 아니라 외부 고객, 조직 상황, 목표와 업무 등 다양하다. 그 가운데 외부 환경과 조직 상황, 목표와 업무는 리더의 영향력이 그렇게 크게 작용하기 어렵다. 그러나 리더 자신과 부하직원은 영향력이 상대적으로 크게 작용할 수 있다.

그런 이유로 요즘 시대 리더십에서는 영향력이 큰 인간요소인 리더와 팔로워, 특히 직원들에 집중한다. 효과적인 요즘 시대 리더가 되기 위해서는 직원의 발달단계를 정확하게 진단할 수 있어야 한다. 여러 가지 상황변수들이 있지만, 그중 대표적인 변수인 직원의 발달단계로 상황을 진단한다. 그러면 상황을 정확하게 진단하기 위해 어떻게 해야 할까요? 그 비결은 역량과 의욕이라는 두 가지 요소를 구체적으로 살펴보는 것이다.

역량은 개인이 어떤 목표나 업무에 쓸 수 있는 기술이나 지식의 총량을 말한다. 역량을 측정하는 가장 좋은 방법은 그 사람의 성과를 보는 것이다. 당신의 직원은 특정 업무를 수행하기 위해 얼마나 좋은 계획을 세우고, 문제해결을 위해 어떻게 커뮤니케이션하는가? 정해진 목표를 얼마나 정확한 시간에 달성하는가? 역량은 교육이나 현장실습, 경험을 통해 얻어질 수 있으며, 적절한 지시나 지원에 의해 시간이 갈수록 발전하기도 한다.

두 번째로 살펴볼 사항은 의욕이다. 의욕은 어떤 목표나 업무에 대한 그 사람의 동기와 자신감을 뜻한다. 당신의 직원은 어떤 특정 업무를 수행하는 데 있어 얼마만큼의 관심과 열정을 가지고 있는가? 동기와 자신감이 높을 때는 대폭적인 위임도 가능하다. 이와 같이 역량과 의욕의 기본 조합에 따라 개인의 발달단계가 네 가지로 결정됩니다.

최상의 리더십 스타일은 없다. 리더가 발휘하는 영향력의 효과성은 그가 영향을 미치려고 시도하는 직원들의 발달단계에 따라 좌우된다. 요즘 시대 리더의 두 번째 기술은 바로 직원들의 발달단계를 판단하는 능력이다. 요즘 시대 리더십에서 보면 역량과 의욕이라는 두 요소의 차이 때문에 사람마다 업무나 목표에 대한 발달단계에 차이가 생긴다는 사실을 알 수 있다.

리더십 상황변수들은 다양하다

많은 상황적 변수들이 어떤 리더십 유형이 주어진 상황에 잘 맞는지 결정하는 데 영향을 미칠 수 있다. 일대일 차원에서는 다음과 같은 변수들이 있다. 과제의 복잡성, 기한, 우선순위와 같은 업무 요구, 외부 소비자의 기대, 상사와 동료의 기대, 직원들의 업무 기술과 헌신, 이 모든 요소들이 일대일 차원에서 특정 리더십 유형의 효율성에 영향을 미친다.

하지만 그렇다고 해서 만약 리더들이 어떤 리더십 유형을 선택하기 전에 이 모든 상황 변수들을 검토해야 한다면 현재의 관리자들은 모두 혼란에 빠지고 말 것이다. 하지만 일대일 차원에서 리더십 선택에 가장 큰 영향을 미치는 핵심은 부하직원이다. 따라서 리더가 제공해야 하는 지시행동과 지원행동의 사용빈도수는 특정 업무에 대한 부하직원의 발달단계에 따라 다르다.

발달단계를 구성하는 2가지 요소, 역량과 의욕

요즘 시대 리더십 모델에서 직원의 발달단계는 특정 업무와 목표에 대한 그 직원의 역량과 의욕으로 정의된다. 능력이란 말 대신 역량이라는 단어가 사용된 이유는 사람들이 종종 능력이라고 말할 때는 잠재력을 의미하기도 한다. 사람이 가지고 태어나는 기술을 설명할 때 사람들은 타고난 능력이라고 말한다. 그러나 역량은 오랫동안 학습되고 표현되어서 습득되는 능력이다. 또한 그것은 적절한 지시와 지원을 통해 발전할 수 있는 능력이다. 역량은 교육 훈련 또는 경험을 통해 얻을 수 있는 기술이나 지식의 기능이다. 그것은 당신의 유전과는 무관한 능력이다.

의욕은 태도에 관한 것이다. 그것은 무엇을 달성하고자 하는 정신적인 의지다. 의욕은 업무나 목표 등을 달성하기 위해 그것을 하고 싶어 하는 태도다. 역량과 의욕은 리더의 지시행동과 지원행동의 사용빈도수를 결정하는 주요 요소들이다.

역량 수준의 분류

역량이라는 개념은 업무 지식과 전이 가능한 기술로 세분화된다. 업무 지식은 특정 업무를 완수하는 데 필요한, 일과 관련된 정보나 교육 또는 경험이라고 정의 내릴 수 있다. 전이 가능한 기술은 결과를 만들어내는 데 이용될 수 있는 행동이라고 정의 내릴 수 있는 데 이 기술은 다른 여러 업무를 수행하는 데에도 사용될 수 있다. 다음의 예들이 이러한 정의들을 좀 더 쉽게 설명해 줄 것이다.

당신이 최근에 교통사고를 당했다고 가정하자. 아무도 상처를 입은 사람은 없지만 곧 법정에 서야 하므로 누군가 충고를 해줄 사람을 찾아야 할 것이다. 한 친구가 당신에게 말하기를 그가 오랫동안 알고 지내온 유능한 변호사 친구가 하나 있다는 것이다. 그런데 그 친구는 세금 분야에 정통한 변호사라는 것이다. 그렇다면 당신은 그 친구의 친구에게 연락을 하고 싶겠는가? 아마도 "고맙지만 됐어" 라고 말할 것이다.

이유는? 요즘 시대 리더십의 세계에서 그 변호사의 친구는 전이 가능한 기술은 가졌을지 모르지만 교통사고 소송에 관련한 충분한 업무지식을 가지고 있지 못하기 때문이다. 즉 그 친구는 세법은 알지만 교통법이나 보험에 대해서는 잘 모른다. 그는 당신을 변호하는 데 필요한 업무와 관련된 지식, 교육, 경험을 갖지 못했다.

한편 모든 변호사들이 다 배우는 것은 무엇이 있을까? 변호사라면 누구나 당신을 변호하는 데 도움이 될만한 전이 가능한 기술을 가지고 있을 것이다. 왜냐하면 변호사들은 모두 간단한 변호 준비, 조사, 논리, 재판장에서의 효율적인 변론, 재판 시스템 등에 대해서도 배우기 때문이다. 이러한 전이 가능한 기술은, 그 변호사의 역량 수준은 업그레이드시켜 주겠지만 당신의 변호를 충분히 돕지는 못할 것이다.

의욕 수준 분류

의욕은 자신감과 동기가 조합된 것이다. 자신감은 자기 확신의 척도다. 그것은 별다른 감독 없이 혼자서도 일을 잘할 수 있다는 믿음이다. 동기는 최고가 되려는, 또는 앞서가려는 욕망이며 흥미이며 열정이라고 정의할 수 있다. 그것은 또한 목표를 달성하려는 자세다.

만약 의욕의 결여가 동기 부족에서가 아니라 자신감 결여에서 비롯되는 것이라면 그것은 아주 심각한 경험의 문제다. 반면 동기가 부족한 직원은 충분한 자신감을 보여줄 수는 있지만 동기 수준이 낮기 때문에 일을 잘하지 못한다. <그림 3-1>은 직원의 업무 발달단계를 정의하는 데 이용되는 역량과 의욕의 조합이다.

▌ 발달단계는 어느 정도는 연속적이다

요즘 시대 리더십 이론은 개인의 발달단계는 역량과 의욕에 따라 D1(Development Level1)에서 D4(Development Level4)로 변화한다고 주장한다. 사전 지식이나 경험이 거의 없이 새로운 업무를 시작할 때, 대부분의 사람들은 배움에 대해 열정적이고 준비가 된 상태지만 그만큼 잘할 수 있는 역량은 부족하다(D1 : 낮은 역량/높은 의욕).

업무를 처음 배우는 사람들은 일이 자신이 생각했던 것보다 어렵다는 것과 처음에 기대했던 것보다 재미없다는 것을 알게 된다. 이렇게 현실을 깨달음으로써 그들의 의욕이 낮아진다(D2 : 약간의 역량/낮은 의욕). 만약 사람들이 이 발달단계를 넘어서 다른 사람들의 도움을 받아 업무를 배운다면 대부분의 사람들은 자기 의심의 단계를 겪게 된다. 즉 새로운 환경에서 그들은 혼자 업무를 잘 해낼 수 있는지에 대해 확신할 수 없는 단계다(D3 : 상당한 역량/불안정한 의욕). D3 단계에 이르면 다른 사람들이 보기에는 유능해 보이지만 그들 자신은 자신의 능력을 의심한다. 이렇게 자신의 능력에 대해 흔들리는 감정과 의심을 가짐으로써 D3 단계에서는 가변적인 의욕을 보이게 된다. 즉 이때의 의욕은 흥분에서 불안에 이르기까지 다양한 모습이다. 적절한 지원을 받은 사람들은 높은 수준의 역량과 의욕을 보이면서 결국 최고의 업무 성과를 올린다(D4 높은 역량/높은 의욕).

지금까지 설명한 발달단계는 연속적이고 진행적이다. 왜냐하면 대부분의 사람들은 초기 단계에서 새로운 또는 다른 업무나 목표를 배우는 데에서 그치는 것이 아니라 그 이후 단계로 넘어서기 때문이다. 대체로 사람들은 지식이나 기술, 경험이 아닌 헌신하는 열정적인 마음을 가지고 일을 시작한다. 여기에 적절한 상황만 주어진다면 그들은 의욕적이고 발전된 성과를 올리는 단계로 발달한다. 성장 주기에 들어선 D3(상당한 역량/불안정한 의욕) 단계에 있는 사람들에게는, D4까지 올라갔다가 지금은 의욕이 감소해서 D3 단계에 있는 직원들(퇴행 주기에 있는 사람)과는 다른 리더십이 필요하다.

D3 단계의 직원이 성장 주기에 있으면서 의욕이 불안정한 이유는 일을 잘할 수 있다는 자신감이 초기에 결여되었기 때문이다. 이런 경우에, 리더는 말을 들어주고 문제 해결을 도와주고 부하직원이 자신감을 갖도록 격려해야 한다.

직원은 발달단계는 유동적이다

D3 단계에 대한 또 다른 가능성은 한때 훌륭한 직원이었는데 (D4) 의욕이 유동적이라서 현재는 업무 수행 능력이 결여되어 있다. 이런 경우 업무 성과는 퇴보하는 것이다. 의욕이 불안정한 원인은 자신감 부족이 아니라 동기 결여다. 그 직원은 직무 관련 문제 또는 직무와 무관한 문제로 의욕을 잃었을 수 있다. 조직의 관행, 당신의 리더십 유형 또는 다른 업무와 관련된 문제가 의욕 상실의 원인이 될 수 있다. 가족의 병, 이혼, 출산, 다른 사람과의 관계 같은 비 업무 관련 문제도 의욕을 상실시킬 수 있다. 어느 경우든 일대일 차원에 반응하는 리더는 들어주고, 문제를 해결해 주고, 의견을 요구하는 등의 지원행동을 이용해 부하직원의 동기를 다시 자극하는 노력이 필요하다.

발달단계는 구체적인 업무 또는 목표와 관련된 것이다 사람들의 발달단계를 관찰해 보면 완벽하게 발전하거나, 발전하지 못하는 사람들은 없다는 것을 기억해 두자. 여기서 말하는 발달단계는 포괄적인 개념이 아니다. 우리가 다루는 것은 회사에서의 업무나 목표와 관련된 개념이다. 즉 특정 업무, 목표 또는 주어진 역할에 따라 사람들의 발달단계가 다를 뿐이다.

예를 들어 어떤 엔지니어가 그에게 주어진 기술적인 디자인 작업을 하는 데 있어서 역량과 의욕에 있어서 고도로 숙련되었다라고 하자. 그 사람은 디자인 일에서는 D4 단계에 해당되지만, 소비자를 위한 계약 비용을 평가할 때는 역량과 의욕에 있어서 세 번째 단계에 해당된다. 이렇듯 발달단계는 사람마다 다르고 같은 사람이라도 맡은 일에 따라 발달단계도 달라진다.

요약해 말하자면 일대일 차원에서 상황은 특정한 업무나 목표, 역할을 수행해야 하는 개인의 역량과 의욕에 따라 달라진다는 것이다. 역량과 의욕이 이처럼 다양하기 때문에 리더는 상황에 맞게 적절히 지시 행동과 지원 행동을 이용해야 하는 것이다.

▎상황과 발달단계 진단

이제 리더십 행동의 적절성은 직원의 역량과 의욕에 근거한다는 점이 어느 정도 분명해졌다. 직원의 역량과 의욕을 진단하는 것은 직원과의 대화를 통해 이루어져야 한다. 요즘 시대 리더십은 부하직원에게 발휘하는 것이 아니라 부하직원들과 함께하는 것이다. 발달단계는 구체적인 업무에 관한 것이다. 어떤 사람은 한 업무에서 D1이었으나 다른 업무에서는 D4에 해당될 수 있다. 따라서 당신은 업무와 목표, 사람에 따라 다른 리더십을, 또는 같은 사람에게라도 다른 방법을 사용할 수 있다. 발달단계, 즉 역량과 의욕은 상황에 따라 변화하거나 성장과 퇴행을 거듭한다.

업무에서의 변화 또는 업무상 기술에서의 변화는 직원의 역량에 변화를 가져올 수 있다. 반면 의욕은 업무 관련 또는 비 관련 요소들에 근거해 변할 수 있다. 지루함, 인정받지 못함, 조직의 정책, 결혼이나 이혼, 장기적인 질환, 조직의 비전 결여 등은 직원의 의욕을 감소시키는 요인들이다.

요즘 시대 리더가 되려면 당신은 당신과 일대일 차원에서 함께 일하는 사람들의 역량과 의욕 수준을 진단한 후 적절한 수준의 지시행동과 지원행동을 이용해야만 한다. 즉 당신의 리더십 유형을 직원의 발달단계와 조화시켜야 한다는 의미다.

직원의 네 가지
발달단계

<그림 3-1>을 통해 먼저 각 발달단계에 대해 간략하게 살펴보겠다. 발달단계 1(D1)은 역량은 낮으나 의욕이 높은 직원이다. 주로 업무 경험이 적은 신입사원들이 이에 해당되며 열정적인 초보자라고 부른다. 무의식적 무능단계라고도 한다. 발달단계 2(D2)는 역량은 약간 있으나 의욕이 낮은 직원이다. 보통 입사 1-2년 차로 업무를 수행하면서 역량은 어느 정도 생겼으나 실수나 부담감으로 자신감을 잃은 직원이 이에 해당되며 좌절한 학습자라고 부른다. 의식적 무능단계라고도 한다.

발달단계 3(D3)는 역량은 상당히 있으나 의욕이 불안정한 직원이다. 중견사원 중에서 자신이 맡은 업무는 훌륭하게 수행하지만 새로운 일이나 협업을 하는 일에서는 의욕이 떨어지거나 자신감이 없어 하는 직원으로 역량은 있으나 소극적인 수행자라고 부른다. 의식적 유능단계라고도 한다. 발달단계 4(D4)는 역량도 높고 의욕도 높은 직원이다. 자신이 맡은 업무를 훌륭하게 수행하는 것은 물론이고 동료와 적극적으로 협업하고 끊임없이 새로운 일에 도전하는 직원으로 상사의 지시도, 지원도 필요하지 않은 자주적인 성취자라고 부른다. 무의식적 유능단계라고도 한다.

높은 역량 높은 의욕	상당한 역량 불안정한 의욕	약간의 역량 낮은 의욕	낮은 역량 높은 의욕
D4	D3	D2	D1

발달완료   발달 중

〈그림 3-1〉 네 가지 발달단계

발달단계 1 : 열정적인 초보자

업무에 대한 의욕은 매우 높지만 관련 분야의 업무를 담당해 본 경험이 전혀 없기 때문에 역량이 많이 부족한 직원이다. 조직에 새로 채용되어 배치된 신입사원의 경우이다. 이해를 돕기 위해 자전거 타는 방법을 처음 배울 때를 회상해 보자. 자전거를 어떻게 타야 되는지도 모르면서 너무 설레 밤잠을 이루지 못했을 것이다. 이때의 모습이 열정적인 초보자의 전형이라고 할 수 있다. 업무지식이나 경험은 절대적으로 부족하지만 막연하게 의욕이 넘치는 신입사원들이 보이는 전형적인 모습이다.

발달단계 2 : 좌절한 학습자

경험과 업무지식은 조금 생겼지만 초기 업무 수행 과정에서 겪은 몇 번의 좌절로 생각보다 맡은 업무가 어렵다는 사실을 깨달은 탓에 의욕이 현저하게 줄어든 직원이다. 업종이나 직군에 따라 차이가 있지만 일반적으로 1년 내외 근무하면서 업무 수행의 어려움과 실패에 대해 격려와 지원보다는 무시와 질책을 받으면서 처음에 가졌던 열정은 사라지고 회의에 빠져 갈등하는 직원의 경우이다. 자전거를 타다가 처음으로 넘어졌을 때를 기억하는가? 땅바닥에서 몸을 일으키며 당신은 "내가 이걸 애초에 왜 배우려고 했을까? 내가 정말 제대로 배울 수 있을까?" 하는 생각을 했을지도 모른다. 이제 당신은 좌절한 학습자의 단계에 이르게 된 것이다.

발달단계 3 : 유능하나 소극적인 수행자

비교적 높은 수준의 역량을 가졌지만 의욕과 자신감이 부족한 사람, 혹은 매우 조심스러운 태도로 무난하게 과제를 수행하려는 직원이다. 예를 들면 어려운 일이나 혁신적인 방식은 될 수 있으면 피하고 쉬운 일, 편안한 일을 익숙한 방식으로만 수행하려는 중견사원의 경우이다. 자전거 이야기를 다시 하자. 아버지의 도움을 받으며 겨우 제대로 탈 수 있게 되었을 때, 처음으로 뒤에서 잡아주는 사람 없이 동네 한 바퀴를 돌아보기로 결심했지만 여전히 당신의 자신감은 흔들리고 있다. 이 시점의 당신은 유능하나 소극적인 수행자 단계 있는 것이다.

발달단계 4 : 자주적인 성취자

특별한 과제를 수행할 수 있는 뛰어난 역량이 있으며 의욕도 매우 높은 직원이다. 맡은 업무를 훌륭하게 수행하면서도 더 나은 방법으로 지속적인 성과 향상에 도전하는 베테랑 직원이다. 자전거가 마치 당신의 몸의 일부처럼 느껴지는 단계에 이르렀다. 이제 자전거 타는 법을 머리로 생각하지 않아도 자유롭게 탈 수 있게 된 것이다. 이때 당신은 자전거를 타는 활동에서 자주적인 성취자가 된 것이다. 아마 부모는 그때부터 당신이 자전거를 마음껏 타고 놀 수 있게 허락 하였을 것입니다.

자녀의 발달단계에 초점을 맞춰라

요즘 시대 리더십 이론을 자녀관리에 적용한 자녀지도 이론은 (1) 부모의 지시행동의 양과, (2) 부모의 지원행동의 양, (3) 특정 행동 분야에 있어서 자녀의 발달단계 간의 상호 작용에 바탕을 두고 있다.

부모가 자녀의 어떤 특정 행동 분야에 사용할 자녀지도 방법을 정하는 데 여러 가지 환경적인 영향이 작용하겠지만 요즘 시대 자녀지도 이론은 그러한 여러 가지 환경적인 요인 중에서 부모 자신과 자녀의 발달단계에 특히 관심을 가진다. 일반적으로 가정에서는 부모와 자녀의 관계가 가장 중요한 요인이라는 것이 잘 알려져 있다. 자녀가 가정에서 관심의 초점이 되는 이유는 자녀가 부모에게 순종하기도 하고 거역하기도 하며 또한 부모와 자녀의 관계 여하에 따라서 부부관계도 달라지기 때문이다. 이와 같이 요즘 시대 리더십 이론은 사회생활에서뿐만 아니라 부모와 자녀의 관계에서도 적용할 수 있는 이론이다.

자녀의 발달단계를 파악하라

요즘 시대 리더십 이론을 자녀지도에 적용할 때는 자녀의 발달단계를 고려해야 한다. 발달이란 자녀가 스스로 책임 있는 행동을 할 자발성과 능력이다. 발달단계는 자녀의 특정한 행동 즉 부모가 영향력을 행사하길 원하는 특정 행동 영역에 관련해서만 고려해야 한다. 다시 말하자면 어떤 자녀가 모든 행동에서 발달했거나 발달하지 못한 것은 아니다.

자녀의 행동 하나하나마다 발달단계가 다르다. 유아는 어머니가 만들어주는 음식은 잘 먹지만 혼자서 이부자리에 누워 자는 일에는 아주 미숙할 수가 있다. 열 살 짜리 자녀가 집안일을 돕는 데는 아주 잘 하지만 숙제하는 데는 아주 무책임할 수도 있다. 부모가 관심을 가지면 자녀의 행동에 대한 발달단계를 측정해 볼 기회가 많다. 특히 자녀들이 같이 어울려서 놀 때에 측정해 볼 수가 있다. 자녀가 둘 이상의 부모는 자녀들 각자가 혼자 놀 때보다는 같이 어울려서 놀 때에 지시행동을 더 많이 해야 하고 더욱 엄격하게 감독해야 한다는 것을 알 수 있다.

요즘 시대 자녀지도 방법이란 무엇인가?

자녀에게 어떤 지도방법을 사용해야 할 것인가를 정하려면 다음과 같은 사항에 유의해야 한다.

첫째, 부모는 자녀의 어떤 행동 영역에 영향을 미치려고 하는지를 정해야 한다. 이러한 행동 영역들은 자녀의 나이에 따라 달라진다. 예를 들어서 부모는 자녀가 어린아이인 경우에는 음식 먹는 것, 잠자는 것, 대소변 가리는 것, 옷 입는 것, 등의 행동 영역에 관심을 많이 가지고 7세에서 10세 사이인 경우에는 방 청소하기, 집안일 돕기, 윗사람 존경하기, 대인관계 등의 행동 영역을 중요시하는 경향이 있고, 10대인 경우에는 학업문제, 이성교제, 용돈관리, 흡연, 음주 등의 행동 영역에 가장 많은 관심을 가진다.

둘째, 부모는 영향을 미치려고 선정한 각 행동 영역에 대한 자녀의 발달단계를 알아야 한다. 부모는 자녀 스스로 행동하려는 의욕과 동기뿐만 아니라 자녀의 능력과 기술까지도 알아야 한다.

셋째, 네 가지 리더십 유형 가운데 어느 방식이 자녀의 각 행동 영역에 가장 적절한 것인지를 선택해야 한다. 요즘 시대 자녀지도 이론에 따르면 발달단계가 낮은 행동 영역에는 지시형 리더십을 사용하는 것이 성공 가능성이 가장 높다. 자녀가 발달해 감에 따라 지시행동을 적게 하고 자녀 스스로 결정하는 일을 늘여야 한다. 자녀가 책임감 있게 행동하려는 의욕과 능력을 더 많이 표시할수록 지시와 통제를 줄이고 지원행동을 더 많이 해주어야 한다. 그러나 부모가 너무 급작스럽게 지시행동을 줄이고 지원행동을 늘리면 자녀가 부모를 만만하게 보고 제멋대로 하기가 쉽다. 자녀의 발달단계가 중상

(D3) 이상이 되면 자녀 스스로 자신의 행동을 다스릴 수 있게 된다. 즉 외부의 지시에 의해 행동하던 것이 자신의 지시에 의해 행동하게 된다. 이때 부모가 자녀에 대한 감독을 적게 하고 보다 많은 것을 자녀에게 위임해 주면 자녀는 부모가 자기를 믿는다고 생각하게 된다.

▎자녀의 발달단계를 판단하는 기준

효과적인 자녀지도의 핵심은 자녀의 발달단계를 알아서 그 발달단계에 적절한 자녀지도 방법을 결정하는 것이다. 발달단계를 진단하는 기준은 능력, 기술과 자발성, 동기 두 가지이다. 능력이란 자녀가 어떤 일을 하는 지식과 기술을 말한다. 특정 행동 영역에 능력이 있는 자녀는 다른 사람의 도움 없이도 그 행동 영역의 일을 잘 처리할 기술, 지식과 경험이 있다. 예를 들면 어떤 자녀가 "나는 학교에서 제일 잘하는 교과목이 수학이다. 나는 수학만은 선생님이나 부모님의 도움 없이도 나 혼자 잘해 나갈 수 있다." 라고 한다면 이 자녀는 수학에 능력이 있는 것이다. 자발성이란 자녀가 어떤 일을 하려는 의욕을 말한다. 특정한 영역의 일을 자발적으로 하려는 자녀는 그 영역의 일이 소중하고 좋은 일이라고 생각하며 그 영역의 일에 대해서 스스로 열성이 있고 자신감도 있다. 이러한 자녀가 그 영역의 일을 하는 데는 많은 격려와 칭찬이 필요하지 않다. 다른 예를 들면 어떤 자녀가 "나는 집안일을 하는 것이 정말로 즐겁다. 집안일을 하면 정말로 재미가 있어. 내가 집안일을 하는데 있어서는 부모가 잔소리할 필요가 없을 꺼야." 라고 한다면 이 자녀는 자발성이 있는 것이다.

(1) 어떤 자녀가 어떤 일을 하는 데 있어서 스스로 하려는 자발성은 있으나 능력이 없다면 이 자녀는 낮은 발달단계에 있는(D1)에 있는 것으로 간주된다. 예를 들면 "나는 그 일을 하고 싶지만, 그 일을 어떻게 하는지도 모른다."와 같은 경우이다.

(2) 어떤 자녀가 어떤 일을 하는 데에 있어서 그 일을 할 능력도 없고 자발성도 없다면 이 자녀는 중하의 발달단계(D2)에 있는 것으로 간주된다. 예를 들면 "나는 나는 그 일에 관심도 없고, 그 일을 어떻게 하는지도 모른다. 나는 언제나 그 일에 서툴러."와 같은 경우이다.

(3) 어떤 자녀가 어떤 일을 할 수 있는 능력은 있으나 자발성이 없다면 이 자녀는 중상의 발달단계(D3)에 있는 것으로 간주된다. 예를 들면 "나는 그 일을 잘할지 알지만 그 일에는 흥미가 없어. 나는 다른 일을 하고 싶어."와 같은 경우이다.

(4) 어떤 자녀가 어떤 일을 할 능력도 있고 자발성도 있다면 이 자녀는 높은 발달단계(D4)에 있는 것으로 간주된다. 예를 들면 "그 일은 정말로 보람 있는 일이야. 나는 그 일만은 누구의 도움 없이도 혼자 잘할 수 있어."와 같은 경우이다.

발달단계가 가장 높은 경우는 자녀가 어떤 일을 자진해서 하려고 하고 그 일을 할 능력이 있을 경우이고, 발달단계가 가장 낮은 경우는 자녀가 어떤 일을 하려는 자발성은 있으나 그 일을 할 능력은 없는 첫 번째 경우이다.

▎ 자녀의 발달단계에 적절한 부모의 리더십

적절한 자녀 지도의 핵심은 자녀의 발달단계를 알아서 그 발달단계에 적합한 자녀지도 방법을 선택하는 것이다. 주어진 상황에 적절한 자녀지도 방법을 결정하기 위해서는 먼저 부모가 영향력을 행사하고자 하는 자녀의 특정한 행동 영역에서의 자녀의 발달단계를 알아야 한다. 자녀의 발달단계를 알고 난 다음에, 그 발달단계에 맞는 적합한 자녀지도 방법을 선택하고 실행할 수 있다.

자기 방을 청소하는데 있어서 발달단계가 낮은 자녀의 경우를 예를 들어 생각해 보자. 어린 자녀가 자진해서 자기 방을 청소하고 정돈하지 않고 있다. 그 까닭을 물어보니 이 자녀는 자기 방을 어떻게 청소하고 정돈해야 하는지 그 방법을 모르고 있다. 방법을 알려주면 바로 하겠다고 한다. 이 자녀의 발달단계는 D1 열정적인 초보자 단계이다. 따라서 지시 행동은 많고 지원 행동은 적은 지시적 방법이 적절하다. 지시가 많고 지원이 적다는 것은 부모가 자녀에게 엄하게 대하거나 야단을 치라는 것이 아니다. 자녀가 방 청소하는 것을 지도할 때, 부모가 지원하고 격려하는 것보다는 무엇을, 언제, 어디에서, 어떻게 해야 하는가를 자녀에게 지시하는 일이 더 많아야 한다는 것이다. 그러나 방 청소가 생각했던 것보다 어렵고, 제대로 못 하고 실수를 해서 야단도 맞고 하면서 힘들어할 때는 지시적 방법에서 지도적 방법으로 옮기는 것이 적절하다.

이와 같이 요즘 시대 자녀지도 방법에 따르면 자녀가 하려고는 하나 어떻게 해야 할지를 모르고 있는 경우에는 지시적 방법이 가장 효과적이다. 이 방법을 사용할 경우에 부모는 자녀가 무엇을, 언제, 어디서, 어떻게 해야 한다는 것까지 자세하게 지적해 주어야 한다.

> 예 **자녀(낮은 발달단계 : D1)** : "외갓집에 갈 때 무슨 옷을 입고 가면 좋을지 모르겠어요. 어떤 옷을 입으면 좋을까요?"
>
> **부모(지시적 방법 : S1)** : "그래 외갓집에 갈 때 예쁜 옷 입고 가야지. 네 옷을 모두 꺼내 와 보아라. 어떤 옷이 좋은지 내가 골라줄 게."

자녀가 어떤 일을 하는 방법을 조금 알지만 그 일을 책임지고 하려는 의욕이 낮은 경우에는 지도적 방법이 가장 적절하다고 한다. 이러한 자녀는 왜 그러한 일을 해야 하는지를 이해할 때 부모가 도와주고 지시해 주면 대개는 부모가 결정한 대로 따라간다.

> 예 **자녀(중하 발달단계 : D2)** : "어머니가 원하신다면 외갓집에 갈 때 새

옷을 입겠지만 나는 왜 새 옷을 입어야 하는지 모르겠어요. 더구나 어떤 옷, 어떤 색깔의 옷이 맞는지 모르겠어요?"

부모(지도적 방법 : S2) : "얘야. 이번에 외갓집에 갈 때는 새 옷을 입어야 할 일이 있단다. 너의 외숙모가 옷매무새에 아주 민감하잖니? 나도 네가 깔끔하게 보이면 좋겠다. 네가 좋아하는 옷을 가지고 나오렴. 어떤 옷이 좋은지 내가 골라줄 게."

자녀 스스로가 어떤 일을 책임지고 할 능력은 있으나 하고자 의욕이 불안정한 경우에는 지원적 방법이 가장 효과적이라고 한다. 이러한 자녀는 그러한 일을 할 능력은 있지만 열성과 자발성이 약하기 때문에 부모가 자녀와의 대화를 통해서 자녀의 의견을 잘 들어서 자녀가 가지고 있는 능력을 스스로 발휘하도록 지원해 주어야 한다.

예 자녀(중상 발달단계 : D3) : "외숙모가 옷매무새에 아주 민감하다는 것을 알고 있어요. 그래서 외숙모 취향에 맞는 옷을 입어야 한다고 생각해요. 어떤 옷을 입어야 할지 대충은 알겠는데 자신은 없어요?"

부모(지원적 방법 : S3) : "그래 외숙모가 깔끔한 옷매무새를 좋아하기는 하지. 그럼 어떻게 하면 좋겠니? 네가 정장을 하면 참 멋있게 보일 것 같은데 네 생각은 어떠니?"

자녀 스스로가 어떤 일을 할 의욕과 능력을 모두 갖춘 자녀를 지도할 경우에는 위임적 방법이 가장 효과적이라고 한다. 이러한 자녀에게는 할 일이 무엇인지 부모가 알려주면 자녀 스스로 자기 행동을 계획하고 전적으로 책임을 지고 실행해 나간다.

예 **자녀(높은 발달단계 : D4)** : "외숙모가 옷매무새에 아주 민감하다는 것을 알고 있어요. 그렇지만 걱정하실 것 없어요. 저 혼자서도 옷을 잘 골라 입을 줄 아니까 문제없어요."

부모(위임적 방법 : S4) : "얘야! 오후 네 시에 외갓집으로 출발해야 한다. 옷을 알아서 갈아입고 네 시 전에 떠날 준비를 해보려무나."

자녀의 발달단계와 효과적인 지도방법

자녀가 성장하도록 지도하는 데 있어서 부모의 역할이 대단히 중요하다는 것은 이론의 여지가 없다. 자녀가 나쁜 행동을 하게 되면 대부분의 경우 부모는 물론이고 학교나 친구, 이웃 다른 사람들에게 비난을 받는다. 그러나 그러한 자녀의 바람직하지 않은 행동은 부모의 영향일 수도 있으므로 부모 자신도 책임을 느껴야 한다.

부모가 자녀의 어떤 일에 대한 행동이 개선되도록 하려면 자녀의 발달단계에 맞게 지도해야 한다. 즉 부모는 자녀의 성장, 발전 과정에 관여해야 한다.

부모가 지도해야 할 자녀의 행동

자녀를 지도하려면 먼저 지도하려는 자녀의 행동부터 정해야 한다. 가령 자녀가 아주 어리다면 부모는 자녀의 식사하는 행동, 잠자는 행동 등을 지도하고자 할 것이지만 자녀가 자랄수록 부모가 지도하고자 하는 자녀의 행동 영역은 보다 더 복잡해지고 많아질 것이다.

부모가 지도하려는 자녀의 행동영역이 무엇인지를 정하여 그 행동에 영향을 미치려고 한다면 부모는 각 행동 영역에서 바람직한 행동이 어떻게 하는 행동인가를 분명히 정해 두어야 한다. 그래서 부모와 자녀 양 쪽이 모두 바람직한 행동이 어떻게 하는 행동인가를 알아야 하고 이해해야 한다. 예를 들면 바른 식사법이란 어떻게 식사하는 것인가? 그릇의 음식을 깨끗이 다 먹는다는 것인가? 바람직한 예의범절이란? 숙제를 잘한다는 것은 어떻게 하는 것인가? 등등이다. 부모는 바람직한 행동이 어떻게 하는 행동인지를 분명히 해야 한다.

자녀에게 네 방을 깨끗하게 치우라는 식으로 말하는 것은 별로 도움이 되지 않는다. 방을 깨끗하게 치운다는 말에 이부자리를 정돈하고 장난감 등을 치우고 휴지통을 비우는 것 외에 서랍 정리하는 것까지 포함될 수도 있기 때문이다. 자녀가 방을 깨끗하게 치운다는 말속에 휴지통을 비우는 것까지 포함되는 것은 알고 있지만 서랍을 정리하는 것까지 포함되는 줄은 모르고 있을 수도 있기 때문에 서랍을 정리하는 것은 좀 더 자세하게 설명해 주어야 한다. 부모가 자녀에게 바람직한 행동이 어떻게 하는 것인지를 분명히 해야 부모 자신도 자녀가 바람직한 행동을 하고 있는지를 알 수 있고 자녀 역시 알 수가 있다.

뿐만 아니라 부부간에도 어떤 일에는 어떤 행동이 바람직하다는 기준을 미리 합의해 두는 것이 좋다. 가령 부부간에 바람직한 행동에 대한 합의를 분명히 해 놓지 않으면 부모 중 한쪽의 부모는 자녀의 방이 깨끗하다고 하고 다른 쪽의 부모는 자녀의 방이 지저분하다고 하게 된다. 이와 같이 어떤 일에 대하여 바람직한 행동의 기준이 정해져 있지 않거나 정해져 있더라도 부부간에 바람직한 행동의 기준에 대한 합의가 이루어져 있지 않으면 자녀의 행동을 개선시킬 수가 없다.

▎자녀 행동의 현재 발달단계 확인

자녀의 행동을 지도하려면 지도하려는 행동에 대한 자녀의 현재 발달단계를 알아야 한다. 부모가 지도하려는 행동에 대하여 자녀가 잘할 능력과 의욕이 있는가? 있다면 어느 정도인가를 알아야 한다. 앞서 설명했듯이 발달단계는 일반적인 개념이 아니다. 즉 자녀가 모든 행동에서 다 발달했거나 덜 발달했다는 것은 아니다. 같은 자녀라도 어떤 일을 하느냐에 따라 발달단계는 달라질 수 있다. 그렇다면 특정 일에 대한 자녀의 발달단계가 어느 정도인지 어떻게 알 수 있는가? 그 방법을 알아보자.

발달단계 확인 방법

어떤 일에 대한 자녀의 발달단계를 알아보기 위해서는 먼저 그 일에 대한 자녀의 능력과 의욕 정도를 알아야 한다. 어떤 일에 대한 자녀의 능력과 의욕은 자녀에게 "너 이런 거 할 수 있니?" "그것이 재미있니?"와 같이 직접 물어보거나 자녀의 행동을 관찰해 봄으로써 알 수 있다. 자녀가 아주 어리면 말로써 대답할 수가 없으므로 자녀에게 이런 것을 물어볼 수는 없지만 자녀가 다른 표현을 통해서 자신의 능력이나 의욕을 표현하는 수가 있으므로 자녀의 행동을 잘 관찰해 보아야 한다. 가령 세살배기 자녀는 어법에는 맞지 않지만 하고 싶다, 하기 싫다든가, 할 줄 안다, 할 줄 모른다는 표현을 어떻게 하든지 나타내므로 자녀의 표현을 잘 살펴보아야 한다. 만약 자녀가 어떤 일을 할 줄도 모르고 하기도 싫어하는 데 부모가 그 일을 하게 한다면 그리 좋은 결과를 얻지는 못할 것이다. 그 일에 관해 D2 발달단계인 자녀에게 지시적 방법을 사용했기 때문이다.

문제는 자녀가 거짓말을 하는 것은 아닌지 혹은 꾸중을 듣지 않기 위해서 일부로 그렇게 말을 하고 있는 것은 아닌지 분간하기 어려울 수도 있다. 자녀가 자신의 능력이나 의욕에 대해 말한 것이 믿어지지 않으면 자녀의 행동을 살펴봄으로써 사실 여부를 확인해 볼 수 있다. 다시 말하면 자녀의 능력은 과거의 행동을 보아서 알 수가 있다. 자녀의 과거 행동으로 미루어 보아 자녀가 무엇을 해야 하는

지를 아는가? 이런 일을 해 본 적이 있는가? 하는 방법을 아는가? 해 본 적이 있는가? 잘 한 적이 있는가? 에 대한 대답을 통해서 자녀의 능력을 알아보게 된다.

그리고 자녀의 의욕은 자녀를 관찰해 봄으로써 알 수가 있다. 자녀에 대한 관찰을 통해서 자녀가 이런 일을 어느 정도 재미있어하는가? 열심히 하는가? 겨우 마지못해 하는가? 자신이 있는가? 불안해하는가? 등에 대한 대답으로 의욕을 알아보면 된다. 명심해야 할 것은 자녀가 행하는 각각의 행동마다 발달단계가 다를 수 있다는 것이다.

자녀를 성장시키기 위해서는 부모가 먼저 어떤 일에 대한 자녀의 현재 발달단계를 아는 것이 중요하다. 만약 자녀가 어떤 일을 하는데 능력은 없으나 의욕만 있다면 낮은 발달단계이므로 세심하게 지시하고 감독해야 한다. 자녀가 능력이 부족한데 의욕마저 없다면 중하의 발달단계이므로 지시적이면서 지원적인 방법으로 지도해야 한다. 자녀가 능력은 있으나 의욕이 약하다면 중상의 발달단계이므로 자녀의 의욕관리를 하는 것이 중요하다. 의욕이 약하다는 것은 그 일을 할 자신이 없기 때문에 그럴 수도 있다. 그러므로 이때 부모는 지원적인 지도방법으로 지도해서 자녀가 자신감을 가지도록 지도해야 한다. 그러나 자녀가 어떤 일을 할 능력도 있고 스스로 하겠다는 의욕도 있다면 높은 발달단계이므로 부모는 그 일에 관한 한 자녀에게 완전히 맡겨 주어야 한다.

발달단계 별 자녀지도 방법을 사례를 통해 살펴보자. 자녀가 설거지를 해 본 적도 없고 하는 방법도 모르면서 하겠다고 한다. 자녀가 D1 낮은 발달단계이므로 지시적 방법으로 지도해야 한다. 이 경우 부모가 어떻게 하는 것이 지시적 방법인가? 부모는 첫째로 자녀에게 그릇 씻는 일이 어떻게 하는 것인가를 정확하게 이야기해 주어야 한다. 밥상을 깨끗이 치우고, 찌꺼기 음식을 음식 쓰레기 통에 버리고 그릇을 씻고 등등을 자세하게 설명해 주어야 한다.

그리고 둘째로 설거지하는 모습을 자세하게 보여 주어야 한다. 따라서 지시적 방법이란 '이야기해 주고 보여 주는 것'을 말한다. 그러므로 자녀는 무엇을 해야 할 것인지를 들어야 하고 어떻게 하는지를 보아야 한다. 이 지시적 방법이 지시행동을 많이 하고 지원행동을 적게 하는 자녀지도 방법이라고 해서 부모가 자녀에게 친절해서는 안 된다라는 것은 아니다. 다만 이러한 상황에서 부모가 지원행동을 적게 한다는 것은 자녀가 조금이라도 잘할 때까지 등을 어루만져 준다던가 하는 행동을 안 한다는 것을 말한다. 자녀가 설거지를 조금씩 잘할 때까지 부모는 무엇을, 언제, 어떻게, 어디에서 해야 하는가를 달 설명해서 자녀가 설거지를 잘할 수 있게 해 주어야 한다.

▎ 자녀를 위해 모험을 감수하라

위의 사례에서 부모가 지시적 방법을 사용해서 구체적으로 지시하면 자녀는 점차 설거지를 잘하게 될 것이다. 그러나 자녀지도를 자녀의 발달단계를 높이고 자립심을 길러 주는 것으로 이해한다면 부모는 다소의 모험을 감수하지 않을 수 없다. 부모는 모험을 감수하더라도 자녀의 발달단계를 높이고 자립심을 기르도록 기회를 주어야 한다.

위의 예에서 본다면 부모의 지시나 감독 없이도 자녀가 스스로 설거지를 할 기회를 주는 모험을 감수해야 한다. 자녀가 다치지만 않는다면 아끼는 예쁜 그릇이 깨지는 모험을 아끼지 말아야 한다. 특히 자녀가 이전에 혼자서 설거지를 해 본 적이 없을 때 시도하는 모험이 더 중요하다. 발달단계 별 자녀지도 방법에는 다소의 모험이 따르지만 그렇다고 지나친 모험을 감수해서는 안 된다. 그러므로 값비싼 그릇보다는 먼저 낡은 그릇이나 플라스틱 접시 같은 것을 씻도록 지도하는 것이 현명하다.

▌점진적으로 지도하라

부모들은 종종 자녀가 잘할 줄 모르는 일을 시켜 놓고 자녀가 잘할 것이라고 생각하여 도움을 주지 않고 있다가 회복 불가능할 때쯤 되어서야 벌을 준다. 이것은 자녀에게 지시하고는 내버려 두었다가 잘하면 넘어가고 잘못되면 처벌하는 자녀지도 방법이다. 속칭 뒤통수치기, 갈매기 식 지도방법이라고도 한다. 부모는 자녀에게 어떤 일을 하라고 지시하고는 자녀가 즉시 하기를 바라며 자녀 혼자 내버려 두고는 자녀가 잘 못하면 자녀에게 고함을 지르고 벌을 준다.

예를 들어 보자. 어떤 부모가 자녀가 열 살 정도 되면 혼자서 설거지를 할 수 있어야 한다고 생각하고 있었다. 그런데 마침 저녁에 친구가 놀러 왔다. 그래서 부모는 친구와 이야기하는 동안 열 살짜리 자녀에게 설거지를 하도록 시켰다. 자녀가 설거지를 할 수 있다든가 설거지를 하고 싶어 하는지 여부를 생각해 보지도 않고 설거지를 시켰다. 그리고는 거실에서 친구와 이야기를 계속했다. 시간이 어느 정도 지난 뒤에 부모가 차를 가져가기 위해 부엌에 와 보니 그릇은 씻지도 않은 채 여기저기 널려 있었고 싱크대는 더 엉망이었으며 게다가 비싼 접시까지 깨어져 있었다. 부모는 자녀를 노려보고 고함을 지르고 손찌검을 하고 부엌 밖으로 내쫓았다.

어느 누구도 어떤 일을 한 번에 잘할 수는 없다는 것을 잊지 말아야 한다. 누구든지 서서히 조금씩 배운다. 따라서 자녀에게 새로운 것을 시킬 때는 자녀가 조금만 잘하더라도 칭찬해 주어야 한다. 이것이 자녀가 새로운 것을 배우게 하는 긍정적 강화법이다. 부모가 이러한 긍정적 강화에 대해서 잘 알지 못해도 부지불식간에 이 방법을 사용하고 있다.

다른 예를 들어 보자. 부모가 자녀에게 걸음마를 가르칠 때 우선 자녀를 일으켜 세우고 '걸음마'하면서 혼자서 걷도록 시킨다. 이때 자녀는 넘어지기도 한다. 그런데 자녀가 넘어질 때 부모가 자녀의 엉덩이를 때렸다고 한다면 그것은 앞의 예에서 설거지를 처음 해보는 자녀에게 잘못했다고 고함지르고 때리고 내밀치는 것과 무엇이 다르겠는가? 넘어졌을 때 엉덩이를 맞은 자녀는 넘어지면 또 엉덩이를 맞는다는 것을 알기 때문에 아예 걸으려고 하지 않게 된다.

그러므로 자녀에게 걸음마를 가르치려면 먼저 자녀에게 일어서는 것을 가르친다. 바로 주저앉아도 어루만져주고 입도 맞춰준다. 다음에 다른 것을 잡고 일어서 있으면 부모가 다시 껴안고 어루만져주고 또 입을 맞춰준다. 설령 자녀가 처음 걸음마를 할 때 바로 넘어지더라도 똑같이 한다. 걸음마를 하겠다는 시도를 칭찬해 주어야 한다. 이러한 칭찬으로 모든 자녀들이 잘 걷게 되는 것이다.

❘ 네 가지 자녀지도 방법을 유연하게 구사하라

요즘 시대 자녀지도 방법을 효과적으로 사용하면, 자녀가 책임감 있고 건강하며 성숙한 사람으로 발전해 가도록 도와줄 수가 있다. 그러나 아직까지도 자녀지도에 실패하는 부모가 많다. 이런 부모들은 무엇이 잘못되었을까? 부모가 시종일관 한 두 가지의 자녀 지도 방법만을 사용하게 되면 자녀의 성장을 방해하게 된다. 이런 부모는 너무 오랫동안 자녀의 행동을 통제, 지시하거나 아니면 자녀가 아직 책임 있는 행동을 할 만큼 성장하기도 전에 자녀의 거의 모든 행동을 자녀의 자의대로 하도록 맡겨버린다. 이와 같이 한가지 자녀 지도방법을 사용한 결과는 뻔한 일이다.

자녀의 발달단계를 무시해 버리고 지시적 방법만을 사용한 부모의 경우를 살펴보자. 즉 부모가 자녀에게 "네가 이 집에 살고 있는 한은 늦어도 밤 열 시 이전에 귀가해야 하고 내가 정한 규칙을 지켜야 한다." 라고 말했다면 두 가지 결과를 예측해 볼 수가 있다. 이 자녀는 가능한 한 집에 있지 않으려고 학교에 간다는 핑계로 가방을 챙겨서 아침 일찍 집을 빠져나가거나 아니면 부모의 권위에 굴복하여 아주 소극적이며 다른 사람에게 의존하는 사람이 되며 언제나 어떤 일을 어떻게 해야 한다고 말해주는 사람이 필요하게 된다.

지도적 방법만을 사용하는 부모는 "어머니가 감싸주기만을 바라는 자녀" 또는 "아버지가 감싸주고 귀여워해주기만 바라는 자녀"로 키우는 경향이 있다. 이런 자녀는 성인이 되어도 정신적으로 부모에게 의존하거나 다른 어른들이 자기 일을 정해 주기를 바라게 된다. 부모가 항상 지시, 지원, 격려를 제공해 주었기 때문에 이러한 자녀는 혼자서는 자기 일을 스스로 챙겨서 할 능력이 없게 된다.

부모가 어떤 일에 대하여 지원을 철저히 해주고 아무런 지시를 하지 않는 경우, 즉 부모가 철저하게 자녀의 의견을 존중해 줄 경우에 그 자녀는 어떻게 되겠는가? 부모기 이와 같이 지원적 방법만을 사용하게 되면 자녀는 규칙을 존중할 줄도 모르고 다른 사람의 권리는 조금도 고려하지 않는 버릇없는 자녀가 되기 쉽다.

위임적 방법은 아주 부유한 집이나 아주 가난한 집에서 볼 수 있는 자녀 지도방법이다. 이 두 가정 모두 자녀가 부모의 지도에 의해 성장한다기보다는 다른 환경에 의해 성장한다고 볼 수 있다. 부유한 집의 경우에는 자녀를 지도하는 책임이 가정교사나 유모에게 위임될 수 있지만 가난한 집의 경우에는 자녀가 일상생활에서 생기는 문제의 해결방법을 형제자매나 친구로부터 스스로 배워야 할 입장에 처해진다. 자녀의 성장은 부모보다는 학교, 유모, 친구의 영향을 크게 받게 된다.

3장 | 학습 정리 질문

1. 성과에 영향을 미치는 상황변수는 무엇이 있는가?

2. 직원의 발달단계를 어떻게 파악하는가?

3. 직원은 각 발달단계 별로 어떤 특징을 보이는가??

4. 각 발달단계에 맞는 리더십 유형은 무엇인가?

5. 현재 관리하고 있는 직원의 발달단계와 당신이 사용하고 있는 리더십은 적합한가? 적합하지 않다면 그 이유는 무엇인가? 또 적합한 리더십은 무엇인가?

6. 요즘 시대 자녀지도 방법에 따르면 우리 집 아이들의 발달단계는 어떠한가? 부모로서 나는 아이들에게 어떤 리더십 유형을 사용하고 있는가?

발달단계 진단 연습

아래의 내용은 농구 황제 마이클 조던의 선수 생활의 사건과 그때그때 상태를 표현한 글이다. 1번~10번을 읽어보며 마이클 조던의 발달단계(D1~D4)를 생각해 보자.

1. 1992년 시카고 불스 농구팀의 마이클 조던은 세계에서 가장 유명한 운동 선수 중 한 명이다. 그는 NBA에서 MVP를 2번이나 수상하였으며 그의 팀 인 시카고 불스를 2년 연속 NBA 정상에 올려놓았다. 농구선수로서 조던 의 발달단계를 어떻게 진단하겠는가? 발달단계는 목표나 과제를 중심으 로 생각해야 한다는 것을 기억하세요.

    마이클 조던의 발달단계는? 1. ⬭

2. 1993년 NBA 챔피언십 플레이 오프가 진행되던 시기, 조던은 자신의 개인 적인 문제와 미디어의 지나친 관심 등으로 농구 시합에 제대로 집중하기 가 어려웠다. 결국 NBA 동부지구 플레이 오프 첫 게임에서 시카고 불스는 뉴욕 닉스에게 크게 패했다. 조던은 이 시합에서 16점을 득점하면서 자신 의 시즌 최저 득점 기록을 수립하는 불명예까지 안았다. 슛 적중률도 겨우 40%에 그치며 부진한 모습을 보여 주었다.

    마이클 조던의 발달단계는? 2. ⬭

3. 두 번째 게임에서 자신감을 되찾은 조던은 시카고 불스가 NBA 챔피언십 에서 3년 연속 우승할 수 있도록 팀에 기여하고 싶다고 말했다. 이는 NBA

역사상 두 번밖에 일어나지 않은 기록이다. 이후 4번째 게임에서 조던은 54점을 득점했고 슛 적중률이 60%에 이르면서 완전히 경기 감각을 되찾았습니다. 마지막 최종 결승전에서도 피닉스 선스와의 경기에서 6경기를 치르는 동안 246점이라는 높은 득점을 기록하며 맹활약하여 시카고 불스를 3년 연속 정상에 올려놓았다. 또한 자신도 3년 연속 NBA 챔피언십 MVP를 수상하는 대기록을 과제를 수립했다.

마이클 조던의 발달단계는? 3. ⬭

4. 1993년 10월 6일 마이클 조던은 갑작스럽게 NBA에서 은퇴선언을 하였다.

마이클 조던의 발달단계는? 4. ⬭

5. 1994년 2월 조던은 프로야구에 진출하겠다고 발표했다. 발표 후 그는 시카고 화이트 삭스에 입단하여 야구를 본격적으로 시작했다. 소년시절부터 농구를 좋아하던 조던은 "제 생에 있어서 실패를 두려워한 적은 없었다. 뭐든지 시도를 해보고 싶다." 라고 말하며 강한 의욕을 보여 주었다. 비록 조던이 NBA 역사상 최고의 농구선수로 손꼽혀 왔지만 야구선수로서도 과연 성공할 수 있을지 많은 사람들은 걱정하기 시작했다.

마이클 조던의 발달단계는? 5. ⬭

6. 1994년 4월 마이클 조던은 마이너리그로 강등되었다. 그는 팀 내에서 외야수를 맡았지만 부진을 면치 못했으며 시속 90마일의 느린 투구도 맞추지 못했다. 평균 타율도 겨우 1할 5푼에 불과했다. 메이저리그에 진출하려면 적어도 타율이 2할 5푼은 되어야 한다. 그러나 이는 마이클 조던에게

결코 쉽지 않은 일이었다.

마이클 조던의 발달단계는? 6. ◯

7. 1994년 여름, 마이너리그에서 조던의 야구 실력은 점차 향상되기 시작했으며 그가 뛰는 경기의 입장권 판매도 급성장하기 시작했다. 그는 이러한 사실에 더욱 고무되었으며 일부에선 그가 메이저리그에서도 자신의 실력을 증명할 수 있을 것으로 생각했다.

    1995년 3월 2일 조던은 야구를 그만두겠다고 발표했다. 1994년에 벌어진 메이저리그의 파업은 여전히 해결 기미가 보이지 않았으며 선수들 또한 연봉 협상과 주전 확보 등을 이유로 구단과 갈등을 빚었다. 조던은 이를 지켜보며 많은 실망을 하게 되었고 자신이 생각한 야구 선수로서의 꿈은 끝났다고 생각했다.

마이클 조던의 발달단계는? 7. ◯

8. 야구를 포기한 후 마이클 조던은 시카고 불스의 농구 선수로 복귀했다. 그는 시즌 도중에 팀에 합류했다.

마이클 조던의 발달단계는? 8. ◯

조던이 농구 선수로 복귀한 첫 시합에서 그의 팬들은 조던 특유의 경기 스타일에 다시 매료되었다. 그러나 불스는 103대 96으로 졌으며 조던 역시 첫 경기에서 큰 활약을 펼치지 못했다. 하지만 장내 경기를 중계하던 아나운서는 "오늘 시합에선 그가 예전의 실력을 보여 주지 못했지만 그는 우리에게 돌아왔다. 지금으로서는 조던이 우리에게 돌아온 사실만으로도 충분하다." 라고 말하며 그에 대한 기대를 표시했습니다.

9. 1996년 마이클 조던은 NBA 챔피언십에서 또다시 팀을 우승으로 이끌었다.

마이클 조던의 발달단계는? 9. ⬭

10. 1999년 말 조던은 워싱톤 위저드 농구팀의 구단주가 되었다. 그는 이제 프
런트에서 선수들을 관리하는데 주력하였다.

마이클 조던의 발달단계는? 10. ⬭

2001년 마이클 조던은 위저드 구단주직을 사임하고 워싱턴 위저드의 선수로서
우리에게 다시 돌아왔다. 그는 선수로 뛰는 동시에 코치로 활약하며 신인선수
를 발굴하는 데에도 주력했다. 조던은 이후에도 게임을 치르면서 팬들에게 많은
놀라움과 흥분을 선사해 주었으며 그의 팀은 연이어 믿기 힘든 승리를 거두었
다. 그러나 조던 역시 다른 사람들처럼 자신의 인생에서 새로운 목표와 과거부
터 생각해 온 꿈을 이루는 데 있어 우여곡절을 계속 겪었다.

해답> 1. D4, 2. D3, 3. D4, 4. D3, 5. D1, 6. D2, 7. D2, 8. D3, 9. D4, 10. D1

발달단계 진단 시트 1

당신의 직원을 생각해 보자. 아래의 질문에 답변하며 직원의 발달 단계를 예측해 보자.

1. 과제/목표는 구체적으로 무엇인가?

2. 해당 과제/목표 달성에 필요한 지식과 기술을 어느 수준인가?

3. 일반적으로 적용 가능한 공통 지식/기술을 어느 수준인가?

4. 동기, 관심, 열정은 어느 정도인가?

5. 자신감과 자기 확신은 어느 정도인가?

발달단계 진단 시트 2

각 문항에 대하여 어느 정도 동의 하는지 솔직하게 판단하여, 점수를 기입한다.

매우 그렇다 : 5점   그런 편이다 : 4점   보통이다 : 3점
그렇지 않은 편이다 : 2점   전혀 그렇지 않다 : 1점

요소	번호	문항 내용	점수	합계
역량	1	그 직원은 담당 업무를 잘 하기 위한 사전 경험이 많다.		
	2	그 직원은 담당업무 수행에 필요한 충분한 지식을 가지고 있다.		
	3	그 직원은 담당업무와 관련되는 교육·훈련을 받은 경험이 있다.		
	4	그 직원은 업무와 관련된 문제를 독자적으로 해결할 수 있는 능력이 있다.		
	5	그 직원은 담당업무 수행에 필요한 기술을 잘 파악하고 있다.		
의욕	6	그 직원은 어떤 일을 맡더라도 동료들 보다 적극적으로 일을 한다.		
	7	그 직원은 책임이 무거운 업무도 기꺼이 맡으려고 한다.		
	8	그 직원은 자신의 성과를 위해 목표를 당성하는 것도 있지만 일에 대한 성취 자체에 관심이 높다.		
	9	그 직원은 어렵고 힘든 일이라도 맡겨진 일이라면 끝까지 수행한다.		
	10	그 직원은 일이 없을 때보다 오히려 일이 많을 때 또는 필요할 때를 만족해 한다.		

<분석>

역량의 5개 문항 합계를 5로 나누어 평균을 구한 것이 역량 점수이다.

의욕의 5개 문항 합계를 5로 나누어 평균을 구한 것이 의욕 점수이다.

발달단계 진단 매트릭스에서 역량과 의욕점수를 확인하면 해당 직원의 발달단계를 알 수 있다.

요즘 시대, 요즘 세대, 요즘 리더

발달단계 진단 매트릭스

S1 역량 1.0-2.0 의욕 4.1-5.0 D1	S1 역량 2.1-3.0 의욕 4.1-5.0 D1	S3/4 역량 3.1-4.0 의욕 4.1-5.0 D3/4	S4 역량 4.1-5.0 의욕 4.1-5.0 D4
S1 역량 1.0-2.0 의욕 3.1-4.0 D1	S1/2 역량 2.1-3.0 의욕 3.1-4.0 D1/2	S3 역량 3.1-4.0 의욕 3.1-4.0 D3	S3/4 역량 4.1-5.0 의욕 3.1-4.0 D3/4
S1/2 역량 1.0-2.0 의욕 2.1-3.0 D1/2	S2 역량 2.1-3.0 의욕 2.1-3.0 D2	S2/3 역량 3.1-4.0 의욕 2.1-3.0 D2/3	S2/3 역량 4.1-5.0 의욕 2.1-3.0 D2/3
S2 역량 1.0-2.0 의욕 1.0-2.0 D2	S2 역량 2.1-3.0 의욕 1.0-2.0 D2	S2 역량 3.1-4.0 의욕 1.0-2.0 D2	S2 역량 4.1-5.0 의욕 1.0-2.0 D2

발달단계 진단 시트 3

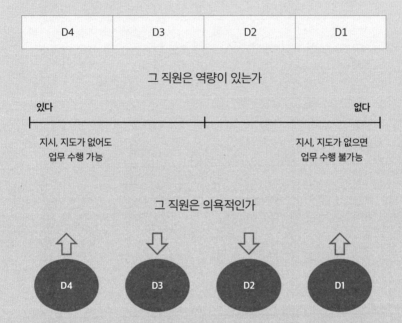

D4	D3	D2	D1

그 직원은 역량이 있는가

있다   없다

지시, 지도가 없어도   지시, 지도가 없으면
업무 수행 가능   업무 수행 불가능

그 직원은 의욕적인가

(참고사항: 각 장 말미에 제시한 교육자료는 리더십 강의활동에 활용할 수 있는 연습용 자료이다. 그 사용방법에 대해서 좀 더 자세하게 알아보고자 하는 분에게는 공동 저자들이 정기적으로 운영하고 있는 요즘 시대 리더십 교육과정 수강을 추천한다.)

part 4

효과적인 리더십은 합의에서 시작된다

최적 리더십 선택과 성과지향 파트너십

요즘 시대 리더가 갖추어야 할 세 번째 기술은 최적 리더십을 선택하는 기술과 그것을 직원들과 합의할 수 있는 기술이다. '성과지향 파트너십'이라고도 한다. 앞서 학습한 대로 당신 직원에 대해 상황진단이 정확하게 이루어지면 <그림 4-1>의 종 모양의 리더십 스타일 4분면을 통과하는 성과곡선에 따라 최적의 리더십 유형은 자동적으로 결정되는 것이다.,

지시형, 지도형, 지원형, 위임형 네 가지 리더십 스타일과 열정적인 초보자, 좌절한 학습자, 유능하나 소극적인 수행자, 자주적인 성취자 네 가지 발달단계는 순서대로 대응을 이루고 있다.

열정적인 초보자 : 지시형 리더십

앞서 간략하게 살펴봤던 영업 팀 신입사원의 사례를 심층적으로 살펴보자. 능력이 탁월한 영업사원이 되기 위해서는 서비스, 영업관리, 팀워크라는 세 가지 중요한 책임이 있다. 그는 여름 시즌 동안 호텔에서 인턴십을 했던 경험이 있어서 서비스에 대한 경험은 충분한 것으로 보인다. 대학 시절에는 동호회 총무와 축구부 주장을 역임하며 팀워크 방면으로도 경험을 쌓았다. 하지만 판매관리 측면에 있어서는 열정적인 초보자 단계라고 진단하고 이 부분에 교육을 집중하기로 결정했다. 이 분야에서 그는 기술은 부족하지만 배움에 대한 열의로 가득하다.

이러한 직원에게는 지시형 리더십이 가장 적절하다. 당신은 신입사원에게 업무용 전화를 거는 방법에서부터 계약을 체결하는 방법에 이르기까지, 영업에 관련된 모든 과정을 처음부터 가르치기 시작한다. 방문판매를 나갈 경우에는 그를 직접 데리고 나가, 판매 절차가 어떻게 이루어지며 어떻게 일하는 것이 잘하는 것인지 몸소 시범을 보여준다. 그렇게 해서 그가 영업사원으로서 스스로 발전을 이루어갈 수 있도록 단계적인 계획을 마련해 준다. 다시 말해서 당신은 시험문제를 내기만 하는 것이 아니라, 정답도 직접 가르쳐 주어야 한다는 것이다.

당신은 그가 성공하기 위해서는 어떤 일부터 우선 처리해야 하는지에 대해 구체적인 지시를 내리고 그의 업무를 주의 깊게 감독한다. 경험이 많은 영업사원들이 어떻게 일하는지를 가르치고 시범을 보여주는 한편, 위험도가 낮은 업무를 직접 실습해 볼 수 있게 해주는 것이 바로 이런 열정적인 초보자를 위한 알맞은 접근방법이다.

좌절한 학습자 : 지도형 리더십

신입사원들은 그동안 몇 주 간의 OJT 교육을 받았다. 그는 이제 영업의 기초는 이해했지만 능력을 갖추는 문제는 자신이 생각했던 것보다 어렵다는 사실을 알게 되었다. 당신은 그의 걸음걸이가 예전처럼 붕붕 뜨지 않고, 때로는 의기소침한 모습을 보이기까지 한다는 사실을 알아차렸다. 그는 이제 영업에 대해 처음보다 더 많은 것을 알게 되고, 가끔씩 기대 이상의 재능을 보여주기도 했지만, 예상하지 못한 문제를 마주칠 때마다 좌절감을 느끼곤 했다. 그리고 이런 상황이 그의 의욕을 꺾어놓았다.

이 단계에 있는 직원이 바로 좌절한 학습자이다. 이 단계에 있는 직원에게 필요한 것은 지시와 지원의 수준을 한 차원 더 높이는 지도형 리더십이다. 이제부터는 당신은 그에게 조언을 하는 동시에 그가 질문이나 제안을 할 수 있도록 유도하는 쌍방향 커뮤니케이션을 늘리는 방향으로 이동해야 한다. 또한 이 단계에서는 그에게 자신감을 심어주고, 잃어버린 의욕과 적극성을 되찾게 하기 위해 칭찬과 지원을 많이 하는 것이 중요하다. 이 단계에서 직원의 의견을 신중하게 고려하지만, 최종 결정을 내리는 사람은 당신이다.

유능하나 소극적인 수행자 : 지원형 리더십

몇 달의 시간이 순식간에 흘렀다. 당신이 채용한 그 직원은 이제 자신의 위치에서 요구되는 일상적인 책임들에 익숙해져 있고, 영업 능력도 많이 습득하였다. 그러나 자신감은 여전히 부족한 상태이다. 그는 현재 당신이나 다른 동료들의 도움이나 지원 없이도 혼자 업무를 잘 수행할 수 있을지 의문을 갖고 있다. 당신은 그가 자신의 일에 대해서 잘 알고 있으며 충분한 역량을 갖추었다고 생각하지만, 정작 본인은 확신하지 못하고 있다. 그는 영업 절차를 잘 파악하고 고객서비스를 잘 실천하고 있지만 여전히 혼자서 모든 것을 감당하는 것을 망설이고 있다. 그는 점점 더 자신의 능력을 의심하며 자아비판적으로 변하기 시작했다.

이러한 단계에 있는 사람은 흥분과 불안상태를 오가는 불안정한 의욕을 지닌 유능하지만 조심스러운 업무수행자이다. 이때가 바로 지원형 리더십이 요구되는 때이다. 영업에 대한 기술은 충분히 배웠기 때문에, 이제 당신은 지시를 줄이고 지원을 더욱 늘려 그의 자신감을 고취시켜야 한다. 당신은 그가 하는 노력을 있는 그대로 지켜보면서, 그가 가진 어려움이나 제안을 잘 들어주고, 그가 고객을 대할 때뿐만 아니라 다른 직원을 상대하는 데 있어서도 언제든지 지원을 제공해 줄 수 있어야 한다. 그를 격려하고 칭찬하되, 열심히 하라는 식의 지시를 해서는 안 된다.

지원형 리더십은 좀 더 많은 협력을 필요로 한다. 그와 당신 사이에서 피드백은 주고받는 형태로 이루어져야 한다. 당신은 그의 사고를 넓혀주고 모험을 감수할 수 있도록 격려함으로써 그가 문제에 대한 방안을 스스로 찾아낼 수 있게 만들어야 한다.

자주적 성취자 : 위임형 리더십

시간이 지날수록 그 직원은 이제 팀의 핵심이 되고 있다. 그는 영업 능력과 업무 스킬이 숙달되었을 뿐 아니라, 어려운 고객을 상대하는 일에서도 성공적인 결과를 얻어내곤 한다. 심지어 문제를 미리 예견하고 해결책을 준비해 두기도 한다. 그는 성공적으로 자신의 영업구역을 관리하고 있기 때문에 적당한 자신감도 갖추고 있다. 그는 이제 자신의 일만 척척 해내는 것이 아니라 다른 직원들을 고무시키는 일도 할 수 있게 되었다.

이 단계에서 그는 자신의 분야에서 자주적 성취자이다. 당신은 그가 자신에게 주어진 영업 목표를 달성할 수 있을 것이라 믿는다. 이러한 단계에 있는 사람에게는 위임형 리더십을 적용해야 한다. 이 상황에서는 일상적인 의사결정과 문제해결에 대한 책임을 그에게 넘겨주고 그가 자신의 영역을 스스로 관리할 수 있게 하는 것이 적절하다. 이제 당신이 할 일은 그에게 권한을 부여하여 그가 독립적으로 행동할 수 있도록 허락하고 신뢰하는 것이다. 당신은 그저 그의 뛰어난 성과를 인정해 주고 그가 자신에게 주어진 임무를 다하기 위해 필요한 자원들을 제공해 주기만 하면 된다. 이 단계에서 그가 계속해서 높은 성과를 올리고 영업 능력을 더욱 발전시켜 갈 수 있도록 격려하고 더욱 수준 높은 영업에 도전할 수 있도록 응원하는 것이 중요하다.

앞의 예에서 언급한 것처럼 발달단계는 전체적인 개념이 아니라 특정 업무에만 한정된 사항이다. 서비스나 관리, 혹은 팀워크의 측면에서 발전과정을 지켜보면 그것은 또 다른 과정으로 진행되었을 것이다. 직원들을 어떤 특정한 발달단계로 분류하지 않는 것은 매우 중요하다. 실제 업무 현장에서 발달단계는 그 사람 자체에 적용되는 것이 아니라 그가 특정 업무나 목표에 대해 가진 역량과 의욕에 해당한다. 다시 말해, 개인은 모든 면에서 하나의 발달단계를 갖는 것이 아니라 업무나 목표에 따라 다양하게 측정된다. 한 업무에서는 특정 발달단계에 있는 사람이, 다른 업무에서는 또 다른 발달단계를 보일 수도 있다.

이해를 돕기 위해 예를 들어 보자. 김현주라는 여성은 소비재 산업에 종사하고 있다. 그녀는 새로 나온 상품을 시판하고 신규 시장을 개척하는 마케팅 분야에 천부적인 재능을 가지고 있다. 그녀는 이전에 기획한 마케팅의 성공이 입증하듯, 분명히 자주적 성취자이다. 그러나 인구통계나 구매패턴의 분석과 같은 데이터베이스를 구축하는 데 있어서 그녀는 노트북으로 이메일을 보내고 문서를 작성하는 것 말고는 경험이 거의 없다. 이때에는 그 업무에 대한 동기부여 정도에 따라, 열정적인 초보자가 될 수도 있고 좌절한 학습자가 될 수도 있다.

이 예는 우리가 서로 다른 사람에게는 서로 다른 방법을 적용해야 할 뿐만 아니라, 같은 사람이라 할지라도 그 사람이 당시에 맡은 일의 어떤 부분에 초점을 맞추느냐에 따라서 다른 방법이 적용되어야 한다는 것을 보여 준다.

각각의 발달단계에 적용할 리더십 유형을 결정하려면, 다음의 <그림 4-1>에서 보는 바와 같이 4사분면을 통과하는 곡선과 아래의 발달단계에서 올라가는 수직선과 만나는 점을 찾아라. 수직선과 곡선이 만나는 그 교차점이 바로 그 발달단계에 맞는 알맞은 리더십 유형을 말해준다.

직원과의 합의와
현장적용 기술

　지금까지 학습한 최적의 리더십을 선택하는 것보다 더 어려운 것은 직원과의 파트너십, 즉 합의 기술이다. 직원들이 리더가 하는 일을 이해하지 못하거나 그들의 의도를 오해한다면 아무리 최적의 리더십 스타일을 선택하여도 좋은 결과를 만들 수 없게 된다. 파트너십은 당신과 직원 사이에 대화의 장을 열어주고 그 대화의 양과 질 모두를 높여 주어서 효과적인 리더십을 발휘할 수 있게 한다.

　예를 들어 당신이 직원 중 한 명을 탁월한 자주적 성취자로 진단했다고 가정하자. 당신은 그 직원에게 기본적인 업무만을 지시하고 한동안 당신의 사무실에서 당신의 업무에만 열중했다. 그러자 그 직원은 혼란스러워하며, "내가 뭘 잘못한 거지? 팀장님을 도대체 뵐 수가 없군." 이라고 중얼거릴 것이다.

　이번에는 새로 온 1년 차 직원에게 지도형 리더십이 필요한 상황이다. 당신은 그 옆에 하루 종일 붙어 앉아 그의 업무를 하나하나 지켜보았다. 시간이 조금 지나면 그는 "왜 팀장님은 나를 믿지 않지? 항상 어깨너머로 지켜보고 있군." 라며 당신의 의도를 의심하기 시작할 것이다. 두 가지 경우 모두, 당신은 올바른 진단을 했지만 당신의 직원들은 그것을 이해하지 못하고 당신의 의도를 잘못 해석한 것이다.

이러한 상황을 해결하기 위해 개발된 것이 직원과의 합의 기술이다. 이 기술은 직원들의 발달단계에 맞는 리더십 유형을 사용하는 것에 대해 동의를 구하는 일이다. 파트너십은 직원들이 자신에게 필요한 리더십 유형을 리더에게 요구할 수 있도록 도와준다.

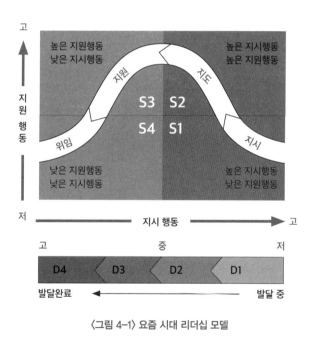

〈그림 4-1〉 요즘 시대 리더십 모델

지시형 리더십(S1)을 적용해야 하는 경우

직원의 발달단계는 적절한 리더십 유형을 선택하는 중요한 요소다. 예를 들어 D1 직원은 특정 업무와 목표 달성에 대한 의욕은 높은 반면 그것을 실행할 역량은 낮은 사람이다. 따라서 D1 직원이 영업 목표를 달성하도록 도우려면 리더는 그에게 '목표'와 '방법'을 제시해 주는 행동을 해야 한다. D1 직원의 역량은 조직 목표 달성에 필요한 지식과 정보를 전달해 줌으로써 발전한다. 목표와 방법을 설명해 주지 않고 마감 시한과 우선순위와 평가를 강조하는 것은 배우는 과정에 있는 직원을 절망시킬 뿐이다.

비록 당신이 직원에게 정보나 지식을 은근하고 친절하고 우호적으로 전달하는 유형이라고 할지라도 지시형 리더십(S1)을 사용할 때에는 업무 목표와 실천 계획의 측면에서 토론이나 변경의 여지가 많지 않으며 있어서도 안 된다.

D1 직원은 업무를 수행하는 데 필요한 기술이나 지식을 가지고 있지 않다. D1 직원에게 필요한 지식과 기술을 구비하도록 돕는 최선의 방법은 업무와 목표 달성에 필요한 '언제, 어디서, 무엇을, 어떻게, 왜, 누구와'를 명확하게 가르쳐 주는 것이다.

업무 지식이 없는 사람에게 의견을 요구하는 등의 지원 행동을 자주 하는 것은 배우는 단계에 있는 사람을 좌절시킬 수 있다. 부여받은 업무에 대한 확실하고 직접적인 해결책을 원하는 직원에게 너무 커다란 상황을 제시하는 것은 그 사람의 기를 죽이는 것이다. 의욕은 높은 반면 역량은 낮은 직원은 상황을 낙관적으로 순수하게 보는 경향이 있다. 이런 직원에게는 구체적인 지시를 하는 것이 가장 큰 도움이 된다. 지원 행동은 그 직원이 부여받은 업무와 목표에 대한 경험이 어느 정도 있을 경우에 사용하는 것이 바람직하다.

지시형 리더십(S1)을 현장 적용한 예

당신이 내부관리를 맡을 직원을 고용했다고 가정해 보자. 당신은 그 직원이 당신의 SNS 통합 시스템을 능숙하게 사용하기를 원한다. 그 직원은 이런 시스템을 이용한 경험은 없지만, 그 시스템이 아주 효율적이라는 것을 알기 때문에 그것의 사용법을 익히는 일에 무척 열정적이다. 이렇듯 의욕적이지만 역량이 부족한 직원에게 가장 적절한 방법은 사용설명서를 펼쳐 놓고 시스템의 기능과 옵션을 천천히 설명해 주는 것이다. 이런 상황에서는 S1 행동을 사용하는 것이 가장 도움이 된다. 그 직원이 잘 이해하고 있는지를 확인하면서 지시를 하는 것이다.

S1 리더십을 가장 완벽하고 효과적으로 사용하려면 그 시스템을 어떻게 이용하는지에 대해 그 직원에게 직접 보여주는 것이 좋다. 즉 각 동작을 설명해 주고, 이를 똑같이 따라 배울 기회를 주면서 그 직원이 처음 시스템을 활용하는 동안 곁에서 지켜봐 주는 것이다.

그저 사용설명서를 넘겨주고 시간 나면 읽어 보라고 하는 것은

S4 위임형 행동이다. 이것은 그 직원의 기술 발전을 장담해 주지 못한다. 그 대신 그 직원으로 하여금 다른 사람에게 가서 당신이 줄 수 있지만 주지 않았던 정보를 구하게 만든다. 또한 시스템에 대한 그 직원의 의견을 묻는 등의 지원 행동을 사용하는 것은 오히려 그 직원의 의욕을 감소시킬 수 있다. 나아가 그 시점에서 그 직원에게 매체 별로 분석하거나 전체를 통합하는 방법을 묻는 것은 아무 도움도 되지 않을 뿐만 아니라, 더 나쁜 경우 리더로서의 당신의 신뢰도를 추락시킬 수도 있다.

앞에서도 말했듯이 지시형 리더십(S1)은 오늘날 리더십 책자에서 별로 권하지 않는 유형이 되다 보니 반응이 좋지 않은 것이 사실이다. 그러나 만약 직원이 일을 완수하기를 바란다면 목표를 설정하고 방법을 정해주는 것이 도움이 된다는 것을 부인하는 학자들은 없을 것이다. 문제는 누가 '목표'와 '방법'을 가르쳐주고 설명하고 완수하느냐 하는 것이다.

요즘 시대 리더십 모델은 목표와 방법을 가르쳐주고 설명하는 것이 직원의 역량과 의욕에 달려 있다고 주장한다. 참여적 경영이 유행이라고 해서 지시적인 S1의 실행을 두려워하지 마라. 의욕적이지만 서투른 직원에게는 S1 리더십이 그 요구에 부합하므로 S1을 사용하라.

지도형 리더십(S2)을 현장 적용해야 하는 경우

중하 수준의 역량과 낮은 의욕을 보이는 직원들에게 가장 효율적인 것이 S2 리더십이다. D2발달단계에 있는 직원들은 업무와 목표 달성 정도에 있어서 어느 정도 경험이 쌓이기는 했지만 발전 정도가 부족해 의기소침해 있다. 대부분의 D2 단계(낮은 역량/낮은 의욕)의 직원들은 더 생산적이 되기 위해서는 더 배워야 한다는 것을 알고 있지만 지식을 습득하는 속도가 충분치 않아 낙담한다. 그들이 낙담하는 이유는 여러 가지가 있다. (1) 맡은 업무가 생각한 것보다 어렵다, (2) 지루하다, (3) 배워야 할 것이 끝이 없다, (4) 리더로부터 필요한 도움을 받지 못했다.

D2 직원은 의욕뿐만 아니라 역량의 수준 역시 업무와 목표 달성에 부족하다는 것을 잊지 말자. 그들에게는 업무에 대한 정보, 문제에 대한 자세한 내용, 문제를 해결하는 대안을 마련할 방법 등을 알려주어야 한다. 또 당신이 내린 결정들에 대한 이유도 설명해 주어야 한다.

그와 동시에 D2 직원에게는 귀를 기울여주고 계속 시도할 수 있도록 격려해 줄 필요가 있다. D2 직원은 자신에게 주어진 목표를 달성하기 위해 자신이 시도해 볼 수 있는 아이디어들에 대해 연구하고 적절할 경우엔 그것을 최종적인 실천 계획에 통합해야 한다. D2 직원은 그들의 기술과 아이디어를 좀 더 연마할 필요가 있다. 리더와 직원이 서로 머리를 맞대고 토론을 하며 다양한 가능성을 생각해 보는 것도 한 방법이다. D2 단계의 직원에게 효율적으로 S2 지도형 리더십을 적용하려면 목표와 실천 계획에 대한 최종 결정을 누가 할 것인지 분명히 하는 것이 우선되어야 한다. 의사결정의 책임 소재가 분명해지자마자 리더는 직원에게 의견과 제안 사항을 들어야 한다.

지도형 리더십(S2)를 현장 적용한 예

앞에서 제시했던 영업사원의 예에서 만일 리더가 S2 유형이었다면 이런 식으로 말했을 것이다. "자네도 알다시피 이번 분기에는 100-125개 정도의 상품을 판매하고 평균 세전 이익을 7퍼센트로 하는 것이 자네의 목표네. 자네의 목표를 달성하는 데 꼭 필요한 조치들을 내가 추천해 줄 수 있어. 자네가 내 제안을 듣고 자네의 생각과 느낌을 말해주면, 내가 자네의 의견에 근거해서 방법을 수정할 수 있을 거야."

S2 지도형 리더십을 이용하는 리더는 목표를 정해주고 앞장서서 실천 계획을 제시한다. 목표는 대개 변하지 않지만 실천 계획은 직원의 의견을 들은 후 수정이 가능하며 그렇게 하는 것이 적절하다. D2 단계의 직원은 목표와 실천 계획에 대해 어느 정도 경험이 있어서 실천 방법을 선택하는 데 도움이 될만한 의견을 가지고 있기 때문이다.

목표 달성에 진전을 보이지 못하는 것에 대한 D2 직원의 좌절은 적절한 지시와 지원을 받으면 반전될 수 있다는 것을 잊지 말자. 많은 경우, 좌절과 의욕 저하는 가장 먼저 해결해야 하는 문제다. 이것은 용기를 북돋아주는 다음과 같은 질문들로 해결될 수 있다. 내가 보니까 이번 분기 목표 때문에 자네가 좀 풀이 죽은 것 같아. 내가 도와주고 싶은데 나한테 일이 어떻게 돌아가고 있는지 말해줄 수 있겠나?" 이런 접근 방법을 사용하면, 직원은 리더와 함께 동기와 자신감의 문제에 대해 이야기를 나눈 후 나름대로 특별한 조치를 강구하게 될 것이다. S2를 이용하는 리더는 직원의 탓이 아닌 예기치 못한 상황이 발생하면, 목표와 일정에 대해 직원과 재협상을 할 수 있다.

S2 리더가 가장 주목받지 못하는 이유는 그것이 사람들의 본능과는 거리가 먼 유형이어서 이 유형을 습득하는 데에 시간이 많이 걸리기 때문이다. S2 리더십은 지시행동과 지원행동 사이에 섬세한 균형이 필요한, 학습된 리더십 유형이다. 만약 업무를 배우는 과정에 있으면서 의욕이 낮은 D2 단계의 직원을 성공적으로 도우려면, S2 리더는 통제(지시행동)와 인간관계(지원행동)를 섬세하게 이용할 줄 알아야 한다.

지원형 리더십(S3)을 현장 적용해야 하는 경우

S3 리더십을 적설하게 사용하는 것은 직원이 보여주는 역량과 의욕의 정도에 따라 다르다. S3지원형 리더십은 원하는 결과를 얻

는 데 필요한 역량은 있지만 그 일을 할 동기나 자신감이 부족한 사람들에게 사용해야 한다.

어떻게 일을 처리해야 하는지 이미 잘 알고 있는 직원에게 자주 지시행동을 이용하는 것은 불필요한 일일 뿐만 아니라 의욕을 잃게 할 수도 있다. 그들의 문제는 역량의 문제가 아니라 태도의 문제이기 때문이다. 어떤 일을 어떻게 해야 하는지 이미 알고 있음을 보여준 바 있는 그들에게 그것을 다시 설명하는 것은 그들의 화를 돋우는 일이며 결국 당신에 대한 무시로 이어질 수 있다.

직원의 의욕에 문제가 있다는 것을 감지했다면, 그것이 자신감의 문제인지 동기의 문제인지를 정확히 파악해야 한다. 둘 중 어떤 경우도 리더는 직원의 말을 경청해야 한다. 자신감의 문제라면 과거에 직원이 잘 해냈던 경우를 다시 이야기해 주거나 실패했을 경우 발생할 수 있는 결과를 미리 검토해서 리스크를 낮추고 직원이 목표를 달성하려고 선택한 전략을 재검토해 본다.

동기 결여로 인한 의욕의 문제라면 직원에게 동기 결여에 관한 질문을 해야 한다. 동기 결여는 조직의 절차, 규칙, 제약에서 비롯된 당신의 리더십 문제일 수도 있다. 아니면 목표와 업무가 식상하고 따분하고 너무 쉽거나 너무 어렵기 때문일 수도 있다. 동기 결여의 경우에 S3 지원형 리더십을 사용하려면 우선 아무 비판 없이 무조건 들어준 후 일대일 회의를 지속하면서 직원이 스스로 문제를 해결하도록 하는 것이 필요하다.

지원형 리더십(S3)을 현장 적용한 예

앞서 제시한 영업사원의 예에서, 이전에 그 직원이 세전 이익 7퍼센트에, 125개의 상품을 판매한 적이 없었다고 가정해 보자. 사실 그는 지난 두 번의 분기 내내 세전 이익 6퍼센트에, 95개의 상품을 판매했다. 이런 경우 그의 주저함이나 거부감은 자신감의 문제일 수 있다. 그의 의욕을 유지시키려면 당신은 이 문제를 자세히 알아봐야 한다. 그랬더니 지난 분기에 그와 비슷한 영업 실적을 올린 직원이 다섯 명 더 있었다는 것을 알았다. 그 직원의 동기를 유지시키면서 지원적인 방법으로 이 사실을 알려주는 것이 바로 지원형 리더십의 핵심이다.

약간 변경된 예를 생각해 보자. 지난 분기에 그 직원을 포함해서 다섯 명의 직원이 세전 이익 7퍼센트에, 100-125개의 상품을 판매했다. 그러나 이번 분기에는 의기소침해 보인다. 이 경우에는 동기의 문제인 것 같다. 당신은 문제가 업무와 관련된 것인지 아닌지 세밀하게 살펴보아야 한다. 그런데 그 직원이 당신에게 고민을 털어놓았다. 사실은 영업 일이 지겨워졌고 이제는 지점 매니저로 승진하고 싶은데 지난 분기에 그 자리에 지원했다가 탈락했다는 것이다. 리더는 그가 자신의 영업 목표에 다시 전념하도록 하기 위해, 또 지점 매니저가 되는 데 필요한 기술 발선에 대해 어떻게 지원해 줄 수 있을지 서로 터놓고 이야기할 필요가 있다. 이렇게 S3 리더십을 사용하는 리더는 그 직원의 업무 기술을 발전시킬 수 있도록 함께 노력해야 한다. 그러는 사이 그 직원은 다시 용기를 얻고 세전 이익 7퍼센트에, 100-125개의 상품을 판매하게 될 것이다.

S3 리더는 실천 계획에 대해 직원과 개방적인 협상이 가능하지만 목표에 대해서는 아니다. 즉 어떻게, 언제, 누구와, 어떤 자원을 이용해 목표를 달성할지에 관한 최종 결정은 대부분 직원에게 달려 있다. 리더와 직원이 함께 도모한 대안과 예상 결과에 대한 솔직하고 개방적인 토론, 그리고 그에 따른 최종 결정권은 모두 직원의 손에 쥐어져 있다.

S3에는 많은 지원이 필요하지만 지시는 적어야 한다는 것을 기억하자. 지시를 적게 하는 방법은 직원에게 조직의 기대를 일깨워주는 것이다. 조직의 기대야말로 리더나 직원을 모두 움직이는 힘이다. 앞서도 지적했듯이 업무를 완수하기 위해서는 목표를 설정하고 실천 계획을 정하는 과정이 필요하다. 누가 그 일을 시작하고 누가 목표와 방법을 실행할 것인지는 직원의 역량과 의욕에 달려 있다. S3 리더십에서 실천 계획은 리더와 상의를 거친 후 직원이 결정한다.

위임형 리더십(S4)을 현장 적용해야 하는 경우

S4는 위임형 리더십이다. 위임형 리더십은 리더와 직원 모두가 바라는 성과를 달성할 수 있을 만큼 역량과 의욕이 뛰어난 직원과 일할 때 사용하는 방법이다. 리더가 적절하게 권한을 위임하지 않으면 D4 단계의 직원을 실망시키고 의욕을 꺾을 것이다. 특히 리더가

목표 달성을 위한 책임만 위임하고 권한을 위임하지 않을 때 그런 상황이 발생한다.

진정으로 모든 것을 위임하는 리더는 직원에게 책임뿐만 아니라 목표 설정과 목표 달성 방법을 결정하는 권한까지 준다. 따라서 직원은 리더에게 진행 과정 등에 관한 정보를 지속적으로 전달해야 한다. 그러므로 리스크가 많이 따르는 중요한 문제인 경우에는 언제 당신과 직원이 만나 진행 과정에 대해 토의를 할지 정확한 날짜를 잡아야만 할 것이다.

지원이 적다는 것이 지원을 하지 않는다는 뜻은 아니다. 당신의 역할은 D4 직원을 인정해 주고 권한을 주는 것이다. S4 리더가 목표, 평가, 보상에 대해 관심이 있다면 D4 직원이 보여주는 노력과 성과를 칭찬해 주는 것으로 대신하면 된다. 리더가 지원해 줄 것은 여전히 별로 없다. 왜냐하면 당신이 들어줄 것도, 문제를 해결해 줄 것도 없을뿐더러 당신 자신이나 조직의 운영에 대해 D4 직원과 정보를 공유할 것도 별로 없기 때문이다. D4 단계의 직원들은 모든 것을 혼자 알아서 할 수 있다. 다만 당신이 할 일은 그들이 이룬 승리나 성과들을 함께 축하해 주는 것이다. 그들의 노력에 대해 인정해 주는 것을 잊어서는 안 된다.

성장주기와 퇴행주기를
구분하라

　만약 당신이 상황을 진단하고 적절한 행동을 사용할 줄 알게 된다면 당신의 노력에는 대가가 있을 것이다. 발달단계에 따라서 적절한 리더십을 사용하면 직원의 사기와 동기를 자극하는 데 기적 같은 결과를 얻을 수 있다. 리더십 유형과 직원의 발달단계를 조화시킬 수 있는 리더의 능력은 직원의 업무 성과와 직접적인 상관관계가 있다는 것이 많은 리더십 연구 결과를 통해 밝혀졌다. 누군가에게 영향력을 끼치려는 순간마다 스스로에게 물어보라. "이 업무의 목표 달성을 위한 이 사람의 역량과 의욕은 어느 정도인가? 이 질문을 통해 당신은 상황을 진단하는 데 도움을 받을 수 있고 결국 더욱 적절한 리더십 유형을 사용할 수 있게 된다.

　그런데 개인의 역량과 의욕은 지속적으로 변한다. 즉 발달하기도 하고 때론 퇴행하기도 한다. 네 가지 발달단계가 적절한 리더십과 연계된다면 결과는 연속적이며 예측 가능하다. 따라서 당신은 그때마다 당신의 리더십을 변경할 필요가 있는지의 여부를 검토해야 한다. 다행히도 사람들은 적절한 지시와 지원이 주어진다면 역량과 의욕 면에서 진보하게 되어 있다. 성장주기는 네 가지 발달단계의 연속적인 발전 과정을 설명하는 데 이용된다. 반면에 퇴행주기는 역량과 의욕의 결여로 인해 성과가 쇠퇴하는 것을 설명하는 데 이용된다.

성장주기

리더십의 변화를 유발하는 요소는 직원들이 만들어내는 성과다. 성과가 하나 둘 늘면서 발전이 이루어지면 <그림 4-1>의 종 모양 곡선처럼 리더십 유형은 S1, S2, S3, S4로 순차적으로 변하게 된다. 사람들이 새로운 업무를 맡았을 때는 대개 D1 단계에서 출발한다. 그러나 경우에 따라서는 D2 단계에서부터 출발하는 사람들도 있다. 업무를 배우는 단계에서는 역량과 의욕이 낮은 범위에 해당된다고 볼 수 있으므로 이 단계에서는 적극적으로 들어주는 S2의 지원행동이 많은 도움이 될 것이다.

퇴행주기

성과에 발전이 있으면 <그림 4-1>처럼 종 모양의 곡선을 따라서 리더십 유형이 변하듯이 성과가 감소하면 리더십 유형은 역행하게 된다. 우리는 그것을 퇴행주기라고 부른다. 이렇게 직원이 이전보다 낮은 수준의 성과를 올릴 때마다 리더는 직원의 수준에 맞게 리더십 유형을 변경해야만 한다.

예를 들어 경험 많은 숙련된 직원이 목표에 많이 미치지 못하는 냈다고 하자. 보이콧이라느니, 가정문제로 고민이 많다느니 하는 소문이 있다. 이런 상황에서는 위임하는 유형에서 지원하는 유형으로 변경하는 것이 바람직하다.

리더십 유형은 성장주기와 퇴행주기에 따라 필연적으로 변화해야 한다. 하지만 잊지 말아야 할 것은 진보하든 퇴보하든 한 유형에 한 단계씩 순차적으로 변화해야 한다는 것이다.

▌ 탁월한 리더가 되는 변화의 과정

이처럼 당신의 과제는 리더로서 행동하기에 앞서 그 상황을 정확하게 진단하는 것이다. 진단을 마친 후에는 필요한 지시행동과 지원행동을 사용할 수 있을 만큼 유연성이 있어야 한다. 진단과 유연성은 상황대응 리더십 모델을 효과적으로 사용하는 데 가장 중요한 요소다.

지금까지의 설명으로 네 가지 리더십 유형이 특정한 직원의 행동 상황에 적합할 때에는 효과적일 수 있음이 밝혀졌다. 리더는 실제로 직원의 다양한 발달단계를 다루게 되므로 직원의 각 행동 상황에 적절한 네 가지 기본적인 리더십을 사용할 수 있는 능력을 길러야 할 필요가 있다. 비록 리더가 이러한 융통성을 발휘하기가 쉽지 않지만 요즘 시대 리더십을 이해함으로써 충분히 이러한 융통성을 발휘할 수 있을 것이다.

　요즘 시대 리더십을 좀 더 익히면 효과적인 리더십에 대한 의욕과 역량을 키울 수 있다. 너무 실망하지는 말자. 무엇보다 중요한 것은 좋은 리더가 되겠다는 의욕과 동기이다. 이러한 의욕과 동기를 가지면 누구나 다양한 리더십 방식을 융통성 있게 사용할 수 있는 훌륭한 리더가 될 수 있다. 리더는 직원의 행동 상황을 조심스럽게 관찰하는 습관을 가지고 주의 깊게 진단하여 적절한 시기라고 생각되면 다소의 모험을 감수하고라도 새로운 리더십 방식 사용해야 한다. 그래야 리더십의 융통성과 적응성이 증가된다.

　우리는 요즘 시대 리더십을 모든 개념의 총합이라고 여기고 있다. 시간이 흐르면서 우리는 요즘 시대 리더십이 조직의 구성원 개개인을 이끌 때뿐만 아니라 팀이나 조직, 그리고 가장 중요한 자기 자신을 이끄는 일에도 적용될 수 있다는 사실을 인식하게 되었다. 그리고 리더십이 셀프 리더십, 일대일 리더십, 팀 리더십, 조직 리더십의 4차원에 걸친 변화의 과정이라는 것을 알아냈다.

　탁월한 리더십은 내면에서 시작되기 때문에 셀프 리더십을 가장 우선순위에 두어야 한다. 다른 사람을 리드하기 전에 자신에 대해, 그리고 당신의 성공을 위해서는 무엇이 필요한지를 알아내라. 소크라테스도 너 자신을 먼저 알라고 하지 않았던가? 자신에 대한 이해는 당신에게 통찰력을 가져다준다.

리더가 자기 스스로를 리드한 경험이 있어야만 다른 사람들도 이끌 수 있는 준비가 된다. 일대일 리더십의 열쇠는 다른 사람들과 신뢰를 구축하는 능력이다. 자신의 강점과 약점을 모른 채 상처를 두려워한다면, 당신은 절대 신뢰를 쌓을 수 없다. 신뢰 없이는 조직을 효과적으로 운영하는 것이 불가능하다.

리더의 변화과정에서 다음 단계는 팀 리더십이다. 리더가 일대일 리더십에서 구성원들과 신뢰를 쌓아갈수록, 그들의 관계는 더욱 돈독해진다. 이 단계에서 리더들이 직원들의 소리를 잘 경청하기 위해서는 그들의 다양성을 인정하고 팀워크를 중요하게 여겨야 한다는 것을 깨달아야 한다. 역할은 더욱 복잡해지겠지만 결과는 매우 만족스러울 것이다.

조직 리더십은 이 과정의 가장 마지막 단계이다. 리더가 조직의 리더로서 역할을 잘하느냐 잘 못하느냐는 이 변화의 과정 속에서 앞에서 언급한 네 차원을 거치는 동안 얻어진 통찰력과 신뢰를 통해 결정된다.

오늘날 리더들이 저지르는 첫 번째 실수는 리더가 되자마자 조직 차원의 문제들을 개선해 나가는 일에 모든 시간과 에너지를 소모하는 것이다. 자신과, 일대일, 그리고 팀 리더십 단계에서 문제를 확실히 처리하기도 전에 말이다.

변화의 과정을 따라가면서 각 리더십 차원마다 잠시 쉬어갈 때 요즘 시대 리더십은 중요한 역할을 하게 된다. 요즘 시대 리더의 세 가지 기술은 셀프 리더십, 일대일 리더십, 팀 리더십, 조직 리더십의 4차원에 걸친 변화의 과정에 공통적으로 사용할 수 있기 때문이다.

4장 | 학습 정리 질문

1. 최적 리더십 선택과 합의란 무엇인가?

2. 과도한 관리, 미흡한 관리란 무엇인가?

3. 리더십 성과곡선이란 무엇인가?

4. 리더십 성장주기, 퇴행주기는 무엇인가?

5. 최고 성과를 올리는 최적의 리더십 발휘를 위해 어떻게 해야 하는가?

최적 리더십 개발 연습

상황 **1**

매우 능력 있고 활기찬 직원이 당신에게 도움을 요청했다. 과거에 당신은 그에게 업무를 위임했었으며, 업무상 필요한 일들을 그가 직접 결정할 수 있도록 했었다. 이번에 그에게 주어진 일의 특성상 그는 이 업무를 시작하는 것 자체를 매우 꺼리고 있으며, 과연 자신이 이 일을 할 수 있을지 자신 없어하는 것 같다.

이럴 때 당신이라면…

- [ ] A) 그가 해야 할 일을 명확히 짚어보고, 이 일을 수행하기 위해서 필요하다고 생각되는 것이 무엇인지 그의 의견을 들어본다.

- [ ] B) 그가 혼자서 이 문제를 해결할 수 있도록 좀 더 시간을 준다.

- [ ] C) 그가 자신 없어하는 부분이 무엇인지 들어주고, 그러면 충분히 이 일을 할 능력이 있다고 확신시켜 준다.

- [ ] D) 이 일을 성공적으로 수행하기 위해 필요한 업무 활동이 무엇인지 세부적으로 파악하고, 그의 업무 진척 상황을 면밀히 감독한다.

___ 상황 진단

지금까지 맡은 업무에서는 D4 발달단계인 직원이 새롭게 부여받은 업무는 역량은 있으나 자신감이 떨어져 있는 상태, D3 발달단계를 보이고 있다. 따라서 S3, 지원형 리더십이 적합하다.

요즘 시대, 요즘 세대, 요즘 리더

C(최선) : S3 지원형 리더십이다. 지원행동이 필요한 이 상황에 가장 적합한 리더십이다.

B(차선) : S4 위임형 리더십이다. 리더의 지원이 필요한 상황이다. 차선책은 될 수 있다.

A(차악) : S2 지도형 리더십이다. 역량이 부족해서가 아니기 때문에 적절하지 않은 리더십이다.

D(최악) : S1 지시형 리더십이다. 과잉감독으로 의욕을 더 떨어뜨리거나 반발감을 키우기 쉽다.

상황 **2**

당신은 최근에 설립된 지사의 책임자가 되었다. 당신 부서의 직원들에 대해 파악해 가는 동안 경험이 부족한 사람이 자신에게 부여된 업무를 제대로 처리하지 못하고 있다는 사실을 알게 되었다. 그 직원은 자신의 새로운 업무에 대해 열정적이며, 부서의 누구보다도 앞서 나가기를 원하고 있다.

이럴 때 당신이라면…

A) 그 직원과 함께 업무상 차질이 일어나고 있는 부분에 대해 논의하고 이 문제를 해결 할 수 있는 대안을 찾는다.

B) 그 직원에게 주어진 일을 제대로 처리하려면 정확히 어떻게 해야 하는지를 알려 주지만, 그가 갖고 있을지도 모를 모든 제안 사항을 수용한다.

C) 그 직원에게 부여된 업무를 수행하기 위해 필요한 모든 일늘을 단계별로

명확히 하고, 업무 수행 상황을 자주 감독한다.

D) 업무 처리가 제대로 되지 않고 있다는 사실을 그 직원에게 알려주고, 자신의 업무수행 활동을 스스로 개선할 수 있도록 좀 더 시간을 준다.

___ 상황 진단

새로 맡은 업무에 대한 의욕은 높으나 역량이 부족해서 업무를 제대로 처리하지 못하고 있다. 그 직원의 새로 맡은 업무의 발달단계는 D1이며 S1, 지시형 리더십이 적합하다.

___ 리더십 유효성 분석

C(최선) : S1 지시형 리더십이다. 부족한 역량을 보완하고 개발하는 적절한 리더십이다.

B(차선) : S2 지도형 리더십이다. 지시형에 비해 지시행동이 다소 부족하여 차선책이다.

A(차악) : S3 지원형 리더십이다. 높은 지원행동은 역량 부족의 문제를 해결하지 못한다.

D(최악) : S4 위임형 리더십이다. 가장 낮은 발달단계 직원에게는 방관 방임형 리더십이다.

상황 ③

직원 중 한 명에게 새로운 업무를 맡아 달라고 요청했다. 지금까지 다른 업무를 맡겼을 때 그 직원은 당신의 격려와 지원에 힘입어 상당히 훌륭한 업무 수행 능력을 보여왔다. 이번에 당신이 그 직원에게 맡긴 업무는 당신 부서의 장래와 관련된 매우 중요한 업무이다. 그 직원은 자신이 이 새로운 업무를 처리할만한 충분한 능력을 가지고 있지 않다며 낙담하고 있다.

이럴 때 당신이라면…

☐ A) 그가 어떤 점을 걱정하고 있는지 열심히 들어주고, 업무 수행을 위해 취해야 할 행동 계획안 수립을 도와줌으로써 그가 새로운 업무를 계속해 나갈 수 있도록 격려해 준다.

☐ B) 그 업무를 성공적으로 수행하기 위해 필요한 업무 활동을 명확히 파악하고, 그 직원의 업무 활동을 자주 감독한다.

☐ C) 그 직원이 당신을 필요로 할 때마다 도움을 주고, 그가 새 업무를 잘 수행할 수 있도록 좀 더 시간을 준다.

☐ D) 그가 해야 할 업무를 지시해 준다. 그러나 새로운 업무를 처리하기 위해 필요하다고 생각하고 있는 모든 아이디어를 들어본다.

___ **상황 진단**

지금까지의 업무에서는 중상의 발달단계(D3)이지만 새로 맡은 업무에 대한 발달단계는 역량이 부족하고 그래서 의욕도 낮은 D2 좌절한 학습자이다. 따라서 기존 업무와 관련해서는 S3 지원형 리더십을 사용했지만 새로운 업무와 관련해서는 S2지도형 리더십을 사용해야 한다.

____ 리더십 유효성 분석

D(최선) : 지도형 리더십이다. 역량이 부족해서 자신감을 잃은 직원에게 적합하다.

B(차선) : 지시형 리더십이다. 높은 지시행동은 필요하나 지원행동도 필요하다.
　　　　　차선책이다.

A(차악) : 지원형 리더십이다. 역량이 부족한 직원은 지원행동보다 더 지시행동
　　　　　이 필요하다.

C(최악) : 위임형 리더십이다. 역량이 부족해서 낙담하고 있는 직원에게는 무책
　　　　　임한 리더이다.

상황 **4**

지난 4개월간 당신은 직원들과 함께 개발 관련 문제를 해결하기 위해 노력해 왔
다. 그동안 당신은 직원 중 한 명이 문제가 생길 때마다 앞장서서 해결에 나선다
는 사실을 알게 되었다. 그 직원은 동료들과도 사이가 좋으며, 프로젝트 완성을
위한 리더십을 갖고 있다는 평을 듣고 있다. 시간이 촉박한 관계로 당신은 다른
업무에 손을 대야만 한다. 당신은 그 직원에게 이 프로젝트를 맡아 달라고 요청
했다. 다른 직원들은 당신의 결정에 만족하고 있다.

이럴 때 당신이라면…

☐　A) 프로젝트 목표 설정에 그 직원을 참여시키고 그의 노력에 격려와 지원을
　　　해 준다.

B) 그 직원의 주도하에 모든 업무가 수행되도록 한다.

C) 그 직원과 얘기를 나누고 프로젝트 완성을 위한 목표를 설정하지만 그의 제안 사항을 들어보고 고려한다.

D) 프로젝트 완성을 위해서 그 직원이 할 일을 지시하고 면밀히 감독할 수 있도록 그와 긴밀한 연락을 취한다.

___ 상황 진단

그 직원은 문제가 생길 때마다 앞장서서 해결에 나섰다는 사실에서 의욕도 높고 역량도 높다고 추론할 수 있다. 특히 동료들과의 사이가 좋고 리더십을 갖고 있다는 평판은 자주적 성취자(D4)라고 판단할 수 있다. 따라서 믿고 맡겨 주는 S4 위임형 리더십이 적합하다.

___ 리더십 유효성 분석

B(최선) : 위임형 리더십이다. 이 상황은 믿고 맡겨 주는 S4 리더십이 최선이다.

A(차선) : 지원형 리더십이다. 지원행동은 D3직원을 혼란스럽게 한다. 차선책이다.

C(차악) : 지도형 리더십이다. D4직원에게 많은 지시와 지원행동은 의욕을 떨어 트린다.

D(최악) : 지시형 리더십이다. 높은 지시행동 때문에 D4는 반발하거나 수동적 이 된다.

당신은 새로운 팀으로 옮겨오게 되었다. 당신이 새로 옮겨온 이 팀은 지난 3개월간 업무수행실적이 하향 일로에 있었다. 당신의 새로운 직원들은 업무수행에 필요한 능력은 그리 뛰어나지 못할는지 몰라도 열심히 일하려는 동기나 열의는 매우 강하다.

이럴 때 당신이라면…

A) 직원들이 과거의 저조한 업무 수행 실적에 관해 알고 있는지를 명확히 한다. 그러나, 업무 수행과 관련된 문제점을 파악하고 해결하는 것은 직원들이 직접 알아서 하도록 모든 책임을 위임한다.

B) 직원들이 수행해야 할 업무를 재확인하고, 각자의 업무를 지시해 주며, 업무 진척 상황을 면밀히 감독한다.

C) 직원들과 동참하여 업무 수행과 관련된 문제점을 파악하고 해결하는 노력을 지원해 준다.

D) 업무 목적과 작업 일정을 재확인하지만, 직원들의 제안이나 건의사항을 수용하는 것을 잊지 않는다.

상황 진단

능력은 뛰어나지 못 하나 열심히 일하려는 동기나 열의는 매우 강한 D1 열정적인 초보자이다. S1 지시형 리더십이 필요한 직원들인데 전임 리더는 S3 지원형이나 S4 위임형 리더십을 사용했다고 생각된다. 그래서 지난 3개원의 업무 실적이 하향 일로에 있었다.

B(최선) : 지시형 리더십이다. 역량이 부족해서 업무수행이 어려우므로 지시형
　　　　 이 적합하다.

D(차선) : 지도형 리더십이다. 지원행동보다는 더 많은 지시행동이 필요하다. 차
　　　　 선책이다.

C(차악) : 지원형 리더십이다. 전임리더와 같은 지원형 리더십을 사용하면 문제
　　　　 가 계속된다.

A(최악) : 위임형 리더십이다. 3개월이나 하향세에 있는 직원들에게는 무책임한
　　　　 리더십이다.

상황 ⑥

최근에 당신의 부서로 전출되어 온 한 직원은 업무의 데드라인을 맞출만한 능
력이 있고, 당신이 그 직원에게 부여해준 임무를 깔끔하게 처리하는 것으로 밝
혀졌다. 당신은 그 직원에게 업무를 지시하고 면밀히 감독해 왔으나, 그 직원이
단순히 지시 감독만을 받는 것보다는 좀 더 큰 책임을 감당할만한 능력이 있다
는 사실을 알게 되었다.

이럴 때 당신이라면…

☐ A) 지금까지와 미찬가지로 감독을 계속하지만, 그 직원의 책임사항을 넓혀
　　 주기 위해 협력하기 시작한다.

☐ B) 그 직원이 업무의 데드라인을 맞추고, 주어진 임무를 잘 처리한다는 사실
　　 이 입증되었으므로, 지시 감독을 대폭 줄이고 더 큰 책임을 부여한다.

C) 그 직원이 현재 맡고 있는 책임을 확장하기 위한 노력을 격려하고 지원해
준다.

D) 계속해서 그 직원에게 업무를 지시하고 면밀히 감독한다.

____ 상황 진단

D1 발달단계의 직원에게 S1 지시형 리더십을 사용하였다. 그 직원은 맡은 업무
를 깔끔하게 처리하였고 그 과정에서 역량 개발이 되고 D2 발달단계로 성장하
였다. 그 직원의 발달단계가 변화하였으므로 그에 적합한 리더십도 달라진다.
이제는 S2 지도형 리더십이 효과적이다.

____ 리더십 유효성 분석

A(최선) : 지도형 리더십이다. D2 발달단계에는 가장 적합한 리더십 유형이다.

D(차선) : 지시형 리더십이다. 지금까지 사용해 온 리더십 유형이다. 차선책이다.

C(차악) : 지원형 리더십이다. 직원은 점차적으로 발달한다. 지시행동이 필요하다.

B(최악) : 위임형 리더십이다. D2로 약간 발달했는데 갑자기 지나치게 위임을
했다.

당신은 최근에 새로 생긴 부서의 관리자가 되었다. 직원에 관해 파악해 가는 동안 당신은 직원 중 한 명이 뛰어난 자질을 가지고 있다는 사실을 알게 되었다. 게다가 그 직원은 업무상 필요하다면 어떤 노력이라도 기울일 마음의 준비가 되어 있다는 사실을 피력한 바 있다. 처음에 당신은 그 직원에게 최소한의 업무 지시만을 내리고 가능한 한 많은 격려와 지원을 해 주었으나 높은 실적을 올리고 있다.

이럴 때 당신이라면…

A) 그가 어떤 일을 해 주기를 바라는지를 좀 더 명확하게 제시하지만, 그 직원이 가지고 있을지도 모를 모든 아이디어를 수용할 것을 잊지 않는다.

B) 계속해서 격려와 지원을 해 준다.

C) 그 직원에게 좀 더 많은 업무를 위임하기 시작하고, 그가 스스로 처리할 수 있는 업무의 범위를 좀 더 넓혀 준다.

D) 그 직원의 업무 책임을 명확히 하기 시작하고, 그의 업무 활동을 감독한다.

___ **상황 진단**

처음 그 직원의 발달단계는 D3로 S3 지원형 리더십을 사용하였고 높은 실적을 올렸다. 그 과정에서 더욱 성장하여 D4 자주적인 성취자가 되었다. 지금부터는 리더십의 변화가 필요하다. 이제는 S4 위임형 리더십이 적합하다.

___ **리더십 유효성 분석**

C(최선) :위임형 리더십이다. D4 자주적인 성취자에게 적합한 효과적인 리더십이다.

B(차선) : 지원형 리더십이다. 지금까지 사용한 리더십이다. 상황 변화에 대응해야 한다.

A(차악) : 지도형 리더십이다. 직원의 변화에 잘못 대응하여 그 성장을 멈추게 한다.

D(최악) : 지시형 리더십이다. D4 자주적 성취자에게 S1 지시형 리더십은 최악이다.

상황 8

당신의 직원들은 매우 훌륭한 업무수행 기록을 가지고 있으며, 자신들이 맡은 업무 책임에 대해서도 매우 진지하다. 직원들의 업무 활동에 당신이 거의 참견을 하지 않았음에도 불구하고 직원들은 연간 목표보다 훨씬 우수한 업무 실적을 보였고, 동료들 간의 협력도 매우 잘 되고 있다. 최근에 당신 부서에 업무와 관련된 사고가 발생했고, 당신은 직원들의 안전의식이 느슨해진 것이 아닌가 하는 생각을 갖게 되었다.

이럴 때 당신이라면…

☐ A) 직원들이 안전의식이 느슨해졌다는 사실을 알고 있는지 명확히 하지만, 직원들 스스로가 올바른 조치를 취하도록 내버려 둔다.

☐ B) 올바른 조치를 취하지만 직원들의 제안 사항을 수용하기 위해 그들과 얘기한다.

C) 직원들과 현 상황을 토론한 후 적절한 해결책을 찾으려는 그들의 노력을
지원한다.

D) 지시를 내리기 위한 조치를 취하고 상황을 통제한다.

___ 상황 진단

훌륭한 업무 수행을 보이는 그 직원은 지금까지는 D4 자주적인 성취자의 모습
이다. 최근 업무와 관련한 사고, 변화가 생겼다. D3로 퇴행한 모습이다. S4 위임
형에서 S3지원형으로 리더십의 변화가 필요하다.

___ 리더십 유효성 분석

C(최선) : 지원형 리더십이다. 느슨해진 D3 모습이다. 높은 지원행동을 하는 최
선책이다.

A(차선) : 위임형 리더십이다. 지원행동이 필요한 상황이지만 스스로 해결하길
기다린다.

B(차악) : 지도형 리더십이다. 의욕의 문제인데 역량을 의심하는 대응으로 적합
하지 않다.

D(최악) : 지시형 리더십이다. 작은 변화에 지나치게 반응하고 있다. 상황이 더
악화된다.

상황 🠹

당신과 당신의 직원들은 중요한 행정문제를 해결해 달라는 요청을 받았다. 과거에 당신은 문제가 생기면 직원들에게 설명을 하고, 직원들과 협력하여 해결책을 찾기 위해 노력했다. 당신의 지원과 격려에 힘입어 직원들은 효율적인 해결책을 찾아낼 수 있었으며, 동료 간의 단합도 잘 되어왔다. 당신은 현재 정해진 시한 내에 끝내야 할 다른 프로젝트 때문에 압박을 받고 있으며, 이 문제를 해결하는 데 당신이 참여할 것인지 여부를 결정해야만 한다.

이럴 때 당신이라면…

⬜ A) 직원들의 문제 해결 노력을 지시해 준다. 그러나 반드시 직원들의 생각과 제안 사항을 참작한다.

⬜ B) 직원들이 당신의 도움 없이 그들 스스로 적절한 해결책을 모색해 볼 수 있는 기회를 준다.

⬜ C) 직원들과 함께 행정 문제 해결에 참여하고, 그들의 노력을 지원해 준다.

⬜ D) 행정 문제를 해결하려는 그들의 노력에 대해 지시를 내리고, 면밀히 감독한다.

___ 상황 진단

중요한 행정 문제와 관련한 직원의 발달단계는 D3로, 역량은 상당하나 의욕이 불안정한 모습이다. D3 직원에게 일상적인 업무수행 중에 그들의 성장을 위해 전향적으로 위임형 리더십을 사용할 수도 있다. 그러나 중요한 업무수행일 경우에는 발달단계에 맞게 S3 지원형 리더십을 사용해야 한다.

C(최선) : 지원형 리더십이다. 중요한 업무수행이기 때문에 가장 적합한 리더십
　　　　이다.

B(차선) : 위임형 리더십이다. 중요한 업무이기에 위험부담이 있다. 차선책이다.

A(차악) : 지도형 리더십이다. 잘하고 있을 때 지나친 개입은 혼란을 일으킨다.

D(최악) : 지시형 리더십이다. 매우 잘못된 조치다. 리더를 신뢰할 수 없게 된다.

상황 🔟

당신 부서는 재정 압박 때문에 통합이 불가피하게 되었다. 당신은 당신 부서의
매우 유능하고 경험이 많은 직원 한 명에게 통합에 관련된 모든 문제를 맡길 생
각이다. 이 직원은 당신 부서의 모든 업무를 담당해 보았고, 다른 동료들의 신뢰
와 존경을 받고 있다. 이 직원은 통합과 관련하여 기꺼이 도움이 되어 주고자 하
고 있다.

이럴 때 당신이라면…

A) 그 직원에게 통합 프로젝트를 맡기고 어떻게 추진할 것인지를 그가 스스
로 결정하게 한다.

B) 그 직원에게 프로젝트를 맡기고 정확히 어떤 조치를 취해야 하는지 말해
준 후, 그의 업무 활동 을 면밀히 감독한다.

C) 프로젝트를 그 직원에게 맡기고 필요한 지원과 격려를 해 준다.

D) 프로젝트를 그 직원에게 맡기고 정확히 어떤 조치를 취해야 하는지를 말
해 주지만, 그의 제안 사항을 수용하는 것을 잊지 않는다.

매우 유능하고 경험도 많은, 게다가 다른 동료들의 신뢰와 존경을 받는 그 직원은 D4 자주적인 성취자가 분명하다. 믿고 맡겨주는 S4 위임형 리더십이 적합하다.

리더십 유효성 분석

A(최선) : 위임형 리더십이다. 중요한 통합작업이라도 D4에게는 위임형이 최선 책이다.

C(차선) : 지원형 리더십이다. 지원하려는 리더의 선의가 의심과 불안으로 느껴 진다.

D(차악) : 지도형 리더십이다. 지나친 개입이다. 오히려 의욕을 떨어트릴 수도 있다.

B(최악) : 지시형 리더십이다. 매우 잘못된 조치이다. 반발하거나 수동적으로 변 한다.

상황 11

평상시에는 책임 있게 일했던 직원 한 명이 이번 분기의 예산안을 정해진 날짜에 제출하지 않았다. 당신은 그 직원을 위해 격려와 지원을 해 줄 뿐만 아니라, 일관 성 있는 목표와 시간계획도 세워 두고 있다. 그 직원은 나름대로 열심히 하고 있 으나 지체되고 있다. 당신의 상사는 빨리 예산안을 가져오라고 말하고 있다.

이럴 때 당신이라면…

A) 예산안 제출에 대한 새로운 데드라인을 명시해 주고, 업무를 지시하며, 그를 면밀히 감독한다.

B) 그 직원이 자신이 제출해야 할 예산안이 데드라인 보다 훨씬 지체되고 있음을 알고 있는지를 명확히 한 후, 그가 가능한 한 빨리 예산 보고서를 제출할 것이라고 생각한다.

C) 예산안이 신속히 완성해야 하는 것의 중요성을 강조하고 지원과 격려를 해 준다.

D) 그 직원과 함께 문제점을 논의하고 예산안을 완성하려는 그의 노력을 지원해 준다.

___ 상황 진단

제출기한을 맞추지 못하는 역량이 낮은 직원이다. 책임감 있게 열심히 하려고 하고 있다. D1의 발달단계이다. 지원행동보다는 더 많은 지시행동이 필요하다. 따라서 현재 사용하고 있는 S2지도형 리더십에서 S1 지시형 리더십으로의 변화가 필요하다.

___ 리더십 유효성 분석

A(최선) : 지시형 리더십이다. 세심하게 지시하고 감독해야 한다. 최선책이다.

C(차선) : 지도형 리더십이다. 지금까지 사용한 리더십이다. 지시행동이 더 필요하다.

D(차악) : 지원형 리더십이다. 지시행동보다 지지하고 격려만 하는 유약한 리더십이다.

B(최악) : 위임형 리더십이다. 무책임한 리더 때문에 작은 문제가 큰 문제로 악화된다.

상황 ⑫

과거에 당신의 직원들은 당신의 격려만 있으면 거의 모든 업무를 수행할 수 있었다. 그러나 최근 약간의 절차상의 변경으로 인해 새로 맡은 업무를 제대로 수행하고 있지 못한 것 같다. 직원들은 이 업무를 수행하기 위해 엄청난 시간을 투자했으나, 뜻대로 되지 않자 낙담하고 있다. 이 업무는 신속히 완료되어야 하는 것이다.

이럴 때 당신이라면…

☐ A) 이 업무를 수행하기 위해 필요한 사항을 명확히 하고 직원들의 업무 활동을 면밀히 감독한다.

☐ B) 직원들의 업무 수행 노력을 지시하지만, 그들의 제안 및 건의사항을 수용한다.

☐ C) 지금 당장에는 아무런 간섭도 하지 않는다.

☐ D) 문제해결을 위한 논의에 직원들을 참여시키고, 이 업무를 수행하려는 직원들의 노력을 지원해 준다.

___ 상황 진단

절차상의 변경으로 업무를 제대로 처리하지 못하고 있다. 변화 때문에 퇴행한 상황이다. 이전까지는 D3 발달단계이므로 S3 지원형 리더십을 사용했으나 이제부터는 D2로 퇴행했으므로 S2지도형 리더십을 사용해야 하는 상황이다.

___ 리더십 유효성 분석

B(최선) : 지도형 리더십이다. 변화로 인한 역량 결여를 해결하는 최선의 리더십이다.

A(차선) : 지시형 리더십이다. 지시행동이 필요하다. 지도형이 어려우면 지시형이라도.

D(차악) : 지원형 리더십이다. 지금까지 사용한 리더십이다. 직원의 어려움에 둔감하다.

C(최악) : 위임형 리더십이다. 요즈음 변화의 시대에 전혀 맞지 않는 무책임한 리더십이다.

효과적인 리더십 실전훈련(역할연기)

<1단계>

1. 팀원(과장) 역할을 맡은 참가자에게 D1~D4 카드를, 팀장 역할을 맡은 참가자에게 S1~S4 카드를 배부한다.

2. 각자 고유 역할을 카드 내용대로 충실하게 유지한다.
   자기의 역할(카드 내용)이 노출되지 않도록 한다.
   상대방에 말려들지 않도록 한다.

3. 강사의 신호에 의하여 팀장만 오른쪽으로 한 칸씩 이동한다. 이때 각자가 맡은 고유 역할은 변화하지 않는다.

4. 이런 식으로 팀장이 한 바퀴 (4명의 과장)를 순회한다.

<2단계>

1. 각 조의 팀장만 일어나서 바로 다음 조로 이동하여 팀장 의자에 앉는다. (예: 1조→2조로)

2. 팀장은 새로 만난 팀원과 대화를 나눈다. 팀장은 팀원의 말을 듣고, 발달 수준(D1~D4)을 빨리 판단한다.

3. 팀장은 팀원의 발달 수준에 맞는(조화) 리더십 유형(S1~S4)을 선택하여 설득한다.

4. 팀원은 원하는 리더십 유형을 잘 발휘하고, 문제가 해결되면 "합격"이라고 외친다. 그러면 팀장도 "합격" 하고 복창하면서 High-five(손뼉)한다.

5. 팀장은 일어나서 다른 빈 팀장자리로 가서 같은 요령으로 반복한다.

<3단계>

1. 각 조별로 팀장과 팀원 간에 자리를 바꾸고, 카드도 바꾼다.

2. 각자 새로 받은 카드를 숙지하여 자기 고유 역할에 충실하도록 한다.

3. 각 조에 새로이 팀장 역할을 맡은 분은 다음 조(예: 2조→1조로)로 가서 팀장 자리에 앉는다. 그러면 1단계에서 만났던 같은 조원들끼리 다시 한 조가 된다.

4. 새로이 팀장을 맡은 분은 마주 앉은 팀원의 발달단계를 빨리 파악하여 그 발달단계에 적합한 리더십 유형을 발휘한다. 2단계와 같은 방식으로 진행한다.

리더십 실천계획

1. 직원들에게 요즘 시대 리더십 모델을 가르친다.

2. 주요 직무를 선정한다.

3. 직원의 발달단계를 진단한다.

4. 리더의 과거 리더십 스타일에 대해 확인한다.

5. 미래의 리더십 스타일에 대해 합의하고, 리더가 취해야 할 행동들을 구체적으로 이야기한다.

6. 합의한 리더십 스타일을 적용하고 지속적으로 그 이행 여부를 점검한다.

(참고사항: 각 장 말미에 제시한 교육자료는 리더십 강의활동에 활용할 수 있는 연습용 자료이다. 그 사용방법에 대해서 좀 더 자세하게 알아보고자 하는 분에게는 공동 저자들이 정기적으로 운영하고 있는 요즘 시대 리더십 교육과정 수강을 추천한다.)

part 5

우리 팀의
발달단계를
확인하라

팀 발달이론과 리더십과의 관계

  팀(Team)이라는 말은 일을 수행하는 방식에서의 근본적인 변화를 내포하고 있다. 이것은 전통적 관점에서의 조직 구조가 아니라, 변화하는 환경에 효과적으로 적응하기 위한 실제적이고도 유용한 조직 형태를 지칭하는 말이다.

  실제로 오늘날 많은 한국의 민간기업, 공공기관들은 자신의 조직을 팀 시스템으로 변화시켰다. 팀 조직은 보다 높은 품질과 서비스, 고객만족, 융통성 있으며 탄력적인 환경 대응을 위한 최상의 조직 구조 방식으로 출발했다. 하지만 팀 본래의 목적과 무관하게 팀 시스템이 유행처럼 전파되면서 이름만 팀이지 실제는 전통적인 조직 운영의 관행을 벗어나지 못하는 조직이 무수히 많은 것도 현실이다.

  그런 까닭에 먼저 팀제 본연의 가치를 실현하기 위한 몇 가지 전제와 팀 리더십의 필연성을 강조하고자 한다.

  첫 번째 전제는, 미래의 조직의 패러다임이 어떠한 형태의 변화를 겪더라도 그것의 일관된 주제는 사람들이 일하고 살아가는 방식에 맞추어 발전되어 나가야 한다. 학습조직 이론에 정통한 사상가 중에 한 사람인 피터 셍게(Peter Senge)는 팀에 대해서 이렇게 말한다. "조직에 있어서 팀은 가장 핵심적인 학습단위가 되고 있다. 현재 중요한 의사결정들은 거의 모두 팀 안에서 직접적 혹은 개인의 의사결정을 실행하기 위한 팀의 요구에 따라 이루어지고 있다." 이와 같이 팀제의 기본개념은 단순히 조직구조상의 문제만이 아니라 팀 구성원들 간에는 상호작용이 이루어진다는 신념에 기초하고 있다.

두 번째 전제는 각각의 팀이 그들만의 독특한 문제와 과업 여건에 직면하고 있지만, 지속적인 성장과 성과를 보장받기 위해서는 모든 팀들은 하나의 기본적인 팀 요소를 중심으로 정렬되어야 한다. 팀에 대한 연구 결과, 비록 모두가 팀을 운영하고 있지만 많은 조직에서는 팀에 대해서 서로 다른 정의를 내리고 있다. 심지어는 한 조직 내에서조차 부서간 팀에 대한 견해가 서로 다르며, 이것은 부서간 상호 기능에 많은 문제점을 야기시킨다.

세 번째 전제는 팀 리더, 팀 구성원들은 새로운 조직 상황과 새로운 사고에 대응할 수 있는 새로운 관점과 기술을 가져야 한다. 팀은 그들의 미래를 스스로 창조할 수 있도록 자신들의 능력을 키워야 한다. 과거에는 팀의 효율적인 운영을 위해서 협동과 화합을 강조했지만, 오늘날에는 창의성과 전문성이 강조되고 있다. 이를 위해서는 팀 구성원간의 동질성이 강조되는 협동보다는 팀 구성원간의 이질성이 허용되는 범위에서의 공동작업이 더 요구된다. 이는 팀 구성원의 동질성 및 합의뿐만 아니라 이질성이 중요하다는 것을 의미한다. 또한 팀의 역량강화를 위해서는 혁신적이고 지속적인 팀 학습과 대화를 통해서 발생하는 창의적 긴장감이 필요하다.

이와 같은 새로운 관점과 기술을 구축하기 위한 열쇠는 팀 리더십이다. 피터 셍게는 서로 다른 견해가 제시되고 보강되는 팀 토론과 서로 다른 견해가 새로운 견해의 발견을 위해 제시되는 팀 대화를 차별화하고 있다. 즉 팀 토론에서는 의사결정이 이루어지지만, 팀 대화에서는 다양한 제안들이 탐구된다. 이러한 두 가지 형태의 팀 커뮤니케이션은 모두 실용적이기 때문에 팀 구성원들은 팀 토론과 팀 대화의 차이점을 알아야 하며, 상황에 따라 적절한 방법을 선택할 수 있어야 한다. 또한 서로 다른 의견들은 무엇인지 파악할 줄 알아야 하며, 서로 존중해 주어 갈등을 줄이고 생산적이 되도록 해야 한다.

이러한 기본적인 생각들을 전제로 하여 우리는 다음과 같이 팀에 대한 정의를 내리고자 한다. 팀이란 하나의 목표를 세우고 공동작업을 통하여 좋은 결과물을 얻기 위해, 팀 구성원들의 차이점을 존중하고 인정하며, 경험을 공유하기 위해 모인 개인들의 집합체이다. 여기에서 공동작업의 주된 활동은 팀 토론과 팀 대화라고 할 수 있다.

이러한 정의에는 세 가지 구성요소가 함축되어 있다. 첫째, 팀은 두 명 이상의 사람들로 구성된다. 팀은 클 수도 있고 더 작을 수도 있지만 대체로 15명 이상을 넘지 않는다. 둘째, 팀 안에서 일하는 사람들은 규칙적으로 서로 상호 작용을 하고 있다. 예를 들어 극장에 들어가기 위해 줄을 서 있다든지, 엘리베이터 안에 모인 사람들은 팀이라고 할 수 없다. 셋째, 팀은 공유하는 목적이 있다. 자동차를 만든다든지, 새로운 제품을 디자인한다든지, 책을 쓴다든지 그 속에 참여하는 사람들에게 공통의 목적이 있을 때 이를 팀이라고 말할 수 있다. 그렇기 때문에 많은 경우에 조직 내 사람들이 모두 팀으로 일하고 있다고 할 수는 없다.

그래서 팀은 공동의 목적과 공동의 책임의식을 가지고 있다. 팀은 리더십, 목적, 책임 등을 같이 일하는 사람들과 공유하고 높은 수준의 몰입과 성과를 얻어낸다. 팀은 동등한 참여를 기반으로 한다. 최고의 팀에는 개인적인 스타가 없다. 오히려 개인들은 모두 팀 정신에 따라 움직이고 행동한다.

리더는 훌륭한 팀의 조건이 무엇인가를 파악하고 팀 빌딩을 위한 단서로 이 같은 조건들을 활용해 볼 필요가 있다. 효과적인 팀은 다음과 같은 특성을 가지고 있다.

첫째, 효과적인 팀은 상호 의존적인 구성원들로 이뤄져 있다. 팀 전체의 생산성과 효율성은 모든 구성원들의 통합된 상호 작용의 결과로 결정된다. 따라서 동종 결합이 아니라 이종 결합, 다양성이 팀을 이루는 핵심요소다.

둘째, 효과적인 팀은 혼자 일할 때보다 더 높은 효율성을 거둘 수 있도록 서로 돕는다. 효과적인 팀은 최고의 성과를 올리는 개인들의 총합보다 더 높은 성과를 거둔다. 구성원들의 개병적인 역량이 보태질 수 있는 것은 공동의 목표와 협력적인 프로세스가 고도화되어 있기 때문이다.

셋째, 효과적인 팀은 서로를 강력히 끌어당기는 자력을 가지고 있다. 팀 구성원들은 서로가 함께함으로써 더 많은 이점을 얻는다. 그것은 계속 팀에 남아 있으려는 귀속 의지를 높인다. 팀으로 존재하는 이유가 명확하고 구성원 간 상호 존중과 신뢰가 깊다.

넷째, 효과적인 팀은 리더십을 공유한다. 리더십의 책임을 공유하여 장기간에 걸쳐 팀의 리더십은 더욱 확대된다. 상황적 요구에 맞춰 능력 있는 개인들은 언제든지 리더로 일할 수 있는 기회가 제공된다.

다섯째, 효과적인 팀 구성원들은 서로를 돌보며 서로를 성장시킨다. 구성원들은 서로를 존중하고 이해한다. 그들은 함께함으로써 더 많은 것을 배우고 더 많이 변화한다.

여섯째, 효과적인 팀은 구성원 간에 높은 신뢰 수준을 보인다. 구성원들은 정직하고 공정하며 자신뿐 아니라 다른 사람의 성공에 깊은 관심을 드러낸다.

우리 팀을 효과적인 팀으로 만들기 위해 다음과 같은 질문에 대답할 수 있어야 한다. 우리 팀은 위의 기준에 비춰볼 때, 효과적인 팀이라고 할 수 있는가? 그 증거는 무엇인가? 효과적이지 못하다면 효과적인 팀으로 만들기 위한 구체적인 방법은 무엇인가?

▌팀 발달단계 모형

부루스 터크먼은 팀도 유기체처럼 다섯 단계의 변화 과정을 거친다는 것을 모형화했다. 이 모델은 팀이 일련의 발달 과정을 거쳐 성장, 퇴행하는 모습을 보여준다.

팀이 경험하게 되는 최초의 단계는 형성기(Forming)다. 이것은 마치 콘서트 장에 모여든 관중들처럼 단순한 개인의 합에 불과하다. 이 시기에 팀 구성원은 자신이 팀에 어느 정도 부합되는지, 목표에 대해 얼마나 공감하는지, 누가 중요한 위치를 점하는지 등을 스스로 탐색한다. 사람들은 서로 낯설고 목표에 대한 일체감이 없다. 때문에 구성원들이 경험하는 불안의 수준, 그리고 리더에 대한 의존도가 높다. 이 시기에 리더는 구성원들이 서로 친밀해질 수 있도록 커뮤니케이션과 상호 작용을 촉진해야 한다. 구성원들이 서로에 대한 불안감을 없애고 팀의 한 일원으로서 자각할 수 있도록 해야 한다. 특히 팀에 동화되지 못하는 구성원들에 대한 개별적 배려가 필요하다. 또 팀 전체의 목적과 비전, 미션 등을 명확히 하고 이에 도달하기 위한 로드맵을 구체화함으로써 구성원들이 가지고 있는 혼란과 불안을 제거해 팀 멤버십을 공고히 해야 한다.

이 시기가 지나면 팀은 갈등기(Storming)를 경험한다. 이 시기에는 개개인의 욕구에 부합하는 방향으로 팀을 변화시키기 위한 시도가 이뤄진다. 그러다 보면 구성원들의 욕구, 목표 달성 방법에 대한 이견이 발생하고 종종 집단 갈등이 유발되며 적대 관계가 형성되기도 한다. 이것은 문제 상황이라기보다 팀이 경험하는 자연스러운 과정이므로 이를 잘 극복할 수 있도록 팀 멤버는 서로 지혜를 모아야 한다. 이 시기 리더의 역할은 팀 멤버들 간의 차이를 이해하고 서로가 공통의 비전과 미션에 몰입할 수 있도록 다양한 아이디어를 격려하는 것이다.

구성원들은 서로의 아이디어에 대해 논쟁하고 갈등을 표면화하며 다른 사람과의 의견 차이를 적극적으로 드러내야 한다. 그리고 리더는 다양한 의견들이 팀의 공동 목적과 목표에 어떻게 통합되어야 하는지 건설적으로 논의함으로써 개방적으로 이 상황을 극복할 수 있도록 해야 한다. 형성기뿐 아니라 갈등기에서도 리더는 보다 더 인간적인 측면에서 구성원들의 마음과 정서를 읽고 반응하는 일이 중요하다.

갈등기가 지나면 팀은 안정기(Norming)에 접어든다. 이때가 되면 팀은 갈등과 혼란을 극복하고 조화를 이루기 시작한다. 팀에는 새로운 규범과 역할 구조가 생겨나고 안정감을 획득한다. 팀의 혼란과 갈등은 팀의 응집력으로 인해 효과적으로 봉합된다. 그러나 이 단계의 높은 응집성은 집단사고의 위험도 함께 잠재하고 있으므로 이 시기에 리더는 팀 내 개방성을 강조하고 팀이 지속적으로 커뮤니케이션 함으로써 팀의 역할과 가치, 기대 등을 명확히 해 팀의 바람직한 문화와 풍토가 자리 잡을 수 있도록 해야 한다.

네 번째 단계는 성취기(Performing)다. 성취기가 되면 팀은 수행을 최적화하는 것에 관심이 모아져, 협동이 증가하고, 정보 공유가 왕성하며, 의견 불일치도 생산적인 방향으로 해소하게 되어 높은 성취를 달성한다. 팀 구성원들은 문제에 직면하고 이를 효과적으로 해결한다. 따라서 팀 리더는 이 시기에 높은 성과를 촉진할 수 있도록 과업에 집중하고 팀이 목표 달성을 위한 자율성을 갖도록 지원해야 한다. 정서적 측면의 지원과 함께 이 시기에 리더는 과업 지향적인 행동을 강조해야 한다. 동시에 리더는 현재의 성취를 넘어서 더 높은 성과를 달성할 수 있도록 목표를 확장함으로써 팀의 역할을 배가해야 한다.

모든 활동이 끝나고 나면 마지막으로 종료기(Adjourning)에 직면한다. 팀이 본래의 역할과 책임을 다한 뒤에는 구성원 간 의존성이 급격하게 낮아지고 구성원의 참여도 줄어들어 결국 해체되는 종결단계에 들어선다.

팀의 발달단계 모형은 팀이 어떻게 발전하는가에 대한 유용한 프레임워크를 보여준다. 그렇다고 이 모델이 팀이 왜 특별한 단계를 다른 팀보다 오래 또는 짧게 경험하게 되는지를 설명하는 것은 아니다. 구성원들과 팀이 변화하는 과정에서 팀의 특정시기는 얼마든지 더 장기화되거나 단축될 수 있다.

그러나 팀이 안정되면서도 높은 성과를 지속적으로 달성하기 위해서는 형성기 혹은 갈등기를 빠르게 극복할 수 있어야 한다. 어떤 시기를 막론하고 팀이 발전적으로 기능하기 위해서는 그 팀만의 고유한 규범이 효과적으로 창출되고, 그것이 일관성이 있게 팀 구성원의 마음속에 뿌리내려야 한다. 팀 규범이란 팀 구성원들에 의해 공유된 행동의 규범이다. 이는 구성원들이 특정 상황에서 무엇을 어떻게 해야 하는지를 설명하는 지침의 역할을 하는 것으로 장기간에 걸쳐 개발되고 팀 행동을 규정한다. 팀 규범은 구성원들의 상호 작용 과정을 통해 반복되고, 팀의 성취에 따라 진화해 간다.

따라서 리더가 빠르게 효과적인 팀 규범을 구축할 수 있다면 이는 리더십의 역할을 대체할 뿐 아니라 장기적으로 팀의 안정성을 유지하는 데 기여할 수 있다. 탄탄하고도 건강한 팀 규범은 장차 팀을 생산적으로 변신시키는 역할을 하게 된다.

자율경영 팀과 최고 성과 달성

우리는 팀을 공동의 목표를 가지고 결과에 대해 상호 책임을 지는 '두 명 이상의 사람들의 모임'이라 간략하게 정의했다. 이것은 팀과 그룹을 구분하는 기준이기도 하다. 흔히들 공동의 목표도, 공동의 책임도 없는 작업 그룹을 두고 팀이라고 부르곤 한다. 이는 실망스러운 결과로 이어지고 엉뚱하게도 팀으로 일하는 것이 별 효과가 없다고 느끼게 만든다. 개개인을 모아놓고 같은 업무를 시킨다고해서 꼭 팀이 되는 것은 아니다. 하지만 그들에게 일단 분명한 목표와 가치, 전략, 책임만 주어진다면 얼마든지 높은 성과를 내는 팀이될 수 있다.

어떤 팀들은 목표의 어려움과 상관없이 뛰어난 성과를 이루어낸다. 턱없이 낮은 확률을 깨고 우승을 차지한 스포츠 팀, 세계가 놀랄만한 발견을 해낸 과학자 그룹, 전대미문의 엄청난 자선기금을 모금한 자원봉사자 그룹, 또는 독창적이고 혁신적인 아이디어를 낸 상품 개발팀, 이들 모두가 높은 성과를 내는 팀이다.

팀이 제 기능을 다할 때에는 기적이 일어날 수 있다. 높은 성과를 내는 팀들은 뚜렷한 목적과 가치, 성취 가능한 목표, 결과에 대한 상호 책임, 신뢰, 결속력 등 많은 요소들이 합쳐진 결과물이다. 올바른 리더십, 역량과 의욕이 있는 팀원들, 그리고 명확한 팀 헌장이 있는 팀이라면, 개인으로서는 달성하기 어려웠을 목표들을 함께 모여 이루어낼 수가 있다.

도대체 무엇이 이러한 팀들을 특별하게 만들어주는 것일까? 그 해답은 탁월한 팀들이 각자의 목적이나 추구하는 바에 상관없이 한결같이 공유하고 있는 특성에 있다. 이하에서는 이러한 특성을 일곱 가지 영역으로 정리하고 PERFORM이라는 약자로 표현하고 상세하게 설명한다.

PERFORM 모델

Purpose & Values : 목표와 가치

높은 성과를 내는 팀은 강한 목적의식과 공동의 가치체계를 공유한다. 그들에게는 확고한 비전이 있다. 팀이 목적의식 없이 방황한다면 여기서부터 시작하라. 목적과 가치로부터 모두가 동의하는 목표를 얻을 수 있고, 각자의 역할이 정해지며, 전략이 만들어지는 것이다. 팀원들이 자신들이 누구인지, 어디로 가고 있는지, 그리고 무엇이 그 여정을 인도하는지를 모른다면, 팀의 발전가능성은 없다. 목적과 가치는 팀을 하나로 묶어주는 접착제와 같으며, 높은 성과를 내기 위한 발판을 마련한다.

Empowerment : 임파워먼트

높은 성과를 내는 팀의 구성원들은 팀의 힘으로 장애물을 극복해 낼 수 있다고 자신한다. 그들은 정보와 지식을 서로 공유한다. 그리고 팀의 방침과 규칙, 절차들이 업무수행을 더욱 수월하게 만들어준다. 언제든지 정보의 이용이 가능하고, 사람들은 자신에게 필요한 기술들을 가지고 있거나 적어도 어디에서 그 기술들을 얻을 수 있는지 알고 있다. 팀원들에게는 성장을 위한 기회가 항상 열려있다. 그들은 행동하고 결정하고 선택할 권한이 주어지며 이는 명확한 경계 안에서 이루어진다. 그들에게는 능력과 기회, 자율성이 항상 주어진다.

Relationships & Communication : 인간관계와 의사소통

높은 성과를 내는 팀은 열린 커뮤니케이션 문화를 형성한다. 사람들은 결과에 대한 두려움 없이 모험을 감행하고 자신의 생각, 의견, 감정을 공유할 수 있다. 팀원들은 서로를 존중하고 소중하게 여긴다. 말하는 것만큼 듣는 것도 중요하게 간주된다. 서로 다른 점들을 진심으로 존중한다. 창의성은 그런 차이로부터 비롯되어 나온다는 믿음을 모두가 알고 있다. 차이가 갈등이 되는 경우에는, 서로의 자존심이 상하지 않도록 능숙하게 처리한다. 솔직하고 사려 깊은 피드백을 통해 팀원들은 자신의 강점과 약점, 자신이 타인에게 미치는 영향력을 인식하고, 서로 믿고 상호 의지하는 분위기를 만들 수 있도록 행동한다. 팀원들은 개인적으로나 업무적으로나 서로에게 헌신한다. 결속력이 강하다.

Flexibility : 유연성

높은 성과를 내는 팀의 팀원들은 상호의존적이며 팀의 성과와 발전, 리더십을 책임지는 것이 자신들 모두라는 것을 인식하고 있다. 높은 성과를 내는 팀에서는 누가 리더인지를 판단하기가 어려울 때가 많다. 상황의 필요에 따라 리더십이 이동하기 때문이다. 그들은 업무의 경중에 상관없이 모두가 참여한다. 감정도 의견과 마찬가지로 소중히 다뤄진다. 팀원들은 변화가 필연적이라는 사실을 받아들이고 역동적인 환경에 적응한다.

Optimal Productivity : 최적의 생산성

높은 성과를 내는 팀은 최적의 생산성을 낳는다. 이는 그들이 성취하는 업무에 반영된다. 높은 성과를 내는 팀은 의미 있는 결과를 만들어 내기 위해 헌신한다. 생산성은 기본이 되는 사항이다. 결과가 존재하지 않는다면, 다른 어떤 것도 별 의미가 없기 때문이다. 그리고 그들에게는 높은 수준의 기준과 품질을 지키려는 의지가 있다. 팀원들은 업무기한을 지키고, 목표를 달성하고, 임무완수를 자랑스럽게 여긴다. 서로에 대해 책임의식을 가지고 지속적인 향상을 위해 노력한다. 그들에게는 효과적인 의사결정과 문제해결 방법이 있으며 이를 통해 창의성과 참여를 확대시킨다. 모두가 각자의 업무 비중을 가지고 있기에, 팀의 성취에 다 같이 뿌듯해할 수 있다.

Recognition & Appreciation : 인정과 감사

높은 성과를 내는 팀에서는 팀원으로부터, 팀 리더로부터, 그리고 조직으로부터 계속적인 긍정적 피드백과 인정이 이루어진다. 인정하고 감사하는 것은 동기를 부여하고 성과를 높일 수 있는 강력한 방법이다. 팀의 사기를 떨어뜨리고 효과적이지 못한 팀으로 만드는 가장 빠른 길은 팀이 결과물을 내놓고서도 상사로부터 아무런 소리를 듣지 못하는 것이다. 인정은 행동을 강화시키고, 자부심을 길러주며, 가치와 성취감을 높여준다. 여기서는 개인적인 인정이나 팀 차원의 인정 모두가 중요하다.

Morale : 사기

사기는 이상의 모든 특성들의 결과로 나타난다. PERFORM의 다른 요소들이 모두 갖추어져 있다면, 사기는 높을 수밖에 없다. 팀원들은 자신의 일에 대해 열정적이고, 자신들이 내놓는 결과에 대해 뿌듯해하며 그 팀에 속한 것을 자랑스러워한다. 팀원들은 미래에 대해 낙관적이고 자신감이 있으며, 서로 간의 믿음도 강하다. 강한 팀워크와 공동체의식이 존재한다.

▌PERFORM 모델의 적용

팀은 허공 속에 떠있는 것이 아니라, 조직이라는 전체 속에 존재한다. 팀이 성공하기 위해서는 조직의 모든 단계에서 PERFORM의 요소들이 최대화되어야 한다. 이러한 특징을 보이는 팀이라면, 그 팀의 성공은 의심하지 않아도 된다. 높은 성과를 내는 팀을 만드는 것은 하나의 여정이다. 개개인의 집합에서 PERFORM의 모든 특성들이 명확히 드러내는 능률적인 조직체로 발전해 가는 예측이 가능한 진행과정이다.

요즘 시대 리더십은 그 대상이 자기 자신이든, 다른 개인이든, 팀이든, 조직이든 모든 차원에서 적용이 가능하다. 복잡한 정도와 진단의 범위가 달라지는 것뿐이다. 효과적인 팀 리더십의 세 가지 열쇠는 일대일 리더십에서와 마찬가지로 팀의 발달단계를 평가하는 능력(진단), 다양한 리더십 방식을 사용할 수 있는 능력(유연성), 팀의 발달단계에 맞는 적절한 리더십을 사용하는 능력(조화)이나.

다섯 가지
팀 발달단계 모델

　앞서 살펴본 바와 같이 모든 팀들은 저마다 살아있는 독특하고 복잡한 조직체이다. 전체로서의 팀은 단순한 구성원의 총합과는 다르다. 그리고 팀도 개인과 마찬가지로 일련의 발달단계를 거치면서 성장해 간다. 조직들은 5개의 발달단계를 거치고 있고, 각 단계의 특징도 거의 흡사하다.

　그 다섯 가지 발달단계는 형성기(Forming), 갈등기(Storming), 안정기(Norming), 성취기(Performing), 그리고 종료기(Adjourning)이다. 성공적이고 생산적인 팀을 만들려면, 각 단계의 특성과 욕구를 이해하는 것이 무엇보다 중요하다. 상황진단은 바로 각각의 단계를 이해하기 위한 것이다. 팀의 발달단계를 평가하고 그 특성을 파악하는 능력을 가지기 위해서는, 개개인의 행동에 집중하기보다는 한 걸음 뒤로 물러나 팀을 전체로 바라보아야 한다.

팀 발달단계를 결정하는 기본적인 요소

팀의 발달단계를 결정짓는 최종적인 변수는 생산성과 조직원들의 사기이다. 생산성은 수행되는 업무의 양과 질을 의미한다. 이는 팀원들의 협동능력, 지식과 기술, 분명한 목표, 필요한 자원의 투입 여부에 달려있다. 사기는 목표를 성취하기 위한 팀원들의 자신감과 동기부여, 그리고 화합을 의미한다. 팀이 발달단계들을 거쳐 지나감에 따라 생산성과 사기가 어떻게 변화하는지를 팀 발달단계 모델이 뚜렷하게 보여준다.

처음 팀이 형성되었을 때는 많은 것을 성취해 낼 수 없다. 그들은 서로에 대해 잘 알지조차 못한다. 시간이 점차 지나면서 그들은 함께 일하는 법을 익히게 되고, 성과도 점차적으로 늘어나기 시작한다. 그렇지 않은 경우는 뭔가 심각하게 잘못된 것이다. 리더십에 문제가 있거나, 업무를 제대로 수행하기 위해 필요한 기술들이 팀 내에 존재하지 않아서 일 수도 있다.

한편 사기는 <그림 5-1>에서 보는 바와 같이 높은 곳에서 시작했다가 어느 순간 급강하는 경우도 있다. 새로운 팀에 들어왔을 때 사람들은 강요에 의한 경우가 아니라면 보통 열성적으로 업무에 집중한다. 그러나 팀으로 일하는 어려움이 현실로 니타날 때, 처음의 행복감은 순식간에 흩어져 없어진다. 이제 당신은 사람들이 이런 소리를 하는 것을 듣게 된다. '내가 왜 이 팀에 오겠다고 했을까?' 그러다가 시간이 지나면서 서로의 차이들을 탐구하고 처음의 좌절을 헤쳐 나가고 함께 일하는 것이 좀 더 쉬워지면, 팀은 결과물을 쏟아 내기 시작한다. 그리고 사기는 다시 올라간다. 마침내, 사기와 생산성이 모두 높아지게 되면 팀은 이제 높은 성과를 낼 수 있게 되는 것이다.

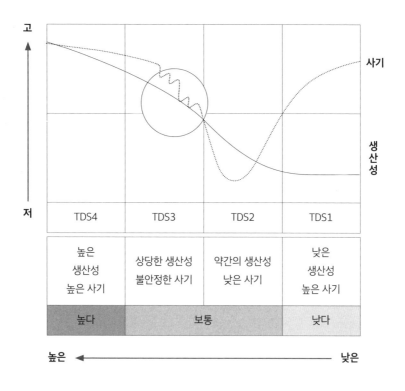

〈그림 5-1〉 팀 발달단계 모델

높은 사기와 높은 생산성이 왜 팀 발달단계를 결정하는 변수가 될까? 답은 매우 간단하다. 아무런 성과도 내지 않으면서 사기만 높은 것은 동호인 모임이지 팀이 아니다. 반면에 높은 성과를 내지만 사기가 낮은 팀은 결국에 가서는 발부리가 걸려 넘어지고, 성과도 점점 희미해진다. 즉 사기와 생산성 중 하나만으로는 높은 성과를 유지할 수 없다. 이와 같이 생산성과 사기의 수준을 진단하는 것은 그것이 언제가 되었건 팀의 발달단계를 결정하고 팀의 특성을 이해하는 가장 분명한 방법이다.

팀 발달단계 1 : 형성기

강제에 의한 경우가 아니라면 대부분의 팀원들은 매우 열성적으로 팀 활동에 참여한다. 그러나 그들은 종종 너무 높고 비현실적인 기대를 하곤 한다. 이러한 기대는 자신이 거기에 어떻게 적응할 것인지, 다른 이들을 얼마나 신뢰할 수 있을 것인지, 그리고 자신에게 어떠한 요구가 주어질지에 대한 걱정을 수반하기도 한다. 또한 팀원들은 기준이나 역할, 계획에 대해 불분명한 상태이다.

이 단계에서는, 목적과 방향에 있어 리더에 대한 의존도가 높은 편이다. 팀원들은 팀의 리더가 자신들을 올바른 방향으로 조종해 주기를 바란다. 팀원들의 행동은 새로운 상황에 대한 기대와 염려로 보통 들떠 있으면서도 조심스럽고 공손하다. 이 단계에서는 사기는 적당히 높지만 생산성은 낮다.

형성기에서의 과제는 팀이 무엇을 성취하고자 하며, 무엇을 위해 존재하고, 목표달성을 위해 어떻게 할 것인지를 명확하게 밝힌 합의사항들을 작성하고, 또한 인간관계와 신뢰를 형성함으로써 팀을 순조롭게 출발시키는 것이다.

이 단계가 얼마나 지속되느냐는 업무의 명확성과 난이도에 따라, 그리고 앞으로 어떻게 일할 것인지에 대해, 팀이 얼마나 명확하게 인식하고 있는지에 따라 달라진다. 단순한 업무를 가진 팀이라면 형성기는 상대적으로 짧아질 것이다. 형성기는 팀의 전체 수명 중 5-10퍼센트를 차지하는 것이 보통이다. 반면에 복잡한 목표와 임무를 맡은 팀이라면 당연히 더 오래갈 것이다. 대략 30-60퍼센트의 시간을 이 단계에 쏟아야 할지도 모른다.

팀 발달단계 2 : 갈등기

이 시기에는 업무에 대한 경험은 쌓이지만 반면 팀원들의 사기는 떨어지는 시기이다. 팀원들은 처음에 가졌던 기대와 현실 사이의 불일치를 경험하게 된다. 함께 일하고 임무를 달성하는 데 있어 어려움이 혼란과 좌절을 불러일으키고, 불만이 점점 자라나지만 리더에 대한 의존도는 그대로다. 팀원들 간 서로에 대한 부정적인 반응이 팽창하고 소규모의 그룹이 형성되어 팀을 분열시키기도 한다. 커뮤니케이션이 제대로 되지 않고 문제해결 능력조차 없기에 상호 신뢰감이 낮아진다. 생산성은 다소 높아지지만 낮은 사기가 발목을 잡고 있다.

대부분의 팀들은 새로운 임무에 대한 흥분과 열성을 가지고 시작했지만, 곧 여기에 얼마나 어려운 일들이 따를 것인지를 깨닫게 된다. 팀원들 사이에서 부정적인 감정이 도출되고 소규모 불만 그룹들이 생겨나기 시작한다. 팀의 리더에 대한 실망감은 점점 더 커져만 간다. 팀원들은 과연 이 일이 소중한 시간을 쏟을 만한 가치가 있는 일인가 의심하기 시작한다.

이러한 의구심과 의심, 실망은 갈등기 단계에서는 너무나 흔한 일이다. 갈등기에서의 과제는 팀이 권력과 감독, 갈등의 문제들을 처리하고 효과적으로 함께 일할 수 있도록 돕는 것이다. 이 단계에 걸리는 시간은 그러한 문제들이 얼마나 빨리 해결되느냐에 달려있다. 팀이 갈등기에 갇혀 사기와 성과가 계속해서 떨어지게 되는 경우도 있다.

팀 발달단계 3 : 안정기

안정기의 팀은 생산성은 상당하나 사기는 불안정한 모습을 보이고 있다. 이 시기에는 갈등기에서 문제들을 제기하고 해결하였으므로, 사기가 높아지기 시작한다. 팀은 팀원들이 함께 좀 더 쉽게 일할 수 있게 해 줄 절차들을 만들어 낸다. 임무 달성과 기술적인 능력도 늘어나고, 이는 긍정적인 감정을 갖게 한다. 목적과 가치, 기준, 역할, 목표에 대한 명확성과 헌신도 증가한다. 업무 중심의 열린 대화가 활성화됨으로써 신뢰와 결속력이 다져진다.

팀원들은 서로 간의 차이를 존중하는 법을 배우게 된다. 팀은 이제 나가 아닌 우리의 개념으로 사고하기 시작한다. 새로 생겨난 신뢰와 결속의 감정은 쉽게 깨질 수 있으므로, 팀원들은 이러한 바람직한 분위기를 잃게 되는 것을 두려워하여 갈등을 회피하게 된다. 하지만 갈등을 직면하지 않으려고 하는 이러한 점이 발전을 늦추게 될 수 있고, 효과적인 의사결정을 방해할 수도 있다.

팀이 갈등기에서 겪었던 좌절들이 해결되기 시작되면서, 팀원들은 서로의 이야기에 좀 더 귀 기울이고 나와 다른 관점도 존중하게 된다. 팀원들은 임무를 달성하고 서로의 역할과 목표를 분명히 하기 위한 초기 전략들을 수립한다. 업무의 어려움에도 불구하고 이제 팀과 함께 일하는 것이 더욱 즐거워진다. 모든 회의마다 팀원들 각자가 해야 할 일을 더 명확하게 알 수 있다. 성취와 만족이 늘어가고 실력이 향상되면서 함께 일하는 것이 더욱 쉬워지는 것이 안정기의 전형적인 모습이다. 리더십을 공유하기 위해 학습하고, 갈등을 피하기 위해 쉽게 동의하던 그동안의 방식을 탈피하는 것이 안정기에서의 과제라 할 수 있다. 안정기는 얼마나 쉽게 불만을 해소하고 새로운 기술들을 융합시키느냐에 따라 매우 짧아질 수도 있다. 만일 팀원들이 갈등을 계속 회피하기만 하면, 팀이 갈등기로 되돌아가게 될 가능성도 있다.

팀 발달단계 4 : 성취기

이 단계에서는 생산성과 사기가 모두 높고 서로가 서로를 강화시켜 준다. 높은 성과를 내는 팀의 일원이라는 자부심과 열정이 존재한다. 일차적인 중점사항은 성과이다. 이 시기에는 목표와 역할이 명확하게 정의되어 있다. 팀원들은 높은 기준을 가지고, 단지 그 기준에 맞출 뿐만 아니라 지속적으로 향상시키기 위해 헌신한다. 팀원들은 업무를 수행하고 장애물을 극복하기 위한 자신의 능력을 신뢰한다. 자신들이 하는 일을 자랑스러워하며 함께 일하는 것을 즐겁게 여긴다. 커뮤니케이션이 자유롭게 이루어지고, 업무에 대한 정보가 공유된다. 팀 내에는 상호 존중과 신뢰의 문화가 일상에 깔려있고 성장에 따른 새로운 도전과제들을 유연하게 처리한다.

팀원들은 문제에 대한 대안을 꼼꼼하게 연구하고 많은 회의를 가진다. 그 결과 팀원들의 마음속에는 임무의 완수가 거의 현실로 다가와 있다. 팀원 모두는 팀 리더십에 대한 책임을 공유한다. 팀원들은 이 팀이 정말로 훌륭한 팀이 되었다는 것과 팀의 일원이었다는 것에 자랑스러움을 느낀다. 이러한 성취감, 자신감, 의욕, 통일성은 4단계에 도달한 팀들의 전형적인 특징이다. 성취기에는 지속적인 성장을 통해 팀의 성과를 최상으로 유지시키는 것이다.

팀 발달단계 5 : 종료기

업무가 지속적으로 진행될 기약이 있는 팀이라면, 종료기에 이르지 않는다. 하지만 특별히 임시적으로 만들어진 팀이라면 종료기 단계에 이르게 된다. 따라서 팀원들은 그 결과를 대비해야 한다. 생산성과 사기는 일의 끝이 다가옴에 따라 올라갈 수도 있고 내려갈 수도 있다. 팀원들은 슬픔, 혹은 상실감을 느낄 수도 있고 마감시간에 맞추느라 정신없을 수도 있다.

종료기의 팀은 임무가 완전히 끝나버렸다는 사실에 약간 섭섭해한다. 팀원들은 긴장으로 가득 찬 시간들을 함께 보냈고, 서로에 대해 진정으로 감사하는 마음과 끈끈한 유대감도 느낄 수 있다. 그래서 팀원들은 이룩한 성과에 대해서는 자랑스럽게 느끼지만, 팀의 활동이 끝을 향해 다가갈수록 일종의 상실감 같은 것도 느낀다. 종료기에는 임무의 종결과 인정, 축하를 준비하면서도 필요 수준의 생산성과 사기를 유지하는 것이 중요하다.

▍팀 발달단계의 변화

다섯 개의 단계를 각각 구분해서 묘사했지만, 사실 그 사이사이에는 상당히 겹치는 부분도 있다. 또 각 단계에 있는 일부 요소들이 모든 단계에서 발견될 수도 있다. 예를 들면, 팀이 이제 막 출발하는 형성기 단계에서 분명한 목적을 세우고 강력한 팀원으로서의 자격 조건을 만들어내는 일에 집중해야 한다고 해서, 갈등기 단계나 안정기 단계에서는 이를 다시 살펴보거나 재정비할 필요가 없다는 말이 아니다. 하지만 그 팀의 두드러진 특성과 니즈는 어느 시점에서나 팀의 발달단계를 결정해 줄 수 있다. 이러한 특성과 니즈에 있어서의 변화는 팀의 발달단계가 변화되었음을 알려주는 신호다.

▍팀 발달단계의 진단과 이해의 중요성

팀의 발달단계는 그 팀의 니즈가 어느 단계에 있는지를 설명한다. 니즈를 이해하는 것은 리더나 팀원들로 하여금 그 니즈에 맞는 행동을 할 수 있게 하기 때문에 절대적으로 중요하다.

팀 리더십에 대한 훈련이 없으면, 팀 리더들은 대개 무슨 일을 해야 할지 몰라 당황해한다. 그래서 그저 본능에 따라 팀을 운영하기도 한다. 예를 들어 경험 없는 리더가 자신이 팀을 운영할 수 있는 유일한 방법은 지원형 리더십을 발휘하는 것이라고 생각했다고 가정하자. 첫날부터 그는 팀원들에게 팀이 어떤 식으로 운영되어야 한다고 생각하는지 묻는다. 하지만 팀의 발달단계가 낮은 수준이기 때문에 팀원들은 그 문제에 대답하는 것은 리더가 할 일이라고 생각한다. 그리고 자신들이 왜 이 팀에 소속되었는지 의문을 갖기 시작한다. 팀으로부터 별 대답이 나오지 않자 리더 또한 좌절하며, 자신이 애초에 왜 이 팀을 맡기로 했는지 회의에 빠진다. 리더십에 혼란이 생긴 것이다. 팀의 발달단계를 전체적으로 이해하지 못한다면, 리더의 행동이 팀의 니즈에 들어맞을 가능성은 전적으로 운에 달려 있다.

팀 발달단계에 적합한 팀 리더십 개발

높은 성과를 내는 조직을 만들기 위해 필요한 리더십 유형은, 일대일 리더십의 경우와 마찬가지로, 지시행동과 지원행동의 결합에 따라 다양하게 변화한다. 그 차이는 초점이 개인이 아닌 팀에 맞추어진다는 점이다. 지시형, 지도형, 지원형, 위임형의 네 가지 팀 리더십 유형은 제공하는 지시행동과 지원행동의 양이 각기 다르고 팀원들이 리더에게 기대하는 책임의 정도도 다르다.

▎팀 지시행동

팀에서 이루어지는 지시행동에는 팀을 조직하고, 교육하고, 집중시키고, 구성하는 행동들이 포함된다. 예를 들어, 처음 팀에 합류했을 때 리더는 팀이 어떤 식으로 조직될 것인지를 알고자 할 것이다. 좋은 팀원이 되기 위해서는 무엇을 배워야 하는가? 어디에 노력을 집중할 것인가? 팀의 구조는 어떻게 되어 있는가? 팀 내에 상하 보고 체계가 있는가? 업무를 누가, 언제, 무엇을, 어떻게 하게 하는가를 규정하는 것이다.

▌팀 지원행동

팀에서 이루어지는 지원행동에는 칭찬, 참여, 경청, 격려 등의 행동이 포함된다. 팀의 화합과 결속을 기르기 위해 사람들은 의사결정에 참여하기를 원하며, 참여를 장려하고, 노력에 대해 인정과 칭찬을 받으며, 각자의 차이가 존중되고, 필요할 때에는 리더십을 공유할 수도 있다.

▌팀 발달단계와 최적 팀 리더십

<그림 5-2>를 살펴보면 네 가지 팀 리더십 유형을 팀 발달단계와 결합시키면, 각각의 발달단계에 맞는 적절한 리더십 유형을 알 수 있다. 팀의 리더와 팀원들이 알맞은 리더십 유형을 정하기 위해서는, 일단 목표와 관련된 생산성과 사기를 고려해서 팀의 발달단계를 진단해야 한다.

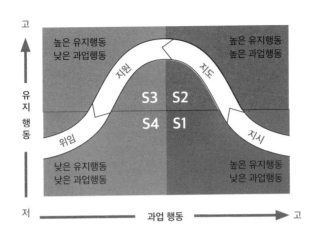

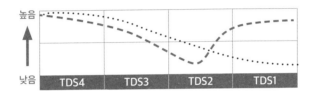

〈그림 5-2〉 최적 팀 리더십 모델

그런 다음 팀의 현재 발달단계에서부터 위로 수직선을 그어 요즘 시대 리더십의 성과 곡선 그래프와 만나게 한다. 그 선들이 만나는 지점이 바로 그 팀에게 적절한 리더십 유형이다.

1단계 형성기에는 지시형 리더십 유형이 적당하다

이 단계에서 팀을 움직이는 데 필요한 정보를 제공하기 위해서는 지시와 체계가 필요하다. 지원도 어느 정도 필요하지만, 더욱 필요한 것은 업무 지향적인 행동양식이다. 팀원들은 팀의 목적과 가치에 대해 명확하게 알고 있어야 하며, 어떤 역할이 자신에게 기대되는지도 알아야 한다. 커뮤니케이션과 책임관계에 대한 기준도 명확해야 한다. 누가 어떤 업무를 할 것인지, 어떤 스케줄로 진행될 것인지, 어떤 임무가 완수되어야 하는지, 이를 위해서는 어떤 기술이 필요한지 등에 대한 체계와 각자의 업무 경계에 대한 합의도 이루어져야 한다.

초기 단계인 형성기 팀은 강력한 팀 헌장을 작성해 앞으로의 업무진행을 위해 튼튼한 기반을 마련해야 한다. 팀 헌장은 공동 합의의 증거물이지만, 유동적인 문서로서 팀이 원하면 언제든지 수정이 가능하다.

2단계 갈등기에는 지도형 리더십이 적당하다

갈등기의 특징은 업무 수행능력은 조금씩 향상되지만 사기가 점점 떨어진다는 것이다. 개인이 처음에 가졌던 기대와 현실 사이의 괴리로 인해 분노와 좌절, 혼란, 실의가 생길 수 있다.

갈등기에는 높은 지시행동의 지속과 점차적인 지원행동의 증가가 요구된다. 팀원들은 업무달성을 위해 필요한 능력과 전략의 개발뿐만 아니라 격려와 새로운 확신이 필요하다. 이 단계에서 중요한 것은 팀의 목적과 가치, 목표에 대해 재확인하고 조직의 청사진을 명확히 그리는 것이다. 또한 팀의 의사결정을 위해 보다 많은 정보를 제공하는 것도 중요하다. 팀원들의 업적을 인정하고 과정에 대한 피드백을 제공하는 것은 그들에게 새로운 자신감을 심어주며, 발전을 촉진하고, 사기를 끌어올리게 된다. 이 시기에는 적극적 경청을 장려하고 의견 차이에 대한 존중을 강조하기에 적절한 시기이다. 이 단계에서는 감정적인 장애요소나 의견충돌 같은 주제에 대해 솔직한 대화를 나누고, 서로 간의 갈등을 해소하는 것도 큰 도움이 된다.

3단계 안정기에는 지원형 리더십이 적당하다

안정기에는 사기가 높아지고 팀원들 간의 화합이 이루어지며, 팀원들이 함께 일하는 법을 익혀감에 따라 업무수행 역량도 계속 증가한다. 목표와 전략은 점점 더 명확해지거나 새로운 정의가 정착된 상태이다. 전 단계에서 경험한 혼란, 분노, 좌절과 실의 같은 부정적인 감정들도 해소되어 간다. 자신감과 결속력, 신뢰가 증가하지만 아직은 깨지기 쉽다. 그리고 전 단계인 갈등기로 다시 추락하는 것에 대한 두려움 때문에 갈등을 회피하려는 경향이 나타난다. 리더의 기능을 맡기 위한 팀원들의 역량과 의사발언권과 참여는 더욱 커진다.

안정기에는 팀원들의 자신감 함양을 위해 지원과 협력이 필요하다. 이 시기에는 업무지시에 대한 필요성은 줄어들고, 확신과 결속력, 참여, 그리고 공동 리더십에 중점을 둔 지원행동은 더욱 필요해진다. 이제는 팀원들에게 서로 의견을 내도록 장려하고 리더의 책임을 공유하며 팀의 기능을 되돌아볼 때이다. 또한 생산성의 증대, 그리고 문제해결 능력과 의사결정 능력의 개발에 초점을 맞춰야 한다.

4단계 성취기에는 위임형 리더십이 적당하다

성취기에는 팀원들이 자신의 업적과 서로에 대해 긍정적인 감정을 느끼고 있는 상태이다. 생산해 내는 업무의 양과 질의 수준도 높다. 이 단계에 있는 팀들은 높은 사기와 업무에 대한 집중력을 유지하기 위해 새로운 도전을 필요로 한다.

이 시점의 팀들은 대개 지시와 지원을 스스로 해결하고, 이를 위해 신뢰를 필요로 한다. 팀원들은 리더의 책임을 공유하고, 팀의 목표를 성취하는 일에 완전히 몰두한다. 이 시기에는 팀의 업적에 대한 인정과 축하를 계속 필요로 하며, 새로운 도전과제나 더 높은 기준을 요구하기도 한다. 이 단계에서는 팀이 높은 수준으로 움직이고 있기 때문에, 정해진 한계 내에서 자유로이 의사결정을 할 수 있도록 권한을 늘려 주는 것이 적합하다.

5단계 종료기에는 지원형 리더십이 적당하다

분명한 종료 시점을 가지고 있는 팀들의 경우 생산성은 계속 증가할 수도 있고, 업무를 완료해야 하는 시급함 때문에 오히려 떨어질 수도 있다. 중요한 일이 끝날 시점이 다가온다는 사실은 사기를 높여줄 수도 있고, 이전에 비해 떨어뜨릴 수도 있다.

이 단계에서 리더는 팀원들이 나타내는 감정들을 수용하고 인정해 주어야 한다. 생산성이나 사기가 현저하게 하락하는 경우에는, 높은 성과를 유지하기 위해 지원을 늘리고 지시 역시 어느 정도 늘릴 필요가 있다.

▌ 팀 발달단계의 변화와 성과곡선

일대일 리더십에서도 이야기했듯이, 팀을 발전시켜 가는 과정에서 리더십 선로를 이탈하지 않는 것은 매우 중요하다. 요즘 시대 리더십 성과곡선을 따라 각 발달단계들을 하나하나 밟아가야 한다. 팀 헌장을 작성하자마자 리더가 위임형 리더십을 시작할 수는 없다. 만일 그런 일이 벌어진다면 팀이 선로에서 벗어나 사고가 날 것이다. 높은 성과를 내는 팀을 만들기 위해서는 단순한 의존에서 상호의존으로 옮겨가는 여정을 관리해 줄 리더가 필요하다. 탁월한 팀 리더가 자신의 임무를 완수했을 때, 비로소 팀원들은 '우리 스스로 해냈다' 라고 말할 것이다.

리더십의 변화, 혹은 업무나 구성원의 변화는 흔히 일어날 수 있는 일이며, 팀의 생산성이나 사기에 영향을 미칠 수도 있다. 팀에서 일어나는 큰 변화는 팀의 발달단계를 거꾸로 거슬러 올라가는 원인이 되기도 한다. 신중한 진단을 통해 팀의 현재 발달단계를 판단하면 그러한 퇴보문제를 적절하게 처리하기 위한 리더로서의 행동이 무엇인지 알 수 있을 것이다.

1. 팀 리더십이란 무엇인가? 일대일 리더십과 어떻게 다른가?

2. 터크먼의 팀 발달단계 모형의 시사점은 무엇인가??

3. 자율경영 팀의 조건은 무엇인가?

4. 탐의 다섯 가지 발달단계는 무엇인가?

5. 우리 팀의 현재 발달단계는 어디인가? 또 어떻게 성취기에 이를 것

   인가?

팀 발달단계 진단 연습

1. 당신은 여러 주 동안 팀의 리더로 일하고 있다. 처음에 팀원들은 일을 시작하는 것에 열정을 갖고 있었다. 과업은 매우 빠르게 명료화 되었으며 구성원들은 목표를 달성하기 위해 필요한 기본적인 일들을 하기 시작했다. 몇 번의 회의 동안 모든 일은 부드럽게 풀려나갔다. 세 번째 회의 때에 팀원들 간의 마찰이 시작되었으며 두 사람은 당신이 일을 해나가는 방법과 과업의 진행에 좌절감을 느끼는 것으로 보인다.

이 팀의 발달단계는? ☐

2. 당신은 지난 여러 주 동안 팀 구성원들과 일을 매우 잘해오고 있으며, 팀의 목표달성에 아주 뛰어난 진행상태를 보이고 있다. 구성원들은 함께 일을 잘하고 있으며 서로의 자원을 공유하여 사용하며 달성한 것에 대해 자부심을 느끼는 것으로 보인다. 당신은 최근에는 그들과 함께 많은 시간을 보내지는 않으며 중요한 문제를 해결하고 프로젝트의 마감시간을 맞출 수 있는 팀원들의 능력에 대해 확신하고 있다. 그러나 불행하게도 팀원 중의 한 명이 다른 부서로 전출되었으며, 그의 후임자는 다음 회의 때나 출근할 예정이다.

이 팀의 발달단계는? ☐

3. 팀 회의 동안에 한 팀원은 계속 공격적이고 적대적인 방법으로 회의를 방해하였다. 그는 당신을 포함하여 다른 사람들을 극단적으로 비판하고 판단하는 발언과 여러 가지 요구를 하였다. 아직 팀에서 자신의 역할이 불명

확하고 또한 다른 사람들과 충돌을 일으킨다는 생각이 들었기 때문이다. 팀원들 중 몇몇은 수동적으로 회피하였지만 다른 팀원들은 공격적으로 맞섰다. 팀의 낮은 성과와 좌절감 그리고 성급함이 언급되었다.

이 팀의 발달단계는?

4. 이 팀은 일주일에 2시간씩 5주 동안 회의를 했다. 당신은 열 명의 팀원 중 2명의 회의 참여도가 떨어지고 소극적인 것으로 관찰하였다. 사실 그들은 침묵하는 팀원들이라고 할 수 있다. 팀 구성원들 간의 일반적인 신뢰 수준은 높은 듯이 보이고 전체적으로 팀의 분위기는 매우 우호적이고 업무 실적도 괜찮은 편이다.

이 팀의 발달단계는?

5. 이 팀은 두 번 회합을 가졌다. 첫 번째 회합은 상당히 의욕을 보이기는 하였으나 동시에 확신 없는 애매한 행동을 보여주었다. 두 번째 회합은 혼란스럽고, 다투어서 제대로 이루어지지 못했다. 몇 가지 문제점이 분명히 존재하지만 제대로 논의하여 해결하지 못했다.

이 팀의 발달단계는?

해답> 1. 갈등기, 2. 안정기, 3. 갈등기, 4. 안정기, 5. 갈등기

팀 발달단계 진단 시트 1

당신이 속한 팀의 발달단계를 진단해 보자.

전혀 우리 팀의 모습이 아니다 : 1점   대체로 우리 팀의 모습이 아니다 : 2점
대체로 우리 팀의 모습이다 : 3점   정확히 우리 팀의 모습이다 : 4점

1단계

1   ____ 어느 누구도 팀의 목적과 목표에 대해 명확하게 알지 못한다.

2   ____ 어느 누구도 팀 구성원들을 서로 잘 알지 못한다.

3   ____ 아주 소수의 사람들만이 팀에 참여하고 있다.

4   ____ 팀 구성원들은 매우 피상적이며 안전한 방식으로 상호 작용한다.

5   ____ 아직 팀 구성원들 간에 신뢰가 구축되지 않았다.

6   ____ 팀 구성원들은 거의 대부분 리더의 지시를 기다리고 있다.

2단계

7   ____ 관점과 의견의 차이가 팀 구성원들 간에 개방적으로 표현된다.

8   ____ 몇몇 팀 구성원들 간의 경쟁이 존재한다.

9   ____ 어떤 구성원들은 팀의 규범이나 룰을 따르지 않는다.

10   ____ 팀 내에 하위 그룹 혹은 연대가 조성되어 있다.

11   ____ 어떤 사안들은 두 편으로 나뉘어 불일치를 만들어낸다.

12   ____ 팀 리더의 권위와 능력이 도진을 받는다.

3단계

13   ____ 모든 팀 멤버들은 팀의 목적과 목표를 잘 알고 있다.

14 ____ 팀 멤버들은 서로 잘 안다.

15 ____ 팀 멤버들은 적극적으로 협력하고 팀 활동에 참여한다.

16 ____ 팀 구성원 간의 상호 작용은 친근하고 사적이며 피상적이지 않다.

17 ____ 팀 구성원 간에 안정된 신뢰감이 구축되어 있다.

18 ____ 팀 내에 강력한 일체감이 있으며 팀 구성원들은 소속감을 느낀다.

4단계

19 ____ 팀 구성원들은 팀 활동에 몰입하고 성과를 낳기 위해 적극적으로 협력한다.

20 ____ 팀 구성원들은 새로운 아이디어, 새로운 것들을 실험하는 데 자유롭다.

21 ____ 팀 구성원들은 높은 수준의 에너지를 보이며 높은 성과를 기대한다.

22 ____ 팀 구성원들은 서로에게 높은 존경과 신뢰를 보이며 불일치가 생산적으로 해결된다.

23 ____ 팀 구성원들은 다른 사람들을 도와주며 이기적 행동이 최소화된다.

24 ____ 팀은 효과적으로 빠르게 의사결정을 한다.

점수 합계

1단계(형성기) 총점 _____   2단계(갈등기) 총점 _____

3단계(안정기) 총점 _____   4단계(성취기) 총점 _____

분석과 검토

(1) 위의 단계들은 팀이 점진적으로 발달해 가는 모습을 보여준다. 가장 높은 점수를 얻은 단계가 현재 팀의 모습을 반영한다. 당신 팀의 모습은 어떤가?

(2) 팀이 보다 더 성숙한 집단으로 발전해 가기 위해 현재 리더로서 당신이 해야 할 일은 무엇인가?

팀 발달단계 진단 시트 2

(가) 목적 및 가치

A 조직원들은 조직의 목적, 공동의 목표 및 각 조직원의 역할을 명확하게 이해하지 못하거나 동의하지 않고 있는 것으로 드러나고 있다. 각 조직원들이 지녔던 초기의 희망은 실행 불가능하고 비현실적인 경우가 있다.

B 모든 조직원들이 자신의 견해를 밝히는 것은 아니므로, 각 조직원들이 공동의 목표 및 가치를 공유하고 있는지는 불분명하다. 오히려 조직원들은 "내가 어떠한 역할을 할 것인가?", "우리가 어떻게 함께 일할 수 있을까?"에 더욱 관심이 많다.

C 공동목표에 관한 의식이 표면화되고 있다. 조직의 목표와 개인의 역할이 분명해지고 각 조직원들은 이를 달성하기 위한 방법을 모색하기 시작한다.

D 각 조직원들은 조직의 목적과 가치를 묘사하고 이를 달성하기 위해 노력한다. 조직의 목표와 개인의 역할이 분명하게 이해되고 이는 전반적인 조직의 목적에 부합한다. 각 개인의 독립성이 커지고 목표를 달성하기 위한 각종 전략이 생긴다.

(나) 임파워먼트

A 각 조직원들은 조직이 문제를 해결하고, 소기의 목표를 달성할 수 있을 것

이라고 조심스럽게 낙관한다. 각자가 필요한 기술을 습득함에 따라 자신의 능력에 대한 자신감이 증가한다. 조직원들은 공동으로 작업하고 서로 돕는 것에 익숙해진다.

B 조직이 공동의 비전을 실현할 수 있는 능력이 있다고 자신 있게 말할 수는 없다. 리더십, 과업진행에 관해 조직원들은 부정적인 견해를 지니고 있다. 조직원들 간에는 협력보다는 경쟁심이 더 팽배하다.

C 조직의 미래에 관해 조직원들은 비교적 열정을 보이고 있으나, 그에 필요한 지식과 기술을 습득하지 못한 상황이다. 업무절차, 과업진행이 불분명하다.

D 조직원들 모두 권한을 갖고 있다고 느끼고 필요한 지식과 기술도 보유한 상태이다. 조직 목표에 절차 및 과업진행이 부합한다. 상호 존중과 상호 협력의 열의가 있다.

(다) 인간관계 및 의사소통

A 조직원들은 더욱더 서로를 격려하고 지지하고 있다. 서로에 대해 부정적인 평가를 삼가는 경향이 있다. 서로의 의견에 대해 더욱 많은 관심을 표시하고 있다.

B 조직원들은 자신의 견해를 자유롭고 정직하게 개진하며 이에 대한 반대의견도 거부감 없이 받아들인다. 서로에게 귀 기울이고 애정과 이해, 수용의 자세를 지니고 있다. 견해차나 관점의 차이가 존중된다.

C 조직원들은 서슴없이 리더십에 도전하거나 서로에게 저항감을 보이고 있다. 조직 내 의사소통은 조심스러우며 일관적이지 못하다. 이는 상호 간의 갈등 또는 실망감을 반영하는 것이다. 조직원 간에 서로의 의견에 귀 기울

이고 이해하려는 증거를 찾기 힘들다.

D   조직원들은 서로에 대해 아는 바가 적어 서로 정중하고 조심스럽게 대한다. 특정한 리더가 토의를 진행할 것이라고 기대한다. 종종 조직원들이 자신의 느낌이나 의견을 표현하는데 주저함이 있다.

(라) 유연성

A   조직이 특정한 리더가 방향을 제시하거나 승인해 줄 것을 기대한다. 조직활동에 참여하는 데 있어 조직원들은 조심스럽고 공식적이며 그리고/또는 경직되어 있다.

B   조직 내의 좌절과 긴장이 조직원들의 유연성을 제한하는 경향이 있다. 불만족에 대해서는 공격적이거나 아예 포기하거나 혹은 의지하거나 아예 거부하는 극단적인 형태로 표현한다.

C   조직원들은 자신들의 강점을 발휘하는 등 조직의 운영에 대한 책임감을 공유하기 시작한다. 조화와 원활한 과업관계를 유지하는 데에 초점이 맞추어진다.

D   조직원들은 리더의 리더십에 대한 책임감을 공유하고 과업성과를 극대화하고 조직을 원활히 운용하기 위해 각자의 다양한 역할을 신축적으로 처리한다. 조직원들은 자신의 의견을 자유롭게 개진하고 외부의 변화요구에 적응한다.

(마) 최적의 생산성

A   조직은 중상 급 정도의 과업성과를 기록한다. 조직원들은 문제해결 및 의사결정 과정에서 상당히 협조적이다.

B　조직원들은 과업을 신속하고 효율적으로 처리한다. 조직원들은 고도의 문제해결 및 의사결정 기술을 보유하고 있으며, 상호 간의 의견차 및 관점의 차이를 존중한다.

C　조직이 성공적인 과업성과를 얻고 있음을 입증하기는 힘들다. 조직의 문제해결 및 의사결정 기술은 미숙하다.

D　조직이 어느 정도의 과업성과를 보이고 있다. 조직원들은 문제해결 및 의사결정 과정에서 상당한 기술부족을 드러낸다.

(바) 인정 및 칭찬

A　조직원은 특정 리더로부터 과업성과에 대해 인정받기를 원한다. 조직원들은 동료 조직원들의 인정보다는 조직의 공식리더로부터 인정받기를 원한다.

B　조직원 간에 상호 존중 및 성과인정 의지가 강력하다. 조직원 개인 및 조직의 성과에 대해 공식 리더뿐만 아니라 조직원들 모두 인정해 주는 경우가 빈번하다.

C　조직원들은 상호 간에 성과를 인정하고 존중하는 경우가 드물다. 오히려 조직원 간 서로를 비판하고 부정적인 면에 초점을 맞추는 경향이 있다.

D　조직원 간에 서로의 성과를 인정하고 존중하는 사례가 증가하고 있다. 이는 조직 내 조화 및 상호 신뢰감이 증가하고 있음을 반영한다. 이러한 정신은 불안정해서 깨지기 쉽다.

(사) 사기

A　조직원들은 조직의 일원으로서의 자긍심과 기대감을 지니고 있다. 자신감이 뚜렷하며 자신의 과업성과에 매우 만족하고 있다.

B   조직원들은 함께 일하는 방법을 배우고 있다는 자신감과 응집력을 지니고 있다. 부정적인 감정이 긍정적인 감정으로 변하고 있다.

C   조직원들은 공동 작업을 기대하게 되면서 약간의 우려와 함께 기대감을 지니고 있다. 또 약간 흥분되어 있다.

D   조직원들 간에 좌절감, 비관, 불만이 존재한다. 조직원들은 서로 경쟁하고 심리적으로 포기하게 되면서 조직 내 균열이 발생한다.

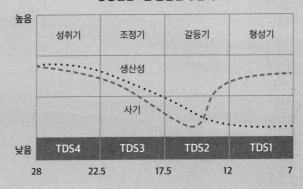

상황진단 : 팀 발달단계 분석 표2

상황진단 : 팀 발달단계 분석 표1

구분	P	E	R	F	O	R	M	총계	가중치	합계
TDS 1	B	C	D	A	C	A	C		X1	
TDS 2	A	B	C	B	D	C	D		X2	
TDS 3	C	A	A	C	A	D	B		X3	
TDS 4	D	D	B	D	B	B	A		X4	
								팀 발달단계 점수		

팀 발달단계 진단 시트 3

	목적					
1	팀원들은 공동의 목표를 설명할 수 있고 목표에 전념한다.	1	2	3	4	5
2	목표는 명확하고, 도전적이고, 목적에 맞는다.	1	2	3	4	5
3	목표 성취를 위한 전략이 명확하다.	1	2	3	4	5
4	팀원 개개인의 역할이 명확하다.	1	2	3	4	5

	권한위임					
5	팀원들은 개인적, 집단적으로 권한이 있다고 느낀다.	1	2	3	4	5
6	팀원들은 필요한 기술과 자원에 접근할 수 있다.	1	2	3	4	5
7	정책이나 관행은 팀의 목적을 지원한다.	1	2	3	4	5
8	상호 존중과 협력 의지가 명백하다.	1	2	3	4	5

	인간관계와 의사소통					
9	팀원들은 스스로를 솔직, 정직하게 표현하다.	1	2	3	4	5
10	온정, 이해, 수용 등이 표현된다.	1	2	3	4	5
11	서로의 말을 적극적으로 경청한다.	1	2	3	4	5
12	견해나 관점의 차이는 존중된다.	1	2	3	4	5

	유연성					
13	팀원들은 필요에 따라 다양한 직무를 수행한다.	1	2	3	4	5
14	팀원들은 팀 리더십과 팀 발달에 대한 책임을 공유한다.	1	2	3	4	5
15	팀원들은 변화하는 요구에 잘 적응한다.	1	2	3	4	5
16	다양한 아이디어와 접근법이 탐색된다.	1	2	3	4	5

최적의 생산성					
17	성과가 높다.	1	2	3	4	5
18	품질이 훌륭하다.	1	2	3	4	5
19	의사 결정이 효과적이다.	1	2	3	4	5
20	문제해결 과정이 명백하다.	1	2	3	4	5

인정과 칭찬					
21	리더나 팀원들은 다른 팀원의 공헌을 인정하고, 평가한다.	1	2	3	4	5
22	팀의 성취는 팀원들에 의해 인정받는다.	1	2	3	4	5
23	팀원들은 존중받고 있다고 느낀다.	1	2	3	4	5
24	팀의 공헌은 조직에 의해 인정받고 존중된다.	1	2	3	4	5

사기					
25	팀원 개개인은 자기 팀에 대해 소속감과 자부심을 느낀다.	1	2	3	4	5
26	팀원 개개인은 자신감에 차 있고, 동기화되어 있다.	1	2	3	4	5
27	팀원들은 그들의 일에 대해 자신감과 만족감을 느낀다.	1	2	3	4	5
28	결속력과 팀워크 의식이 강하다.	1	2	3	4	5

<분석>

각 항목 별로 5의 상태가 성취기 팀, 자율경영 팀의 모습이다. 각 항목 별로 3 이하는 낮은 상태이다. 각 항목 중 2 이하인 특별히 낮은 항목이 있는가? 만약 특별히 낮은 항목이 있다면 대안을 세워 해결하려는 노력이 필요하다.

팀 발달단계 실천전략

1. 현재 팀 발달 단계를 평가하고, 그런 평가를 하도록 만든 팀의 태도나 행동을 적어 보자.

2. 이 발달 단계와 연관된 팀의 문제들을 명료화하고, 팀이 다음 발달 단계로 나아가기 위한 구체적인 실천, 행동 계획을 수립하자.

팀 발달단계	팀의 현재 상황(이유)	성취기 팀이 되기 위해 필요한 것

(참고사항: 각 장 말미에 제시한 교육자료는 리더십 강의활동에 활용할 수 있는 연습용 자료이다. 그 사용방법에 대해서 좀 더 자세하게 알아보고자 하는 분에게는 공동 저자들이 정기적으로 운영하고 있는 요즘 시대 리더십 교육과정 수강을 추천한다.)

part 6

변화를 리드하는
조직이 살아 남는다

조직 리더십은 변화를 관리하는 일이다

그리스의 철학자이자 과학자인 아리스토텔레스는 BC 350년에 쓴 논문에서 여자들은 남자들보다 치아의 개수가 더 적다고 주장했다. 오늘날 우리는 이런 주장이 터무니없다는 것을 안다. 그러나 거의 2000년 동안 그것은 서양에서 지혜로 받아들여졌다. 그런데 어느 날 누군가가 가장 혁명적인 아이디어를 생각해 냈다. '이의 개수를 직접 세어 보자는 것이다.' 여자가 남자보다 치아의 개수가 적다는 아리스토텔레스의 주장을 중세 시대의 사람들은 어떻게 믿게 되었는지 우리는 잘 이해할 수 없다. 그러나 우리 역시 그들과 마찬가지로 우리의 사고방식에 갇혀 있을 수 있다. 중세 시대 사람들을 비웃기 전에 우리가 우리 자신에게 물어보자. 미래 세대들이 우리들을 똑같이 우습다고 볼 수 있는 것은 아닐까? 우리들 역시 세상을 단순하게 이해하는 방식에 갇혀 있는 것은 아닐까?

팀 리더십이 일대일 리더십보다 복잡한 것과 마찬가지로 조직 전체를 이끄는 일은 팀 하나를 이끄는 것보다 훨씬 복잡하다. 당연한 이유지만 조직 리더십은 변화를 관리하는 일이고, 변화관리는 혼란스럽고 성가신 일이기 때문이다. 오늘날 우리는 변화의 한가운데에 살고 있다. 변화에 대해서 우리가 알고 있는 것은 무엇인가? 흥분은 되지만 두렵다는 점이다. 때로는 조직이 엉뚱한 방향으로 가기도 하고 와해되기도 한다. 이와 같이 변화가 격심할 때는 조직을 재정비하고 되돌아보는 기회로 삼는 것이 현명하다.

어떤 환경에서나 탁월한 성과를 내는 조직은 팀원들에게 심리적 안정감을 심어준다. 조직 문화를 구축하는 그 시작과 끝이 리더십인 것처럼 이 책에서도 심리적 안정감을 배양하여 조직을 혁신하고 성장하도록 하기 위해 필요한 조직 변화관리 리더십의 핵심을 제시한다.

조직 변화관리의 중요성

오늘날처럼 역동적인 사회 속에서는 변화가 일어날 것이냐 일어나지 않을 것이냐 묻는 것은 더 이상 적절하지 않다. 변화는 일어나게 되어있다. 변화는 더 이상 가능성의 문제가 아니라 기정사실이다. 또한 변화를 한 차례 겪고 나면 상대적으로 안정된 시기로 되돌아오던 시절도 있었다. 그런 시대에는 사태가 진정되고 자리를 잡은 다음 차분히 생각하며 계획을 짜고, 또 다른 변화가 닥쳐올 것에 대한 대비를 할 수 있었다. 그러나 오늘날의 현실은 이렇게 미리 대비할 틈이 없다. 최근에 겪은, 아니 현재에도 진행 중인 코로나 사태를 통해서도 절실하게 깨달은 바와 같이 끝없는 변화적응만이 우리들이 살아남는 유일한 길이 되었다.

문제는 리더들이 날마다 들이닥치는 변화에 어떻게 대처하여 조직의 적응력과 생명력을 길러내느냐 하는 것이다. 그들은 조직 내에서 이루어지는 대화에 귀를 기울이고 미래 전략을 마련함으로써 변화하는 환경에 불안해하는 직원들을 안정시킬 수 있어야 한다. 그리고 자신들이 원하는 방식으로 변화를 리드할 수 있도록 빈틈없는 계획을 수립해야 한다. 그래야 변화를 맞이했을 때 조직이 탄력적으로 대응함으로써 사람들의 헌신을 이끌어내고 그들의 창의성을 한층 끌어올릴 수 있다.

조직 변화관리는 광범위하고 복잡하다

조직에서 수많은 사람들이 동시에 행동의 변화를 요구받았을 때는 성과의 하락이 필연적으로 발생한다. 팀에서 한 명이 새로운 기술을 배우고 있을 때는 나머지 팀원들이 부족한 부분을 채워주고 팀을 노선에서 벗어나지 않게 유지해 줄 수가 있다. 그러나 모두가 새로운 기술을 배우고 있는 중이라면, 대체 누가 그 빈자리를 채워주겠는가?

조직에 변화관리가 도입되는 초기에는 조직의 성과가 뚝 떨어졌다가 다시 이전 수준으로 올라설 수 있다. 변화를 효과적으로 관리하는 리더들은 많은 수의 사람들이 동시에 새로운 행동양식을 배우는 동안 야기되는 성과의 하락을 최소화할 수 있는 방법을 알고 있다. 그리고 앞으로 이루어야 할 성과들을 위해 필요한 시간을 최소화하는 법 역시 알고 있다. 뿐만 아니라 그들은 성공적인 변화를 주도하고 유지할 수 있는, 조직의 역량을 향상시키는 방법도 알고 있다. 이것이 바로 조직 변화관리 리더십에서 배워야 할 중심내용이다.

조직 변화관리는 언제 필요한가

조직 변화관리는 현재 실제로 벌어지고 있는 일들과 당신이 일어나기를 바라는 일들이 일치하지 않을 때 필요하다. 현재 요구되는 변화와 관련해서 당신의 조직이 어디쯤 위치해 있는지를 좀 더 잘 이해하기 위해서는, 다음과 같은 질문들을 생각해 보아야 한다.

(1) 당신의 조직은 비전을 실현하기 위한 궤도에 올라 있는가?

(2) 당신의 조직이 적극적으로 추진하는 전략들은 바람직한 결과를 낳고 있는가?

(3) 그 결과들은 제시간에 이루어지고 있는가?

(4) 그 결과들은 예산에 맞게 이루어지고 있는가?

(5) 당신의 조직은 높은 수준의 생산성과 사기를 유지하고 있는가?

(6) 당신의 고객들은 당신의 조직에 대해 흥분해 있는가?

(7) 당신의 직원들은 활기 있고 의욕적이며 열정적인가?

만약 위의 질문들에 그렇다고 대답하기가 어렵다고 느낀다면, 당신은 변화를 관리하는 일에 좀 더 신경을 써야 한다. 대부분의 리더들은 변화관리는 자신의 특기가 아니라고 말한다. 게다가 조직 차원의 변화 시도 중 70퍼센트는 실패로 돌아갔으며, 이러한 실패의 원인을 쫓아가 보면 효과적이지 못한 리더십 때문이라는 결론이 나오는 경우가 많다.

실패를 미리 예측해 변화 리더십을 사용하라

리더의 변화를 위한 노력은 대부분 예측이 가능했던 원인에 의해 궤도를 이탈하거나 실패에 빠지곤 한다. 그런데 많은 리더들은 이러한 원인들을 인식조차 못했다. 그 결과 그들은 늘 같은 실수를 계속해서 반복했다.

다행히도 탁월한 리더들은 변화의 시도가 의도에서 벗어나거나 실패하게 하는 전형적인 원인을 인식함으로써, 이 같은 일들을 미리 예측하고 대비할 수 있었다. 그리고 이로 인해 변화를 일으키고, 실천하고 유지할 때 성공의 가능성이 증가하게 되었다. 다음의 리스트는 변화관리가 실패로 돌아가게 만드는 전형적인 원인들이다. 이를 통해 밝혀진 것은 변화관리의 성패 여부는 그들이 변화의 주체였느냐, 객체였느냐 하는 데 있다는 것이다.

변화의 객체가 되어 온 사람들은 이러한 사실을 더 잘 이해하고 있다. 왜냐하면 그들은 변화가 실패하게 되는 이러한 원인들이 작용하는 것을 실제 가까이서 보아왔기 때문이다. 모든 조직들은 여러 가지 면에서 저마다 독특한 특성을 지녔지만, 그들은 모두 똑같은 원인들로 인해 변화에 어려움을 겪곤 한다.

한편 변화의 주체에 해당하는 사람들이 이 리스트를 보게 되면, 그들은 변화를 실행하는 일이 얼마나 복잡한 것이며 얼마나 많은 사람들이 잘못될 수 있는지를 실감하며 의기소침해 한다.

그러면 어떻게 해야 하는 것일까? 그 답은 15가지 실패 원인 중에서 찾을 수 있다. 만일 리더가 다음의 15가지 실패 원인 중 처음 세 가지를 이해하고 극복해내기만 하면 그들은 변화를 효과적으로 관리하는 길에 올라섰다고 할 수 있다.

▌조직 변화관리가 실패하는 전형적 원인

⑴ 변화를 주도하는 사람들이 변화를 선언하는 것과 실행하는 일을 동일시한다.

⑵ 직원들이 갖는 변화에 대한 불안이 표면화되지 않는다.

⑶ 변화를 요구받는 사람들이 변화 계획에 참여하지 않는다.

⑷ 변화가 필요한 이유가 확고하지 않고, 회사의 실제 상황에 대한 의사소통이 제대로 이루어지지 않는다.

⑸ 직원들이 기대하는 미래에 대한 확고한 비전이 만들어졌으나 전달이 안 된다.

(6) 변화를 주도하는 리더 그룹에 조기 수용자, 반대자, 비공식적 리더들이 포함되지 않는다.

(7) 변화에 대한 안내가 제대로 이루어지지 않아, 그 변화를 지원하기 위해 필요한 사항들을 조직이 제대로 학습하지 못하고 있다.

(8) 조직의 시스템과 그 외 추진사항들이 변화와 한 방향 정렬이 이루어지지 않는다.

(9) 리더들이 중점을 어디에 두어야 할지 모르고 우선순위를 정하지 못함으로써, 수백 가지 추진사항으로 압박을 주고 있다.

(10) 직원들이 새로운 기술을 익힐 수가 없고 장려되지도 않는다.

(11) 변화를 리드하는 사람들이 믿음직스럽지 못하다. 의견교환이 불충분하고 분명한 메시지를 전달하지 않으며 변화를 위해 필요한 행동양식의 모델들을 보여주지 않는다.

(12) 진전사항에 대한 평가가 이루어지지 않고, 직원들이 열심히 노력해 이룬 변화들을 아무도 인정해주지 않는다.

(13) 직원들이 변화를 수행하는 데에 대한 책임을 느끼지 않는다.

(14) 변화를 주도하는 사람들이 기업 내 문화가 가진 힘을 중요시하지 않아 변화를 망치게 된다.

(15) 구체적인 변화에 대한 결정이 이루어지기 전에 여러 가지 가능성과 선택사항들에 대한 탐구가 충분히 이루어지지 않는다.

변화의 과정을 집중적으로 관리하라

변화에 대해 오랫동안 생각해 온 리더들은 변화가 수행되어야만 하는 이유를 잘 알고 있다. 그들의 머릿속에는 변화가 일어나야만 한다는 사실이 너무나 분명하기 때문에, 그에 대해 논의할 필요성을 느끼지 못한다. 그래서 그들은 자신의 능력을 변화를 선언하는 일에만 집중하고, 다른 이들을 참여시키고 변화의 과정을 관리해 나가는 일에는 거의 노력을 기울이지 않는다. 그들은 효과적인 조직 리더십은 변화를 위한 여정을 관리하는 것이지 목적지는 아니라는 사실을 잊고 있다.

이런 리더들을 요즘 시대 리더십으로 말하자면 지시형 리더십을 사용하여 자신이 어떤 일이 일어나기 바라는지를 모두에게 알린 다음 갑자기 위임형이라는 부적절한 리더십으로 돌변하고, 변화가 저절로 이루어지기를 기대하며 사라져 버린다. 하지만 안타깝게도 그러한 기대는 절대 이루어지지 않는다.

변화가 실패하는 이유는 직원들도 그러한 선언이 그리 오래가지 않을 것이라는 사실을 알기 때문이다. 아니면 적어도 그 선언을 한 사람들이 오래가지 못할 것이라는 사실이라도 알고 있다. 왜냐하면 직원들은 이 결정에 직접 참여를 한 것이 아니기 때문에, 조직이 직원 전체의 이익이 아니라 오로지 조직 자체의 이익에만 신경을 쓴다고 느끼는 것이다. 그렇게 되면 그들은 이미 진행되어 온 변화에도 더 많은 저항을 만들어낸다. 그리고 실제로 저항의 목소리가 들리는 순간, 변화를 이끄는 사람들도 한 방향 정렬을 깨뜨린다. 그리고 이것은 다른 사람들에게도 한 방향 정렬이 필요 없다는 신호가 된다. 조직이 어차피 방향성을 잃었기 때문이다.

조직 변화를 가로막는
6가지 불안

요즘 시대 리더십은 당신이 리드하고자 하는 대상이 자기 자신이든, 다른 개인이든, 팀이든, 조직이든 모두에게 적용이 가능하다. 셀프 리더십이나 일대일 리더십에서는 리더가 특정 업무에 대한 부하직원의 역량과 의욕을 진단한다. 팀 리더십에서는 해당 팀의 생산성과 사기를 진단한다. 그리고 조직 차원의 리더십에서는 직원들이 변화를 거쳐가는 과정 속에서 가지게 되는 불안들의 순차적이고 예측 가능한 단계를 진단해 내는 것으로 초점이 옮겨진다.

변화에 직면한 사람들이 갖게 되는 예측 가능한 불안들을 다음 여섯 가지 순차적 단계로 정리할 수 있다. 그것은 바로 첫째 정보에 대한 불안, 둘째 자신에 대한 불안, 셋째 실행에 대한 불안, 넷째 효과에 대한 불안, 다섯째 협력에 대한 불안, 여섯째 개선에 대한 불안이다.

변화를 겪고 있는 직원들이 던지는 질문들은 리더에게 그들이 어떤 불안의 단계에 있는지를 알려주는 단서를 제공한다. 대부분의 경우 변화를 관리하는 사람들은 이러한 질문들을 들을 기회가 없다. 직원들이 이를 표현할 수 있는 토론의 장이 없기 때문이다. 만일 다음에 소개하는 것과 유사한 질문을 직원들이 던지고 있다면 그들의 불안이 적절히 표현되고 있다는 뜻일 수도 있고, 혹은 변화에 대한 저항을 암암리에 공공연하게 표출하고 있는 것일 수도 있다. 사실 대부분의 직원들은 그들이 저항자이든 아니든, 단지 정당한 질문에 대한 답을 구하는 것뿐이다. 비록 그것이 언제나 건설적인 방식으로 이루어지는 것은 아닐지라도 사실이다. 그럼 불안의 각 단계와 그에 따라 사람들이 자기 자신과 동료들에게 던지는 질문들을 살펴보자.

1단계 : 정보에 대한 불안

이 단계의 사람들은 해당 변화에 대한 정보를 얻기 위해 질문한다. 예를 들면 '무엇이 변하는가? 변화를 위해 무엇이 필요한가? 지금 상태 그대로는 왜 안 되는가? 우리 조직은 얼마만큼, 그리고 얼마나 빨리 변화해야 하는가?' 와 같은 질문들이다.

정보에 대해 불안해하는 사람들은 그 변화를 밀고 나가기로 결정한 사람들이 사용한 것과 동일한 정보를 필요로 한다. 변화를 제대로 이해하기 전까지는 그 변화가 좋은지 나쁜지에 대해서는 알고 싶어 하지 않는다. 변화의 근거가 충실한 정보에 기반하고 있다면,

직원들과 정보를 공유하고, 그들이 당신이 보고 있는 것들을 그들도 볼 수 있도록 도와주어라. 사실에 입각한 명확한 커뮤니케이션이 이루어지지 않는 곳에서는, 사람들이 그 변화에 대해 저마다의 정보를 가공해 내고, 소문이 마치 사실처럼 왜곡되어 전달된다. 소위 헛소문이 퍼지고 가짜 뉴스가 넘쳐나게 된다. 그렇기 때문에 변화를 주도하는 리더들은 무엇보다도 먼저 회사의 현재 상황은 어떠한지, 그래서 어떤 변화가 왜 필요한지, 변화하지 않으면 어떤 문제가 발생하는지, 변화하면 어떤 이익이 생기는지에 대해 직원들이 이해할 수 있도록 정보를 제공해야 한다. 리더가 제공한 이와 같은 정보가 다양한 채널을 통해 직원에게 전달되어 그들의 정보에 대한 불안이 충분히 해소될 때 비로소 변화의 움직임이 시작될 수 있다.

2단계 : 자신에 대한 불안

이 단계의 사람들은 개인적인 불안에 관계되는 질문을 던진다. 예를 들면 '변화가 나에게 어떤 영향을 미칠까? 그 변화를 수행하는 데 있어 나에게 해당되는 부분은 어떤 것일까? 나에게 득이 될까? 실이 될까? 내 모습이 어떻게 보일까? 이런 변화를 실행할 시간을 어떻게 만들어 낼까? 새로운 기술을 배워야 하나? 내가 할 수 있을까?' 하는 것이다.

자신에 대해 불안해하는 사람들은 그 변화가 자신에게 어떻게 작용할지 알고 싶어 한다. 그리고 자신이 과연 그 변화를 실행하기 위한 기술과 자원들을 가지고 있는지를 궁금해한다. 조직이 변화할수록 기존의 개인과 조직이 가지고 있던 다짐들은 점차 흔들리게 된다.

사람들은 이러한 개인적인 염려들을 충분히 표현하고 자신의 이야기가 경청되었다고 느낄 수 있어야 한다. 변화가 진행되는 동안 자신의 근심에 대해 이야기할 수 있는 기회를 갖는 것만으로도 마음이 정화되고, 변화의 노력을 가로막기보다는 도움을 주는 데 사용될 창의력을 자극시킬 수가 있다. 이럴 때 상대방의 말에 귀를 기울이는 것이 필요하다. 리더들은 직원들이 자신의 개인적인 고민거리들을 평가나 비판, 보복에 대한 두려움 없이 터놓고 이야기할 수 있게 해주어야 한다.

어떤 경우에는 개인적인 근심들이 당사자가 만족할 만큼 해소되지 못하더라도, 그런 근심들을 경청해 주는 행동만으로도 변화에 대한 거부감이 훨씬 줄어든다. 만일 당신이 시간을 내 개개인의 요구나 두려움을 하나하나 처리해 주지 않는다면, 불안의 이 기본적인 단계들을 넘어설 수 없을 것이다. 일단 사람들이 자신의 개인적인 고민거리들이 경청되었다고 느끼고 나면, 그들은 변화가 실제로 조직을 어떻게 뒤흔들 것인가에 자신들의 주의를 돌리게 된다. 이런 것들을 실행에 대한 불안이라고 한다.

3단계 : 실행에 대한 불안

이 단계의 사람들은 변화가 어떻게 실행될 것인가에 대해 질문한다. 예를 들면 '내가 첫 번째로 해야 할 일은 무엇이며 두 번째, 세 번째로 해야 할 일은 무엇인가? 모든 세부사항들을 어떻게 관리할 것인가? 계획대로 되지 않으면 어떻게 되는가? 어디에서 도움을 청할 수 있을까? 기간은 얼마나 걸릴 것인가? 조직의 시스템과 체계는 어떤 식으로 변화할 것인가? 하는 질문이다.

실행에 대해 불안해하는 사람들은 본론에 중점을 둔다. 즉 변화를 실행하는 데 있어서의 구체적인 사항들에 관심을 갖는 것이다. 그들은 그 변화가 계획한 그대로 흘러가지는 않을 것이라는 사실을 알고 있기 때문에, 변화가 시행되는 도중 생겨나는 문제들을 해결하기 위한 기술적인 지원이나 해결책을 얻으려면 어디로 가야 하는지를 알고자 한다.

또한 사람들은 현재 가진 정보와 지원들을 어떻게 하면 최대한으로 이용할 수 있을지도 알고 싶어 한다. 조직이 가진 인프라, 즉 성과관리 시스템, 인정과 보상 체계, 경력개발 제도 등이 변화를 위한 노력에 어떻게 뒷받침해 줄 것인지도 알고 싶어 한다.

4단계 : 효과에 대한 불안

이 단계에 있는 사람들은 변화의 효과에 대한 질문을 던진다. 예를 들면 '이런 노력을 기울일 가치가 있는가? 이 변화가 뭔가를 바꾸어 줄까? 진전이 있는 건가? 상황은 좋아지고 있는가? 어떻게 좋아지고 있는가? 하는 것이다. 효과에 대해 고민하는 사람들은 변화의 타당성과 이득에 관심을 갖는다. 평가에 초점이 맞추어져 있는 것이다.

이 단계에서 직원들은 현재 이루어지고 있는 결과물들을 보며 변화의 이점에 대해 수긍하게 된다. 또한 향후 착수할 변화관리에 대한 신뢰를 리더가 얻거나 잃게 되는 것도 이 단계에서 일어난다. 만일 변화가 결과에 긍정적인 영향을 미치지 못하거나, 직원들이 성공을 가늠하는 방법을 모른다면, 앞으로 변화를 일으키고 실행하는 것은 더더욱 어려워질 것이다. 반대로 이는 리더가 미래의 변화를 주도할 리더들을 길러낼 수 있는 단계이기도 하다.

5단계 : 협력에 대한 불안

이 단계에 있는 사람들은 변화가 이루어지고 있는 동안의 협력에 대해 질문한다. 예를 들면 '이 외에 또 누가 참여해야 할까? 우리가 하는 일에 그들을 참여시키기 위해 다른 동료들과 어떻게 힘을 합칠 것인가? 어떻게 하면 변화의 의미를 퍼뜨릴 수 있을까? 하는 것이다.

협력에 대해 고민하는 사람들은 다른 이들과의 화합과 협동에 중점을 둔다. 그들은 모든 구성원들이 변화의 실효성을 믿고 한 배를 타기를 원한다. 이 단계에서는 조기 수용자들을 변화의 옹호자로 만들어 아직도 형세만 관망 중인 사람들에게 영향을 미치게 하여야 한다.

6단계 : 개선에 대한 불안

이 단계에 있는 사람들은 변화를 어떻게 개선시킬 수 있을 것인가에 대한 질문을 갖는다. 예를 들면 '원래의 아이디어를 어떻게 하면 더 발전시킬 수 있을까? 어떻게 하면 변화가 더욱더 큰 힘을 가질 수 있을까? 하는 것이다. 개선에 대해 불안해하는 사람들은 지속 가능한 발전을 중점과제로 삼는다. 조직에서 변화가 이루어지는 과정 동안에는 보통 많은 학습이 이루어지기 마련이다. 그 결과, 이 단계에서는 조직에 대한 새로운 개선의 기회가 발견되곤 한다.

변화에 대해 사람들이 갖는 불안의 각 단계들은 성공을 가로막는 주된 장애물이 될 가능성을 가지고 있다. 불안의 단계들은 예측이 가능하고 순차적으로 이루어지기 때문에, 사람들이 저마다 다른 불안의 단계에 놓여 있다는 사실을 인지하는 것이 중요하다. 예를 들어 변화가 선언되기 이전에 리더들은 조직 내 다른 사람들은 알지 못하는 정보들을 가지고 있다. 게다가 이들은 이미 그 변화가 자신에게 개인적으로 어떤 영향을 미칠 것인지 알고 있고, 심지어는 다른 사람들이 변화에 대해 인식하기도 전에 이미 실행 전략까지 만들어 놓는다.

따라서 변화를 주도하는 리더들은 정보에 대한 불안, 자신에 대한 불안, 실행에 대한 불안을 이미 다루고 해결한 상태이다. 그래서 이제 그들은 조직에 이점을 설파하며 효과에 대한 불안을 다룰 준비가 되어 있는 상태인 것이다. 하지만 조직의 나머지 사람들은 아직 자신의 불안을 표명할 아무런 기회도 갖지 못했다. 그렇기 때문에 그들은 변화의 이점에 대해 들을 준비가 되어 있지 않은 것이다. 자신들의 정보에 대한 불안, 자신에 대한 불안, 실행에 대한 불안이 처리되기 전까지는 변화에 대한 거부감이 줄어들지 않을 것이다.

6가지 불안을 해소하는
조직 변화관리 리더십

리더가 직원들의 불안단계를 진단해 낼 수 있으면, 그에 맞게 대응하여 적당한 때 알맞은 정보를 전달함으로써 이런 불안들을 줄이거나, 혹은 해결할 수 있다. 그러기 위해서는 직원들이 변화를 통과하는 과정 속에서 갖게 되는 불안들에 제각기 다르게 대응할 수 있는 유연성이 요구된다.

직원들이 각 단계에서 갖게 되는 질문과 불안을 해결할 수 있도록 돕기 위해서는, 지시행동과 지원행동의 올바른 조합으로 대응하는 것이 가장 효과적이다. 그렇게 함으로써 문제에 대한 해답을 찾을 수 있고, 직원들은 그다음 불안 단계로 넘어갈 준비를 갖추게 된다. 문제를 해결하지 않으면 그들은 계속 다음 단계로 나아가지 못하고 지체되거나 아예 멈추게 된다. 바로 여기에서 리더들은 요즘 시대 리더십을 이용할 수 있다. 팀원들 역시 자신에게 필요한 리더십 스타일을 요구함으로써, 이 순차적 단계가 다시 순조롭게 진행되게 만들 수 있다.

▍조직의 변화를 관리하는 지시행동

조직을 관리할 때의 지시행동들은 주로 내부의 에너지를 성과에 집중시키고 변화를 실현하는 일과 관련된다. 이러한 지시행동들은 변화를 주도하는 리더들이 조직에 필요한 변화들을 결정하고 우선순위를 매길 수 있도록 도와준다. 이를 위해서는 변화에 필요한 회사의 상황을 성명해야 한다. 즉 직원들이 왜 이 일을 하느냐는 것이다.

또한 직원들은 누가 변화를 주도하게 될 것인지, 그리고 자신들의 의견은 여기에 참고만 될 것인지 아니면 직접 자신들이 참여하게 될 것인지를 알고 싶어 한다. 다시 한번 강조하지만, 여기서는 확고한 비전이 중요하다. 그래야만 직원들이 조직이 어디를 향해 가고 있는지를 알 수 있고 자신들이 이러한 미래의 청사진에 잘 맞아 들어가는지 아닌지를 결정할 수 있기 때문이다.

또한 그들은 구체적인 실행계획도 알고 싶어 한다. 자원이 어디에 배치될 것인지도 알고 싶어 한다. 적절한 지시를 제공하는 리더들은 조직의 시스템과 체계가 그들이 원하는 변화에 도움이 될 수 있도록 한 방향 정렬을 이루고 있는지를 점검해야 한다. 마지막으로 모든 구성원이 변화의 창조에 책임의식을 가질 수 있도록 지시가 이루어져야 한다.

▌조직의 변화를 관리하는 지원행동

조직을 관리할 때의 지원행동들은 주로 변화 과정을 촉진하고 모두 함께 일할 수 있도록 고무시키는 일과 관련된다. 이러한 지원행동들은 변화를 주도하는 리더가 열정적으로 변화에 헌신하고 있다는 점을 보여줄 수 있게 한다. 그리고 직원들의 불안사항들이 반드시 표현되고 경청할 수 있게 한다. 여기서 중요한 것은 참여, 더 많은 참여이다. 변화를 주도하는 리더들이 각각의 불안의 단계에 있는 사람들의 말을 경청하고 참여시킬 때, 조직에 대한 신뢰와 협력이 증가한다. 이는 조직 전체가 정보를 공유하고, 구성원들의 의견을 들으며, 안내자를 후원하고, 작은 성공까지도 축하하며, 변화되어 가는 사람들을 인정해 주는 것을 뜻한다.

▌6가지 불안과 최적 리더십

요즘 시대 리더십은 변화를 주도하는 리더들에게 각 불안의 단계에 적합한 리더십 유형에 대한 지침을 제공한다. 사람들이 변화에 대해 갖는 불안들을 요즘 시대 리더십에 적용하면, 리더들은 성공

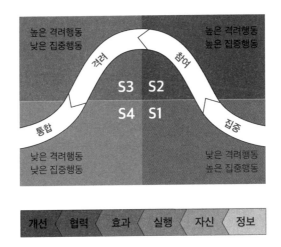

<그림 6-1> 조직 변화관리 리더십 모델

적인 변화를 위한 여정을 관리하고 유지하는 것뿐만 아니라 직원들의 불안을 발견하고 해결하여 그들을 변화 계획에 참여시키기 위해 필요한 지침을 얻을 수 있게 된다. <그림 6-1>을 통해서 6가지 불안 각각을 해소하는 적절한 리더십 유형을 찾아보자.

정보에 대한 불안에는 지시형 리더십을 사용하라

변화가 처음 도입될 때의 직원들은 그 변화에 대한 지식은 부족하지만 순진할 정도로 높은 사기를 갖는 경향이 있다. 그들은 그 변화가 도대체 어떤 것인지 궁금해한다. 그들은 정보를 필요로 한다. 직원들은 지원이나 격려보다는 지시를 훨씬 필요로 하고, 그 지시에 집중한다. 이 과정을 관리하기 위해 리더들은 바라는 결과가 무엇인지를 밝히고 성공적인 변화가 어떤 모습일지에 대한 이미지를 공유해야 한다. 그리고 현재의 상황과 발생 가능한 상황을 설명해야 한다.

정보에 대한 직원들의 요구를 충족시킨다는 것은, 직원들이 생각하는 이상적인 개념의 변화와 현실 사이의 차이를 줄여가기 위한 활동 계획을 제공한다는 것을 의미한다. 조직의 현재 위치가 어디쯤이며 어디를 향해 가고 있는지를 분명하게 해주는 세부적인 정보를 공유하는 것도 매우 중요하다.

지시형 리더십을 사용하는 효과적인 리더들은 신뢰가 가는 역할 모델을 보여준다. 그들은 직원들이 변화의 필요성에 대한 충분한 자료를 가지고 서로 정보를 공유함으로써 자신들 나름의 결론에 이를 수 있게 하는 등, 변화를 관리하기 위한 창의적인 방법들을 사용한다.

자신에 대한 불안에는 지도형 리더십을 사용하라

정보가 공유되고 지식이 늘어남에 따라, 직원들은 새로운 기술들을 길러야 할 필요성을 느끼게 된다. 점점 불안감을 느끼는 이들은 다음과 같은 것들을 알고 싶어 한다. '변화가 나에게 개인적으로 어떤 영향을 미칠까? 성공할 수 있을까?' 그들에게는 여전히 리더의 지시가 필요하지만, 점점 더 많은 지원과 약속을 필요로 한다.

리더는 팀원들이 자신의 마음속에 있는 말을 할 수 있는 토론의 기회를 마련해 줌으로써, 그들이 변화와 관련해 갖는 개인적인 고민들을 해결할 수 있게 도와준다. 이 단계에서는 그들에게 기운과 자신감을 심어주는 것이 중요하다. 리더는 변화가 왜 중요한지를 계속해서 팀원들에게 설명해야 한다.

그리고 조직의 비전, 목표, 기대사항 등에 대한 메시지를 끊임없이 전달해야 한다. 직원들에게, 그들이 조직의 미래를 위해 무엇이 필요한지를 물어야 한다, 또한 조직 내부에 있는 조기 수용자와 조직 외부에서 이 변화를 이미 겪은 사람들이 서로 동등하게 영향을 주고받을 수 있는 매개 수단을 만들어야 한다. 분명한 목표, 시간, 경영 지원, 코칭 등 개인적인 불안의 해소를 도울 수 있는 자원도 역시 제공할 수 있어야 한다.

실행에 대한 불안에는 지도형 리더십을 사용하라

개인에 대한 불안들이 해결되면 직원들은 계획이 충분히 세워졌는지를 궁금해하기 시작한다. 그들은 일상적인 현실에 더 가까이 있기 때문에, 변화를 주도하는 사람들보다 더 빨리 계획 상의 부족한 부분들에 대한 교육을 위한 소규모 실험과 테스트, 설명회가 이 시점에서 이루어질 수 있다. 그리고 그 계획을 구체화하여 튼튼하게 만들 수 있도록 당신과 함께 일해달라고 요청함으로써 직원들의 폭넓은 참여를 유도할 수 있다.

또한 변화에 저항하는 사람들과 함께 일을 진행하며 그들이 저항하고 있는 이유를 알게 될 수도 있다. 이때가 변화의 대변자와 조기 수용자들, 그리고 중립을 고수하는 사람들 사이에 접촉이 활발하게 일어날 수 있는 시기이다. 직원들은 변화된 업무의 실행과 관련된 불안들을 처리하기 위해 여전히 지시, 지원, 지지를 모두 필요로 한다.

리더는 성과계획, 점검, 피드백, 평가 시스템 등 조직의 변화 관련 시스템을 한 방향으로 정렬해 줌으로써 이러한 변화의 과정을 거치고 있는 직원들을 도울 수 있다. 그리고 이 변화를 위해 얼마만큼의 시간이 소요될 것이며 모든 것이 제대로 흘러가고 있는지 아닌지에 대해 직원들에게 앞으로의 전망을 제시할 수 있다. 리더는 자신의 말을 실천하고, 개방성, 투명성, 유연성, 대응력, 탄력성 등 자신에게 기대하는 바를 실제로 행함으로써 사기를 끌어올릴 수 있다.

또한 변화를 어떻게 실행할 것인지에 대해 집단 교육이 아닌 개별 훈련과 코칭을 제공하여 사기의 저하 문제를 해결할 수 있다. 직원들이 제기하는 문제를 경청하고 숨김없이 대답하고자 하는 자신의 뜻을 증명해 보임으로써 리더들은 신뢰를 구축할 수 있다. 이 단계에서 또한 중요한 것은 작은 성공도 놓치지 않고 과정을 칭찬하고 변화에 대한 긍정적인 시각을 서로 공유하는 것이다.

이 단계에서 리더와 직원들은 정보와 성공담을 수집하여 공유할 필요가 있다. 이런 이야기들을 나눔으로써 그들은 조직의 문화 속에 변화가 자리 잡게 할 수 있다. 리더와 직원들은 함께 일하며 문제들을 해결하고 변화 수행의 장애물들을 제거해 나갈 수 있다. 이 단계에서는 직원들이 계속적인 노력과 변화에 대한 열망을 유지할 수 있도록 리더가 격려하는 것이 중요하다.

효과에 대한 불안에는 지원형 리더십을 사용하라

불안의 세 번째 단계가 끝나감에 따라, 직원들은 자신들이 새로운 기술을 사용함으로써 얻을 수 있는 것들을 보기 시작한다. 하지만 이는 정보, 자신, 실행에 대한 불안들이 표면화되고 해결되었을 때, 그리고 직원들이 자신들이 요구받고 있는 변화에 대해 어느 정도 모습을 갖추었을 때의 이야기이다.

그들은 '우리는 변화의 여정을 얼마나 잘 이끌어 가고 있는가? 지금까지의 진전사항을 측정할 수 있는가? 등을 알고자 한다. 지시의 필요성은 점차 줄어들지만, 진전이 이루어지고 있다는 것을 직원들이 알 수 있게 해 줄 지원과 지지, 격려는 계속 필요하다.

협력에 대한 불안에는 지원형 리더십을 사용하라

직원들이 변화 과정의 마지막 단계에 확실히 자리를 잡을 때, 그들은 자신들의 노력이 보상받고 있다는 것을 분명히 알 수 있고, 그러한 긍정적인 효과들을 다른 사람들에게까지 확장시키고 싶어 한다. 그리고 다른 사람들과 공유하고 싶은 아이디어들을 더 많이 생각해 내기 시작한다. 그들이 마음속에 가지고 있는 질문은 '우리의 이런 변화 작업에 또 누구를 참여시킬 수 있을까?' 이다. 이제 그들은 지시는 거의 필요로 하지 않게 되지만 새로 개발한 재능들을 활용하고 지금까지 이룬 성공을 재투자하기 위한 지원과 격려는 계속 필요하다.

이제는 다른 팀과의 팀워크와 상호의존성을 촉진시키는 데 초점을 맞추고 리더는 팀의 성과가 향상되었을 때 팀원들이 더욱 커다란 과제들에 도전할 수 있도록 지원해야 한다.

개선에 대한 불안에는 지원형과 위임형 리더십을 사용하라

직원들은 변화된 환경 속에서 일하고 행동하는 새로운 방식을 알고 있다. 그들은 이제 '새로운 과제들을 밝히고 새로운 업무방식을 개발할 수 없을까? 지금까지 이룬 것들을 재투자할 수 있는 방법은 없을까? 등과 같은 질문을 던지게 된다.

이 시점에서는 지시와 지원, 격려에 대한 필요 모두가 줄어든다. 이제는 그들이 변화의 여정 속에서 지금까지 학습한 모든 것들을 통합할 때이다. 이 시점에서 직원과 리더들은 조직 내에 발전과 혁신이 계속 이루어질 수 있도록 뒷받침해야 한다. 그리고 끊임없이 상황에 도전하고 새로운 선택이나 가능성을 탐구할 수 있도록 서로를 격려해야 한다.

원하는 변화의 고지에 다가섬에 따라, 지시행동과 지원행동의 필요는 점점 줄어들게 된다. 이제 목적지에 도달하였기 때문에, 집중과 격려는 하나의 협력체로서 움직이는 직원과 리더로부터 나오게 된다. 이제 그들에게 남은 유일한 불안은 변화를 계속 살려나가 번영을 이루는 일뿐이다. 이것은 이제 불안이라기보다는 바람 혹은 다짐이라고 할 수 있다.

직원들이 참여하고 영향력을 발휘하게 하라

일단 리더가 직원들의 불안의 단계를 진단해 낸 다음에는, 조직 변화의 각 단계 속에서 직원들이 갖게 되는 구체적인 불안들을 처리하기 위한 적절한 변화 전략과 그에 맞는 행동방식을 배워야 한다. 그렇게 함으로써 변화가 성공할 가능성은 현저히 높아지게 된다. 직원들이 그 변화에 참여하고 영향력을 미칠 수 있는 기회가 확대되기 때문이다.

리더가 직원들의 참여와 영향력을 확대시켜 주면, 그들은 변화에 더욱 적극적으로 참여하게 된다. 자신들이 제어를 받는다는 느낌이 들지 않기 때문이다. 직원들이 참여하고 영향력을 행사할 기회를 늘려주면, 리더는 그들의 불안을 들을 수 있는 기회를 얻을 수 있다. 불안을 듣고 나면 해결이 가능한 경우가 많다. 이를 통해 쌓이는 믿음은 변화를 주도하는 리더에 대한 신뢰감을 높여준다.

1. 조직 변화관리 리더십이란 무엇인가?

2. 조직이 효과적으로 변화하기 위해 갖추어야 할 조건은 무엇인가?

 3. 조직 변화를 가로막는 직원들의 불안은 무엇인가?

4. 각각의 불안을 해소하기 위한 적합한 리더십은 무엇인가?

5. 우리 조직은 어떤 변화단계에 있는가, 어떤 리더십을 필요로 하는가?

6가지 불안 진단 체크리스트

1. **정보에 대한 불안**

   - 무엇을 어떻게 바꾼다는 것입니까?

   - 잘하고 있는데, 왜 바꿔야 합니까?

   - 기존 방법에 무슨 문제가 있습니까?

   - 얼마만큼, 그리고 얼마나 빨리 바꿔야 합니까?

2. **자신에 대한 불안**

   - 변화로 인해 나는 어떤 영향을 받게 됩니까?

   - 나에게 이로운 점은 무엇입니까?

   - 새로운 기술을 배워야 됩니까?

   - 과연 내가 할 수 있을까요?

3. **실행에 대한 불안**

   - 모든 세세한 사항들을 어떻게 관리해야 합니까?

   - 만약 계획대로 안되면 어떻게 합니까?

   - 그때 나는 어디에 도움을 청해야 합니까?

   - 과연 우리가 제대로 하고 있는 겁니까?

4. **효과에 대한 불안**

   - 노력할 만한 가치가 있습니까?

   - 좋은 방향으로 달라지고 있습니까? 어떻게?

- 얼마나 진전이 있습니까?

- 점점 좋아지고 있습니까? 어떻게?

5. 협력에 대한 불안

- 우리 외에 누가 더 참여해야 합니까?

- 어떻게 하면 그들을 참여시킬 수 있을까요?

- 그들과 공유해야 할 정보는 무엇인가요?

- 그 정보를 어떻게 전달합니까?

6. 개선에 대한 불안

- 성과를 더 높이기 위해서는 어떻게 해야 합니까?

- 처음보다 더 좋은 아이디어는 없을까요?

(참고사항: 각 장 말미에 제시한 교육자료는 리더십 강의활동에 활용할 수 있는 연습용 자료이다. 그 사용방법에 대해서 좀 더 자세하게 알아보고자 하는 분에게는 공동 저자들이 정기적으로 운영하고 있는 요즘 시대 리더십 교육과정 수강을 추천한다.)

part 7

스스로를
성장시키는
셀프 리더가 되라

자신의 삶을
주도하라

리더들은 이제 명령-통제하는 리더 주도 방식에서 직원 스스로 주도하는 방식으로 변화하여야 한다. 어차피 머지않아 그 외에는 달리 선택의 여지가 없어질 것이다. 오늘날의 기업들은 현장 밀착 조직 체계를 갖추면서, 리더 한 명이 관리하는 영역이 급격하게 늘어났다. 이제 리더 한 명이 10명, 20명의 직원을 관리하는 것도 흔한 일이 되었다. 뿐만 아니라 실제로 얼굴을 마주칠 기회조차 거의 없는 직원들을 관리해야 하는 가상의 조직까지 등장해, 과거와는 전혀 다른 업무 풍경이 펼쳐지고 있다.

사실 오늘날의 대부분의 리더들은 직원들에게 무슨 일을 언제 어떻게 하라는 지시형 리더십을 발휘하기가 어렵다. 그럴 시간도 없을뿐더러, 대부분의 경우 실무를 맡고 있는 직원들이 리더보다 해당 업무에 대한 지식이 풍부하기 때문이다. 오늘날의 기업들은 그 어느 때보다도 사업의 성패를 주도적으로 일하는 개인들에게 의존하고 있으며 많은 직원들이 이런 환경에 자연스럽게 적응하고 있다.

오늘날 많은 사람들이 이와 같은 새로운 경영환경에 적응하고 있지만, 여전히 일부 직원들은 직접적인 업무 지시가 없으면 어떻게 움직여야 할지 몰라 무력해한다. 해결책은 무엇일까? 어떻게 하면 그들은 자기 주도적으로 활약할 수 있도록 도울 수 있을까?

리더가 명령-통제식 리더십에서 위임-지원 리더십으로 변해야 하는 것처럼 직원들 역시 지시가 떨어질 때까지 기다리는 태도에서 스스로 일을 찾아 움직이는 능동적인 자세로 바뀌어야 한다. 요즘 시대 리더의 가장 본질적인 역할이 직원들의 파트너가 되는 일이라면, 직원들의 새로운 역할은 리더와 파트너십을 구축하는 일이다. 이것이 바로 셀프 리더십에 관한 모든 것이다.

이를 위해 직원들은 셀프 리더십에 관한 교육을 받을 필요가 있다. 많은 조직들이 리더들에게 권한을 위임하는 방법과 그동안의 습관을 바꾸는 방법을 가르치고 있지만, 주도적으로 일하는 직원을 양성하는 일에는 소홀하고 있다. 하지만 최첨단을 달리는 조직들은 능동적으로 일하는 직원들이 기업의 성패를 좌우한다는 사실을 이미 알고 있다.

셀프 리더의
네 가지 기술

셀프 리더십은 자신이 스스로에게 영향을 미치는 지속적인 과정을 의미한다. 셀프 리더십을 개발한다는 것은 구체적으로 자신의 삶의 방향을 설정하고, 그 방향으로 에너지를 집중시키고, 다른 사람과 협력하여 시너지를 극대화하는 역량을 개발하는 것을 말한다. 직원들에게 셀프 리더십을 장려하지 않는 조직은 높은 성과를 낼확률이 현저하게 낮다. 왜냐하면 한 조직이 달성하는 성과는 그 안에 속한 직원들이 만드는 성과를 바탕으로 이루어지기 때문이다. 셀프 리더들은 자신의 성과 향상을 위한 학습과 성장에 대해 스스로책임져야 하지만, 그렇다고 그러한 부담을 혼자만 떠안아서는 안 된다. 경영진 역시 직원의 지식과 기술의 개발을 통한 성과 향상을 지원하려는 실천의지를 갖고 있어야 한다. 또 학습활동이 직원들의 업무 수행과 긴밀하게 통합되어 있을 때 가장 효과적으로 이루어진다. 이와 같이 셀프 리더가 되기 위해 학습하고 개발해야 할 네 가지 기술을 다음과 같이 정리하여 제시한다. 첫째 '가상의 제약에 도전하라' 둘째 '최고의 역량을 개발하라' 셋째 '성공을 위해 협력하라' 넷째 '확고한 비전을 수립하고 실천하라'

▌ 첫 번째 기술 : 가상의 제약에 도전하라

가상의 제약이란 우리 안에 있고 우리를 제약하는 부정적인 신념을 지칭한다. 과거의 경험을 근거로 하여 스스로 만든 신념으로 현재와 미래에 대한 우리의 도전을 제한한다. 서커스단 코끼리의 훈련 방법은 가상의 제약을 잘 드러내는 전형적인 사례이다. 어린 코끼리가 서커스단에 도착하면 조련사들은 커다랗고 무거운 쇠사슬로 코끼리를 묶어 말뚝에 박아놓는다. 코끼리는 쇠사슬을 이리저리 잡아끌고 당겨 보지만 사슬이 절대 끊어질 리는 없다. 그러다가 어느 순간부터 코끼리는 도망가려는 시도를 멈추게 된다. 세월이 흘러 코끼리의 몸무게는 6톤을 훌쩍 넘어섰고 이제는 말뚝을 뽑는 것뿐 아니라 무대까지도 뒤엎을 수 있지만, 코끼리는 시도조차 하지 않는다. 이것이 바로 가상의 제약이다.

코끼리의 이야기가 당신의 업무에 어떤 연관성이 있는지 생각해 보라. 다음 문장이 당신에게 익숙하게 들리는가? '귀찮게 그걸 왜 해? 어차피 말해도 언 먹힐 게 뻔한데.' 가상의 제약이 당신을 볼모로 잡고 있을지도 모른다는 사실을 나타내는 척도는 바로 부정적인 생각, 변명, 남을 탓하는 발언들이다.

사람들은 대부분 자신의 권한이나 위치 때문에 리더의 역할을 맡을 수 없다고 생각한다. 이것이 바로 직장에서 가장 흔하게 발생하는 가상의 제약이다. 여기서 말하는 것은 우리 모두가 외부의 힘에 의해 제약을 받지 않는다는 사실이 아니다. 셀프 리더십은 그러한 제약들이 문제가 되지 않는다는 것을 가르쳐 준다. 이 세상에서 성공한 모든 사람들은 자신이 가상의 제약을 떨쳐 버리기로 결심한 순간이 언제였는지 날짜와 시간까지도 기억한다.

문제는 "난 감당할 수 없어." 다시 말해서 아무것도 할 수 없다는 두려움이다. 두려움은 자연스러운 감정이다. 인간은 생존본능을 타고난다. 현대에 사는 우리에게도 이 본능이 심심치 않게 발현된다. 수천 년 전 인류는 야생동물, 적대적인 부족, 자연환경 등 주위의 온갖 것들로부터 생명의 위협을 받았다. 우리가 그런 위협들로부터 살아남은 것은 바로 이 생존본능 덕분이다. 이유를 알 수 없는 두려움이 우리에게 중요한 생존 메커니즘이었던 셈이다.

하지만 오늘날에는 대부분의 사람들이 비교적 안전한 환경에서 생활한다. 그래서 내재된 두려움의 발현이 오히려 개인의 성장과 꿈의 실현에 대한 커다란 걸림돌이 된다. 지금 우리가 느끼는 두려움은 근거 없는 감정인 경우가 많다. 두려움이라는 본능은 우리에게 그런 본능이 필요했던 시절의 잔재일 뿐이다. 지금 우리가 사는 환경은 자유롭게 하고 싶은 일에 마음껏 도전할 수 있는 곳이다.

그런데 이 두려움이 우리에게 동기를 부여하기도 한다. 두려움은 우리가 통제할 수 있는 감정이다. 심지어 일을 순조롭게 해내거나 성과를 향상시키는 데 활용할 수도 있다. 이때 중요한 것은 우리가 느끼는 두려움이 가상의 제약이라는 것을 깨닫는 것이다. 두려움이 현실에 뿌리를 둔 것이 아니라는 사실을 깨닫고 나면 우리는 훨씬 더 잘할 수 있다. 게다가 일이 잘못될 가능성에 대비해 계획을 세우고 철저히 준비한다면 마음에 안정과 평화가 자리 잡을 것이다.

▌두 번째 기술 : 최고의 역량을 개발하라

왜 어떤 사람은 회사에서 구조조정이나 조기퇴직을 발표할 때마다 마음을 졸이며 나가라고 하지 않을까 전전긍긍해야 할까? 왜 어떤 사람은 똑같은 상황에서 편안하고 당당하기까지 할까? 그 차이는 바로 역량의 유무에서 생기는 것이다.

업무 활동의 성과가 당신이 정한 기준에 맞거나 그것을 능가한다고 생각할 때 당신은 자신이 역량이 있다는 느낌을 갖게 된다. 동시에 자신이 이루어낸 그 일에 대해 자부심을 느끼고 더 높은 차원의 동기를 얻을 것이다. 만약 당신이 어떤 제품을 만드는 일을 한다면, 역량이 있다는 느낌은 장인들이 자신의 솜씨나 기량을 마음껏 부리는 데에서 나오는 느낌과 유사하다.

이런 역량의 자각은 자신이 수행하는 업무활동에 대해 완벽하게 숙달한 느낌, 일종의 효능감과 비슷하다. 그리고 그 일을 계속 수행하는 데 자신감을 갖게 한다. 그래서 역량을 개발한 당신은 업무달성의 요구조건을 충족시킴과 동시에 새로운 도전들을 다루는 데 모든 주의를 집중함으로써 업무수행에 깊이 몰입할 수 있게 된다.

반면에 당신이 역량을 개발하지 못한다면 업무수행 결과에 대해서 전혀 자부심을 느끼지 못할 것이다. 낮은 역량 수준의 결과는 다양한 형태로 나타난다. 단순히 그런 업무활동을 좋아하지 않거나, 그것을 잘하려는 특별한 노력을 기울이지 않을 수도 있다. 또 자신의 업무활동을 좋아한다 하더라도 역량 부족 때문에 성과가 기준에 미달하게 되고 그래서 자신의 업무수행 수준에 불만족스러워하고 좌절할 수도 있다.

필요한 역량을 스스로 개발하라

당신이 새롭게 배우는 많은 것들은 당신 스스로의 실험적 시도와 그 피드백으로부터 나온다. 그러나 이런 직접적인 체험학습에만 의존하는 것은 매우 비효율적이다. 다른 사람들의 지식이나 경험이 큰 도움이 될 수도 있기 때문이다. 어떻든 이런 지식 습득의 기회를 갖기가 어려울 수도 있지만 이것들은 당신 자신의 역량을 개발하기 위한 매우 효과적인 수단들이다.

따라서 필요한 교육과정에 참여하고 책이나 연구논문을 읽고 자신의 잠재력을 발견하도록 노력하라. 또 당신이 존경하는 사람, 즉 선배나 상사의 역량도 똑같이 벤치마킹하고 따라 할 모델이 될 수 있다. 만약 동료라면 점심을 함께 하면서 서로의 지식과 경험을 교환해 보라. 만약 상사라면 스승과 제자의 관계까지도 만들어 보라. 이러한 노력은 당신뿐만 아니라 상대방에게도 큰 도움이 될 것이다. 즉, 당신이 상대방의 지식과 경험에 대해 관심을 보임으로써 상대방은 자신이 인정받고 있다는 느낌, 그리고 자신의 역량에 대한 긍정적 느낌을 갖게 되기 때문이다.

▌세 번째 기술 : 성공을 위해 협력하라

셀프 리더의 세 번째 기술은 성공을 위해 협력하는 것이다. 셀프 리더들이 자신의 목표를 성취하기 위해 필요한 지시와 지원을 주도적으로 얻어내는 것은 바로 여기에서이다. 요즘 시대 리더십에서 우리는 네 가지 발달단계와 그에 맞는 적절한 리더십 유형을 설명했다. 요즘 시대 셀프 리더십은 이 모델의 위아래 순서를 바꾸어, 이번에는 직원들이 특정 목표나 업무에 대한 자기 자신의 발달단계를 진단해, 주도적으로 상사나 선배는 물론 주위 다른 사람으로부터 자신에게 필요한 리더십 유형을 얻어낼 수 있게 만들어 준다. 이러한 작용이 어떻게 일어나는지를 설명하기 위해, 이미 소개했던 신입사원 이야기로 돌아가 보자

리더가 가장 먼저 한 일이 신입사원에게 요즘 시대 셀프 리더십을 교육시키는 것이었다고 가정하자. 리더가 영업, 서비스, 관리라는 세 가지 주요 책임영역에 대한 목표를 설정했다. <그림 7-1>에서와 같이 이제는 신입사원이 스스로 각 영역에 대한 자신의 발달단계를 진단하고 그에 맞는 리더십을 결정하는 데에 적극적으로 나서 성공을 위해 협력할 수 있다. 이는 그의 자부심을 높여줄 뿐만 아니라 필요한 역량 개발을 더욱 빠르게 진행시켜 준다. 더 나아가 그는 리더가 떠안고 있는 경영에 대한 부담을 어느 정도 덜어줄 수 있는 좋은 파트너가 될 수도 있다. 이 과정 속에서 리더는 기존의 위계질서를 타파하기가 디욱 쉬워지고 감독자가 되기보다는 협력자에 가까워질 수 있다.

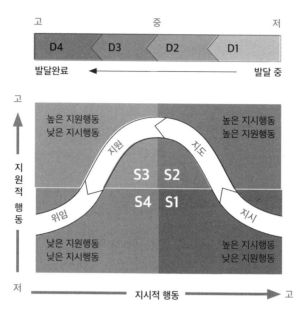

〈그림 7-1〉 요즘 시대 셀프 리더십 모델

앞의 예로 돌아가서, 신입사원은 요즘 시대 리더십을 배웠기 때문에 자신이 기존 고객에게 영업을 하는 부분에서는 1단계 열성적인 초보자라는 것을 진단할 수 있다. 그는 아직 그 분야에 대한 자신의 역량이 입증된 바 없고, 자신의 영업목표를 달성하기 위해 필요한 지식과 기술을 습득하지도 못했다는 사실도 알고 있다.

하지만 그는 기존 고객들에게 최상의 서비스를 제공해야 하겠다는 생각에 들떠 있으며, 의욕도 상당히 고취되어 있다. 이때 신입사원은 자신에게 지시형 리더십, 즉 높은 지시행동과 낮은 지원행동이 필요하다는 것을 깨달아야 한다. 그는 고객에게 처음 연락을 하는 것에서부터 계약체결에 이르기까지 영업이라는 전반적인 과정을 전수해 주기를 리더에게 요청함으로써 성공을 위해 협력해야 한다. 일이 진행되는 과정을 자신이 직접 볼 수 있도록 기존의 고객을 방문할 때 함께 갈 수 있다. 또는 성공적인 업무진행을 위해 이루어야 할 적절한 목표를 설정하거나 계획과 우선순위를 만드는 일을 함께 진행할 수도 있다.

그는 관리 분야, 특히 기획서를 작성하는 것과 같은 일에서는 자신이 지도형이 필요한 2단계 좌절한 학습자라는 사실을 인식해야 한다. 이 부분에 있어 자신에게는 많은 지시와 지원이 필요하다는 사실을 인식한 그는, 기획력 향상 교육과정을 받을 수 있게 해달라고 리더에게 요청함으로써 성공을 위해 협력할 수 있다.

한편 고객 서비스라는 부분에서 자신이 자기 주도적 성취자라는 사실을 너무나 잘 알고 있다. 그는 서비스업체에서 일해 본 경험이 있었기 때문에, 자신이 새로 맡은 자리에서 고객을 만족시킬 수 있는 온갖 방법들을 그대로 사용할 수 있었다. 고객 서비스 분야에서 그는 자신에게 가장 적합한 리더십 유형은 위임형이라는 것을 리더에게 알림으로써 성공을 위한 협력을 도모할 수 있다. 그는 이러한 분야에서의 일상적인 의사결정은 자신에게 맡겨 달라고 리더에게 요청해야 하며, 자신을 돕는 가장 좋은 방법은 자신의 능력을 믿고 필요한 자원을 제공하는 것이라는 사실을 리더가 인식하게 만들어야 한다. 또한 자신이 더욱 높은 차원의 서비스를 제공할 수 있도록 자극하는 것이란 걸 알려주어야 한다.

성공을 위한 협력의 과정이 꼭 당신의 직속상사에게만 국한될 필요는 없다. 스스로 발달단계를 진단해 당신에게 적합한 리더십 유형을 여러 명의 리더들에게 부탁할 수도 있다. 리더란 당신이 목표를 이루기 위해 필요로 하는 지시와 지원을 해줄 수 있는 모든 사람을 말한다는 것을 명심하라.

여기에서도 당신은 가상에 제약에 맞서야 한다. 당신 머릿속에서 '이 사람이 왜 나를 도와주겠어?' 라고 속삭이는 목소리의 정체가 무엇인지 파악하라. 가상의 제약에 도전하고, 확고한 비전을 수립하고, 성공을 위해 협력하는 방법을 알게 되었다면, 효과적인 상황대응 리더가 되기 위한 성과지향 파트너십을 형성하게 된다. 리더와 직원들이 성과지향 파트너십을 이용해 서로 도움을 주고받으면 상상을 뛰어넘는 결과를 만들어 낼 것이다.

네 번째 기술 : 확고한 비전을 수립하고 실천하라

세상의 모든 부모는 자식이 커서 훌륭한 사람이 되기를 바란다. 그런데 어떤 아이는 부모의 바람대로 훌륭한 사람이 되고, 어떤 아이는 그렇게 되지 못한다. 왜 이런 차이가 발생할까? 그것은 사람마다 품고 있는 생각이 다르기 때문이다.

식물과 동물은 태어날 때 이미 죽을 때까지의 설계도가 완성되어 있다. 꽃이 피고 지듯이 소나 돼지가 어떻게 살다가 어떻게 죽을지 예측할 수 있다. 그러나 사람은 다르다. 사람은 자유의지가 있기에 자신이 살아가는 목적과 가치를 스스로 찾고 만들어가야 한다. 그리고 어떤 꿈과 비전을 갖고 살아가느냐에 따라 훌륭한 사람과 그렇지 않은 사람을 가르는 차이가 생기게 된다.

대부분의 리더들이 탁월한 리더십을 발휘하지 못하는 가장 큰 이유도 무엇을 위해 일할 것인가 하는 명확한 비전의 결여였다. 비전은 신뢰와 협력, 동기부여, 그리고 성공에 대한 공동의 책임감을 만들어 준다. 비전은 사람들로 하여금 빠른 결단을 내릴 수 있게 도와준다. 그들의 머릿속에 이미 원하는 결과가 그려져 있기 때문에 거기에 따라 결정만 내리면 되기 때문이다. 그리고 목표가 하나 둘 달성되어 감에 따라 기다리고 있는 다음 순서에 대한 대답도 점점 분명해진다. 비전은 미래를 예측하고 원하는 방향으로 전진할 수 있는 진취적인 태도를 갖게 해 준다.

▎비전의 세 가지 핵심요소

왜 좀 더 많은 리더들이 비전을 가지지 않는 것일까? 그것은 그들이 비전이 좋은 것이라는 사실은 알고 있지만 비전을 어떻게 만들어야 하는지는 모르기 때문이다. 따라서 여기서는 확고한 비전을 만들기 위한 방법으로 비전을 구성하는 세 가지 핵심요소를 알아본다.

의미 있는 목적

확고한 비전의 첫 번째 요소는 의미 있는 목적이다. 당신은 어떤 일에 몸담고 있는가? 확고한 비전은 당신이, 당신의 조직이 존재하는 이유를 밝히는 것이다. 이는 단순히 당신이 무슨 일을 하는지를 설명하는 것이 아니라 왜 그 일을 하는가에 대한 대답이 된다. 그것은 진정으로 당신이 하고 있는 일이 무엇인가를 명확하게 보여 준다. 자신이 하는 일이 큰 의미가 있고 자신이 진정으로 원하는 바와 연관이 되어 있을 때, 스스로도 상상하지 못한 생산적이고 창의적인 힘이 뿜어져 나올 수 있다. 그러나 단지 목적만으로는 충분하지 않다. 왜냐하면 단순한 목적은 자신이 어느 곳을 향해 가는지를 알려주지는 않기 때문이다.

미래의 청사진

확고한 비전의 두 번째 요소는 미래의 청사진이다. 당신이 성공할 경우 미래는 어떤 모습일까? 미래의 청사진이란 당신이 궁극적으로 만들어내고자 하는 구체적인 이미지이다. 그것은 과정이 아니라 최종적인 결과에 초점을 맞춘 것이어야 한다. 최종 결과에 대한 그림을 추상적으로 그려서는 안 된다. 머릿속에 실제로 그려지는 이미지이어야 한다. 머릿속의 이미지는 성과를 증대시킬 뿐만 아니라 내재된 동기의식 또한 강화시켜 준다.

분명한 가치

확고한 비전의 세 번째 요소는 분명한 가치를 갖는 것이다. 가치는 리더십뿐만 아니라 사람들이 매일 일상에서 업무를 진행하고 행동하는 방식을 명백하게 보여 준다. 가치는 당신이 의미 있는 목적과 미래의 청사진을 추구함에 있어 어떻게 나아가야 하는지에 대한 지침을 제공한다. '나는 무엇으로 살아가기를 원하는가?' 그리고 '어떻게 그렇게 할 것인가?' 에 대한 해답을 주는 것이다. 그 가치가 제대로 지켜지고 있음을 보여주는 행동들이 무엇인지 정확히 알 수 있도록, 가치는 명확하게 설명되어야 한다.

어떻게 실천할 것인가

비전을 밝히는 순간부터 당신은 이미 그것이 실제 진행 중인 것처럼 행동해야 한다. 비전이 당신 행동의 기준이 되어야 한다. 만일 장애물이나 예기치 못한 사건이 생겨 진로에서 벗어날 경우, 단기적인 목표는 수정될 수도 있다. 그러나 비전 자체는 계속 지속되어야 한다. 변화는 일어나기 마련이고, 예기치 않은 사건들은 늘 발생하게 되어 있다. 현재 일어나고 있는 일들이 비전을 향해 걸어가는 길 위에 놓인 하나의 도전이나 기회로 바꿀 방법을 찾도록 하라.

진정한 의욕은 당신이 행동을 취할 때 생겨난다. 두려움이 있을 수 있다. 두려움을 그대로 느끼며 앞으로 전진하라. 비전을 수립하는 데에는 의지가 필요하고, 그것을 실천에 옮기는 데에는 용기가 필요하다. 괴테의 말을 빌리면, '당신이 할 수 있는 일이 무엇이든, 할 수 있다고 꿈꾸는 일이 무엇이든, 지금 시작하라. 용기는 그 안에 천재성과 힘, 그리고 마법을 가지고 있다.'

당신의 태도가
모든 것을 결정한다

태도는 선천적인 본능과는 달리 직접적인 경험의 반복이나 간접적인 학습, 때로는 단 한 번의 강렬한 체험 등이 바탕이 되어 후천적으로 형성된다. 그래서 태도는 일단 형성되면 고정되어 변화하기 어렵다.

태도는 사람을 죽이고 살리는 힘이 있으며 조직을 살리거나 죽이는 힘도 가지고 있다. 성공한 사람들을 보면 많은 경우 좋은 가문이나 학력, 지능보다는 삶에 대한 태도가 달랐기 때문이라는 것을 알 수 있다.

▍ 태도는 삶을 바라보는 창문

태도는 삶을 바라보는 우리들의 창문이다. 창문의 색깔을 통해 외부를 바라보기 때문에 그 색깔에 따라 외부도 달라 보이게 된다.

사회학이나 심리학에서는 태도를, '개인이 어떤 사건이나 문제, 물건이나 사람 등에 대해서 갖는 인식, 감정, 해석'이라고 정의한다.

일반적으로 태도를 긍정적인 태도와 부정적인 태도로 나눌 수 있는데, 대부분의 경우 부정적 태도가 긍정적 태도보다 영향력이 더 크게 작용한다. 우리는 부정적 태도를 줄이고 긍정적 태도를 강화함으로써 진정한 셀프 리더가 될 수 있다.

아프리카에 신발을 팔러 간 영업사원의 이야기는 긍정적 태도로 가상의 제약을 극복한 사례이다. 모든 사람이 맨발로 다니는 아프리카 사람들에게 신발은 불필요할 것이라는 생각에 바로 보따리를 싸 되돌아온 영업사원이 있는가 하면, 똑같은 현상을 아무도 신발을 사용하고 있지 않은 무궁무진한 시장으로 바라보고 엄청난 판매고를 올린 영업사원도 있다. 긍정적 태도가 큰 성과를 만든 것이다. 부정적 태도로 안 된다고 생각하고 미리 포기한 적은 없었는지 자문해 보기 바란다.

▌긍정적인 태도로 승부하라

태도를 변화시킨다는 것은 결코 쉽지 않다. 그러나 쉽지는 않지만 불가능한 일은 아니다. 또한 어려운 만큼 도전해 볼만한 가치가 충분히 있는 일이다.

태도의 변화를 위해서는 무엇보다도 현재 자신의 태도가 어떠한지 진단해 보아야 한다. 먼저 자신에 대해 생각하면서 자신이 가지고 있는 태도를 성찰해 보아야 한다. 자존심과 자긍심이 있는지 생각해 보고 이어서 가족에 대한 당신의 태도를 살펴보아야 한다. 가족을 자랑스러워하고 시간을 내서 소중한 가족을 지켜 나가려고 노력하는지를 점검한다. 그리고 직업이나 직장에 대한 태도도 살펴보아야 한다. 직장과 일에 만족하고 있는지 아니면 부정적으로 생각하고 있는지를 점검한다. 마지막으로 미래에 대한 당신의 태도를 살펴보아야 한다. 긍정적 관점으로 미래를 보고 있는지 아닌지를 점검해 보는 것이다.

나의 태도를 점검해 보면 자신과 인간관계에 문제를 발생하게 하는 태도들이 보인다. 그 태도를 확인하고 원인을 찾아보는 것이다. 특히 이러한 태도가 형성된 참된 원인이 무엇인지를 시간을 두고 점검해 본다. 원인을 곰곰이 생각해 본 후에는 그러한 원인이 제거되면 당신이 원하는 것을 얻을 수 있는지를 생각해 보고 태도 변화에 따른 긍정적인 측면을 열거해 본다.

마지막으로 긍정적인 태도로 변화하기 위해서는 몇 가지 실천지침을 이행하여야 한다. 첫째, 매일매일의 삶의 목표를 설정하고 달성해야 할 하루의 목표량을 긍정적 칭찬을 잘하는 동료에게 설명한다. 둘째, 부정적인 언어를 버리고 긍정적 언어를 사용하도록 한다. 셋째, 이상의 태도에 대한 목표를 매일매일 실천한다. 이와 같이 성공적인 셀프 리더십이란 자신의 삶에서 어떤 부분에 변화가 필요한 가를 파악하여 자신의 삶을 증진시킬 수 있는 것을 말한다.

7장 | 학습 정리 질문

1. 셀프 리더십이란 무엇인가?

2. 셀프 리더십을 향상하기 위해 갖추어야 할 조건은 무엇이 있는가?

3. 나의 잠재력 개발을 가로막는 가상의 제약은 무엇인가?

4. 필요역량 개발의 구체적인 방법으로 어떤 활동이 있는가?

5. 성장을 위해 주위로부터 어떤 리더십이 필요한가? 또 어떻게 받을 것인가??

6. 자기실현을 위해 원대한 비전은 어떻게 수립하는가??

7. 긍정적 태도로 변화하기 위한 실천적 방법은 무엇인가?

셀프 리더십 실습

실습 진행 방법

(1) 나의 주요 직무 2-3 가지를 적어 본다.

(2) 각각의 직무에 대한 나의 발달단계를 확인한다.

(3) 상사나 선배, 혹은 동료로부터 받고 싶은 리더십 행동을 아래 25개 항목 중에서 찾는다.

(4) 상사나 선배, 동료에게 내가 필요로 하는 리더십 행동을 이야기하고 협력을 요청한다.

내가 당신에게 바라는 것은

1. 내 업무의 바람직한 목표와 그 결과를 설정해 주는 것입니다.

2. 내가 달성해야 할 목표의 우선순위를 밝혀주는 것입니다.

3. 목표의 의미와 중요성에 관한 견해를 제공하는 것입니다.

4. 행동 계획수립을 주도해 주며 무엇이, 언제, 누구와 이루어져야 하는지 결정을 내려주는 것입니다.

5. 훌륭하게 성취된 과업의 모형을 제시하여 주며 아울러 나의 생각을 확인할 방법을 알려주는 것입니다.

6. 빈번한 follow-up과 feedback을 나에게 계속하여 제공하는 것입니다.

7. 실천계획을 세우기 전에 나의 느낌과 생각을 경청해 주는 것입니다.

8. 내 아이디어를 논의할 수 있도록 격려해 주는 거울 역할을 해주는 것입니다.

9. 필요한 정보를 제공해 주며 마주칠만한 장애물을 제거해 주는 것입니다.

10. 나의 능력 발휘에 영향을 주는 과업에 관련된 구체적인 정보를 공유하는 것입니다.

11. 특별한 접근법이 채택되거나 의사 결정이 이루어졌을 경우 그 이유를 설명해 주는 것입니다.

12. 나의 진보에 대해 칭찬해 주는 것입니다. 내가 기술과 지식을 쌓을 수 있도록 함께 일하는 것입니다.

13. 내가 기술과 지식을 쌓을 수 있도록 함께 일하는 것입니다.

14. 문제점과 바람직한 결과를 함께 논의는 하되, 목표설정, 실천계획 수립, 의사결정에 있어서는 내가 책임지는 것을 원칙으로 하는 것입니다.

15. 문제해결과 의사결정에 있어서 나 자신을 신뢰할 수 있도록 격려해 주는 것입니다.

16. 나의 자신감을 형성하기 위하여 실천 계획과 문제해결에 있어 주도권을 잡을 수 있도록 허용하는 것입니다.

17. 나의 관심사를 당신과 상의할 수 있는 기회를 자주 마련하는 것입니다.

18. 문제 해결을 함에 있어 당신과 의견을 나누어 나에게 도움을 주는 것입니다.

19. 유사한 종류의 project에 참여하고 있는 다른 직원들과 협력하는 것을 장려하는 것입니다.

20. 내가 진보하고 있다는 사실을 재확인하여 주는 것입니다.

21. 나의 판단을 신뢰하여 주는 것입니다.

22. 좀 더 높은 수준의 성과를 나에게 기대해 주는 것입니다.

23. 나의 공헌을 인정하고 가치를 부여하며 보상하는 것입니다.

24. 나의 열의, 기술, 진보를 당신이 인정하는 것입니다.

25. 내가 주도권을 갖고 일하며 당신에게 보고를 하도록 하는 것입니다.

상황대응 리더십과의 첫 만남은 1978년 가을이었다. 삼성그룹 비서실 인사담당으로, 다음 해 신임 과장 교육 프로그램을 준비할 때였다. 신임 과장들의 리더십 역량을 향상시키기 위해 상황대응 리더십을 선택했다. 1979년 봄부터 상황대응 리더십의 실체를 직접 보았다. 강사는 미 8군 HR부서에서 근무하는 성인교육 전문가였다. 내용은 아주 쉽고 실제로 적용 가능한 모델이었다. 방법도 매우 재미있었다. 교육생의 만족도도 높았다.

두 번째 만남은 1985년 봄이었다. 삼성전자 연수팀장으로 있으면서 관리자 보수 교육 프로그램을 준비할 때였다. 한국능률협회에서 상황대응 리더십 국제 공인 트레이너 양성 과정을 개최하였다. 강사진은 상황대응 리더십의 창안자 폴 허쉬가 주도하는 미국 리더십 연구회(center for leadership studies)였다. 5일간의 과정으로 상황대응 리더십 국제 공인 트레이너 자격을 취득하였다. 이후 관리자 교육프로그램으로 채택하여 활용하였다.

세 번째 만남은 1993년 가을이었다. 상황대응 리더십 공동 창안자인 켄 블랜차드의 상황대응 리더십 2 모델과의 만남이었다. 서적과 교육 프로그램을 통한 간접적인 만남이었지만 상당히 강렬하였다. 1980년대 초부터 시작됐다는 상황대응 리더십의 수정 작업에 매우 공감하였다.

네 번째 만남은 2002년 봄이었다. 한국블랜차드컨설팅그룹에서 개최한 상황대응 리더십 2 국제 공인 트레이너 양성 과정이었다. 인본주의에 근거한 변혁적 리더십 프로그램이었다. 이후 한국블랜차드컨설팅그룹 수석전문위원으로 활동하면서 한국화이자를 비롯한 많은 다국적 기업의 관리자 교육에 출강하였다.

다섯 번째 만남은 이별이었다. 2008년 한국형 상황대응 리더십 프로그램을 개발하여 보급하면서 1978년부터 그때까지 30년간의 인연을 정리하였다. 이후 지금까지 15년간 삼성, LG, 현대, SK, POSCO, 효성, 두산, 롯데 그룹 등 수많은 기업의 관리자 교육에 적용하였다.

이 책으로 상황대응 리더십과의 만남에서 얻은 지난 35년간의 통찰과 지혜를 총정리하였다. 앞으로 공저자들과 함께 한국형 상황대응 리더십을 넘어, 한 차원 높게 발전한 요즘 시대 리더십 프로그램을 널리 보급하고자 한다. 이 책과 요즘 시대 리더십 프로그램으로 우리나라 모든 리더들의 리더십 역량이 더욱 개발되고 기업 성장, 국가 발전에 기여할 수 있기를 기원한다.

요즘 들어 인적 자원의 활용에 조직 전체의 성패가 걸려있다는 인식을 그 어느 때보다도 뼈저리게 실감한다. 뛰어난 조직을 추구한다는 것은 결국 인간을 어떻게 육성할 것인가 라는 문제에 귀착된다. 어떤 조직이 최고 우량기업이 되느냐, 아니면 조직으로서 살아남기 조차 위태로워질 것이냐는 한마디로 인재의 문제인 것이다.

학교교육에서도 전문적 능력 개발에는 힘을 쏟지만, 인간을 관리한다는 가장 중요한 능력은 팽개쳐 두고 있다. 직장에서의 상황도 별로 다를 게 없다. 효과적인 교육훈련의 혜택을 받는 관리자는 그다지 많지 않으며 뛰어난 지도를 받을 수 있는 기회도 별로 없는 것 같다. 그렇다고 관찰이나 모방이라는 과정을 통해 우수한 인적자원의 전문가로 육성되리라고 기대할 수도 없다. 게다가 현재의 교육훈련은 특수한 상황에서만 도움이 될 수 있는 것이거나 아니면 수박 겉핥기 식인 것이 대부분이다.

우리는 이념적으로도 실천적으로도 진정한 인간관리 시스템이 나타나기를 오랫동안 기다려왔다. 여러 가지 상황에 적용될 수 있으며 폭넓고도 이해하기 쉬운 시스템이 필요한 것이다. 이 새로운 시스템 모델은 관리자가 직원들을 관리하는 데 있어서 부딪치게 될 여러 가지 문제를 이해하고 처리하는데 간편하고도 정확한 도구가 되어야 한다. 또한 이 새로운 시스템은 배우고 활용하는 것이 쉽고 편리하여야 한다. 아울러 이 모델은 경영자의 집무실로부터 제일선 관리자의 현장이나 가정에 이르기까지 모든 상황에서 받아들여지고 적용될 만한 것이어야 한다.

요즘 시대 리더십 모델은 바로 이러한 척도에 딱 들어맞는 것이다. 이러한 배경에서 만들어진, 간결하고 읽기 쉬운 본서를 통해 요즘 시대 리더십 모델이 실제로 각종 현장에서 폭넓게 활용될 수 있게 되기를 기원한다.

이 책자는 직장에서뿐만 아니라 가정이나 학교에서도 활용하기 간편한 가이드 북으로서, 요즘 시대 리더십 모델의 유용성이 얼마나 큰지를 단적으로 보여준다. 요즘 시대 리더십으로 가는 강력한 기본서라 할 수 있다. 무엇보다도 귀중한 리소스인 인적자원 관리의 질적 향상을 위한 탐구에 이 책자가 중요한 공헌을 하리라 믿어 의심치 않는다.

참고문헌

김성완(2009) 리더십 천재가 된 김팀장, 물푸레

김정현(2021) 팀장 리더십 수업, 센시오

김준성(2013) 탁월한 성과는 어떻게 만들어지는가, 김앤김북스

김진혁(2014) 팀, 활성화 전략과 팀장 리더십, 한언

기석호(2015) 당신의 삶을 주도하라, 좋은 땅

닐 도쉬 외(2016) 무엇이 성과를 이끄는가, 유준희 옮김, 생각지도

다니엘 골먼 외(2003) 감성의 리더십, 장석훈 옮김, 청림출판

다니엘 핑크(2011) 드라이브, 김주환 옮김, 청림출판

더글러스 앨런 외(2006) 매직 리더십, 김은영 옮김, 넥서스BIZ

데이비드 시로타(2007) 열광의 조건, 이진원 옮김, 북스넷

로버트 딜츠 외(2003) 알파 리더십, 박정길 옮김, 싸이더스

로버트 켈리(2001) 스타퍼포머가 되는 9가지 법칙, 정성호 옮김, 예문

류랑도(2006) 성과 중심의 리더십, 웅진윙스

리처드 리스벳 외(2019) 사람일까 상황일까, 김호 옮김. 심심

리처드 해크먼(2006) 성공적인 팀의 5가지 조건, 최동석 옮김, 교보문고

마르타 브룩스(2005) 리더십 유산, 조천재 옮김, 넥서스BIZ

마이클 앤드류(2009) 리더십 인사이트, 정규보 옮김, 가산북스

메러디스 벨빈(2012) 팀이란 무엇인가, 김태훈 옮김, 라이프맵

모튼 한센(2011) 협업 콜라보레이션, 이장원 옮김, 교보문고

미하이 칙센트미하이(2006) 몰입의 즐거움, 이희재 옮김, 해냄

미하이 칙센트미하이(2006) 몰입의 경영, 심현식 옮김, 황금가지

박혁수(2014) 성장 로그인, 보명북스

박혁수(2020) 인사이트 스포츠, 플랜비디자인

배리 네일버프 외(1996) 코피티션, 김광전 옮김, 한국경제신문사

수전 파울러(2015) 최고의 리더는 사람에 집중한다, 박영준 옮김, 가나출판사

앤 로데스(2011) 기업문화가 일등기업을 먼든다, 안기순 옮김, 애플트리태일즈

와다나베 토시카즈 외(2003) 퍼포먼스 리더십, 강신일 옮김, 시그마인사이트

위르헌 아펄로(2011) 매니지먼트 3.0, 조승빈 옮김, 에이콘출판

에이미 에드먼슨(2019) 두려움 없는 조직, 오승민 옮김, 다산북스

이재형(2020) 성과관리 리더십, 플랜비디자인

이홍민(2009) 역량평가, 리드리드출판

이명노(2020) 상황대응 애자일 리더십, 학토재

이명노(2023) 상황대응 리더십 강사 양성 과정 TEXT, 사회발전연구원

이치영 외(2022) 모두의 팀장, 파지트

조미진(2014) 낀 세대 리더의 반란, 알에이치코리아

조나단 티쉬(2006) 우리의 힘, 김원호 옮김, 생각의 나무

존 맥스웰(2010) 리더십 불변의 법칙, 홍성화 옮김, 비즈니스북스

존 휘트모어(2007) 코칭 리더십, 김영순 옮김, 김영사

짐 호던(2010) 몰입과 소통의 경영, 박래효 옮김, 가산북스

찰스 콘라트 외(2008) 유능한 팀장, 그 이상의 팀장, 정용숙 옮김, 살림BIZ

커트 코프만 외(2004) 최강 조직을 만드는 강점 혁명, 이정화 옮김, 청림출판

케네스 토마스(2002) 열정과 몰입의 방법, 장재윤 옮김, 지식공작소

켄 블랜차드 외(1994) 1분 경영혁신, 김원석 옮김, 청림출판

켄 블랜차드 외(1994) 1분 경영실천, 전정봉 옮김, 청림출판

켄 블랜차드 외(2001) 플랙서블, 구세희 옮김, 21세기북스

켄 블랜차드 외(2001) 최고 성과의 조건, 권은경 옮김, 21세기북스

켄 블랜차드 외(2001) 하이파이브, 조천제 옮김, 21세기북스

켄 블랜차드 외(2001) 열광하는 팬, 조천제 옮김, 21세기북스

켄 블랜차드 외(2002) 겅호, 조천제 옮김, 21세기북스

켄 블랜차드 외(2003) 1분 경영, 조천제 옮김, 21세기북스

켄 블랜차드 외(2003) 칭찬은 고래도 춤추게 한다, 조천제 옮김, 21세기북스

켄 블랜차드 외(2004) 섬기는 리더 예수, 조천제 옮김, 21세기북스

켄 블랜차드 외(2004) SERVE 리더십으로 만드는 행복주식회사, 이명노 옮김, 21세기북스

켄 블랜차드 외(2004) 리더십 강화제, 조천제 옮김, 21세기북스

켄 블랜차드 외(2006) 비전으로 가슴을 뛰게 하라, 조천제 옮김, 21세기북스

켄 블랜차드(2006) 얌! 고객에 미쳐라, 조천제 옮김, 21세기북스

켄 블랜차드 외(2007) 상황대응 리더십 2 바이블, 조천제 옮김, 21세기북스

켄 블랜차드 외(2008) 1분 경영수업, 윤동구 옮김, 21세기북스

켄 블랜차드 외(2009) 1분 셀프 리더십, 조천제 옮김, 21세기북스

켄 블랜차드 외(2011) 최강 팀장의 조건, 김지현 옮김, 21세기북스

켄 블랜차드 외(2014) GROW 그로우, 신현승 옮김, 세종서적

켄블랜차드(2010) 리더의 조건, 유영희 옮김, 21세기북스

켄 블랜차드(2011) 리더의 심장, 이희승 옮김, 빅북

패트릭 렌시오니(2002) 팀이 빠지기 쉬운 5가지 함정, 서진영 옮김, 위즈덤하우스

폴 태핀더(2007) 이것이 리더십이다, 신현승 옮김, 넥서스BIZ

폴 허시(1984) 상황을 이끄는 리더가 성공한다, 이영운 옮김, 선교횃불

프레데릭 라루(2016) 조직의 재창조, 박래효 옮김, 생각사랑

프레드 리(2010) 디즈니 병원의 서비스 리더십, 강수정 옮김, 김앤김북스

프리데만 슐츠 폰 툰(2011) 리더라면, 이렇게 말해 주세요, 진정근 옮김, 커뮤니케이션북스

부록

요즘 시대 리더십 교육과정 안내

리더 행동 진단 시트
- 리더십 유연성 분석표
- 리더십 효과성 분석표

요즘 시대 리더십 교육과정 안내

교육 목표

① 21세기 리더로서의 역할을 재인식할 수 있게 한다.

② 관리자는 직원의 발달단계 및 행동특성을 과학적으로 진단할 수 있다.

③ 관리자는 직원의 발달단계에 따라 다양한 리더십 스타일 발휘할 수 있다.

④ 관리자는 직원의 발달단계에 맞는 효과적인 리더십 스타일을 선택할 수 있다.

⑤ 목표설정 및 성과 향상을 위한 리더와 직원 간 최적 리더십을 합의할 수 있다.

⑥ 개인과 조직 목표 성취를 위한 세부적인 변화 실천 전략을 작성할 수 있다.

교육 기대효과

① 직원의 발달 단계를 객관적으로 진단하고, 발달 단계에 따라 효과적인 리더십 스타일을 선택하여 적용할 수 있다.

② 직원들의 발달단계에 따른 역량 개발을 통해서 조직의 성과향상을 위한 실천 계획을 작성할 수 있다.

③ 직원 육성과 성과 향상을 위한 개인 간, 팀 간, 조직 간 소통 방법을 공유하고 적용할 수 있다.

교육 형태와 시간

  - 특강 형식 : 2—4 시간

  - 정규 과정 : 8—16 시간

교육 방법

- 강의, 토의, 진단, 게임, 영상학습, 사례연구, 실습 및 역할연기

프로그램 주요 모듈

모듈	주요내용
1	21세기 리더의 역할
2	요즘 시대 리더십의 철학과 전제
3	직원의 발달단계 진단
4	리더십 스타일 유연성 개발
5	리더십 효과성과 최적 스타일
6	리더십 선택 및 성과지향 파트너십
7	변화 실천계획 수립

프로그램의 철학과 전제

- 인간은 무한한 가능성의 존재다.
- 인간은 성장하기를 원하고, 또 성장할 수 있다.
- 인간은 참여와 교류를 통해 성장한다.
- 요즘 시대 리더십은 성과지향 파트너십이다.

프로그램 특징

이론보다 요즘 시대 리더십 게임을 활용하는 실감형 프로그램

교육생이 즐겁게 플레이하면서 스스로 학습하게 하는 참여 교육과정

요즘 시대 리더십 과정 공동개발자 이명노 박사의 리더십 게임 5종

프로그램 주요 활동 도구

요즘 시대 리더십 진단 시트(팀원 발달단계, 리더십 스타일)

요즘 시대 리더십 도입게임 : 메치 메이커 게임

요즘 시대 리더십 기본게임 : 성과향상 팀 리더십 게임

요즘 시대 리더십 진행게임 : 리더십 유형 분류 게임

요즘 시대 리더십 사례연구 : 매칭/미스 매칭 효과성 사례연구

요즘 시대 리더십 역할연기 : 리더십 현장 적용능력 역할연기

프로그램 세부 구성 및 시간

모듈	목표	주요 내용	시간/교수법
Module 1 요즘시대 리더의 역할	급변하는 환경과 조직의 다양성에 대처할 수 있는 능력과 패러다임의 전환	기업환경과 미래의 리더십 학습목표 설정과 팀 구성 사전 리더십 스타일 진단	1H 강의 진단
Module 2 요즘시대 리더십 의 철학과 전제	요즘시대 리더십의 철학과 비전 정립 요즘시대 리더십의 세가지 스킬	팀원에 대한 비전과 가치 성공적인, 효과적인 리더십 요즘시대 리더의 스킬과 기능	1H 강의 토의
Module 3 상황과 직원 발달단계 진단	상황과 직원의 발달단계 이해 각 발달단계 별 행동적 특징 이해 직원 발달단계 진단 및 요구 파악	리더십 매치 메이커 게임 리더십 상황변수 분석 직원 발달단계 진단 연습 발달수준 별 직원의 요구 분석	3H 강의 게임 토의
Module 4 리더십 스타일 유연성 개발	4가지 리더십 스타일 습득 각 리더십 스타일의 행동분석 및 유연성 진단 능력 습득 상황에 따른 리더십 스타일 활용기 술 개발	리더 행동과 리더십 스타일 분류 리더십 스타일 별 특성 분석 게 임 의사결정/의사소통 스타일 분석 리더십 진단결과 유연성 실습	3H 강의 게임 토의
Module 5 최적 리더십과 성과향상	직원 발달단계와 리더십 조화 체득 리더십 효과성 및 직원 발달단계 진단 능력 고취 감독 소홀과 감독 과잉의 영향 개선	발달단계와 리더십 유형의 조화 리더십 진단결과 효과성 분석 부적합한 리더십 스타일 분석 상황대응 리더십 시뮬레이션	3H 강의 게임 토의

요즘 시대, 요즘 세대, 요즘 리더

Module 6 리더십 선택 및 파트너십	직원의 발달단계 진단과 적절한 리더십 스타일 선택하는 기법 습득 팀원의 성장을 도모하는 방법 습득 팀원의 행동유형(성격)을 유연하게 활용하는 방법 습득	합의에 의한 리더십 스타일 선택 효과적인 직원지도와 육성방법 성장 사이클과 퇴행 사이클 사례 연구 및 역할 연기	4H 강의 토의 사례연구 역할연기
Module 7 변화 실천계획 수립	학습 총정리 학습내용 이해 심화 리더십 유연성과 효과성 향상 변화 실천계획 수립	모듈 별 학습내용 취합 사후 리더십 유효성 향상 방안 개인 변화 실천계획 수립 조별 발표 및 전체 공유	1H 강의 토의 실천계획

저자 소개

이명노

서울대학교 교육학과에서 교육심리, 단국대학교 대학원에서 인력개발 전공, 1998년 '자기주도학습에 의한 기업체교육 체제 탐색'으로 산업교육 박사학위를 취득했다. 삼성그룹 회장비서실 인사/교육담당, 삼성전자 연수팀장, 단국대학교 사범대학 교수, 사회발전연구원장 등을 역임했다. 1988년부터 현재까지 리더십 교육프로그램을 통해 인재를 육성하고 사회발전에 기여하겠다는 이상을 품고 35년째 강사활동을 하고 있다. 2001년 대한민국 명강사(한국HRD협회), 2006년 대한민국 명강사(한국강사협회)로 선정되고 수상하였다.

현재는 기업강사들의 공간 상임고문, ㈜TheHRD 연수원장으로 재직하고 있다. 저서로는 반품하고 싶은 직원, 리모델링하고 싶은 상사(2012), 상황대응 애자일 리더십(2020) 외 다수가 있다. (연락처: 010 3238 9078, edi212121@hanmail.net)

이영선

연세대학교 교육대학원 인적자원개발 석사학위를 취득했고, SK텔레콤 레인보우 아카데미, 오피이교육지기 교육연구소장을 역임했다. 현재는 2012부터 THE HRD 주식회사의 대표이사로 HRD컨설팅, 교육과정 개발 및 강의 활동을 통해 기업의 가치를 높이고 구성원에게 성장의 밑거름을 제공하는 활동을 하고 있다.

2010년부터 2014년까지 연속으로 한국보건복지인력개발원 우수강사, 2014년 한국표준협회 우수강사, 2014년 한국생산성본부 BEST강사, 2022년 월간인재경영 명강사 30선에 선정되었다. (연락처: 010-7126-2321, ksys2020@nate.com)

오미현

한양대학교 대학원에서 인재개발교육 전공, 2010년'리더십이 조직원의 셀프리더십에 미치는 영향'으로 교육학 석사를 취득했다. 보령제약 주)보령 교육 팀장, 강사로 활동했으며 현재는 코칭앤코 컨설팅 대표로 활동하고 있다.

2006년부터 현재까지 '교육은 강사, 기업, 학습자와 함께 만들어 가는 것이다'라는 교육 철학을 가지고 17년째 리더십,셀프리더십, 커뮤니케이션, 취업 등 다양한 컨텐츠로 강사활동을 하고 있다. 2021년 기업교육 명강사(인재경영)로 선정되었으며 저서로는 소통이 힘든 당신에게(2021),흥하는 자소서 망하는 자소서(2021)가 있다. (연락처: 010-8691-0297, 5samstory@naver.com)

나현숙

의사코칭, 병원교육 전문기관인 ㈜메디탑서비스연구소 대표이사로 활동하고 있다. 2014년 '의사코칭 모델 개발과 만족도 및 효과성 검증'으로 보건학 박사학위를 취득했다.

대한민국 환자경험 향상을 위해 의사코칭 모델을 창안하여 진료문화 및 의료현장의 실질적인 변화를 이루는 데 기여했다. 특히 의료계 전반 환자중심 병원문화 조성을 목표로 상급종합병원, 중소병원, 보건의료계열 등 수많은 보건의료분야 기관을 대상으로 컨설팅과 직원교육을 수행하였다. (연락처: 02-2695-7700, 홈페이지 www.meditop.kr)

김보성

SK Telecom 전임강사로 다양한 교육과정을 강의하였고, 현재는 가치있는 생각 대표로 재직하고 있으며 리더십, 소통 강사로 왕성한 활동을 하고 있다. 아주대학교 경영대학원에서 인사/조직관리를 전공하였다.

2002년부터 현재까지 리더십, TA, NLP, EQ 등 조직 구성원들의 심리, 정서에 관련된 강의를 전문적으로 진행하고 있으며 더불어 구성원의 역량과 관련된 역량평가사로도 활동하고 있다. (연락처: 010-2855-5000, im2829@naver.com)

김은희

HRD 현업에서 21년째 강의와 컨설팅으로 개인과 조직의 성과를 만드는 성장 액셀러레이터로 활동하고 있다. 현대 자동차와 삼성전자 로지텍 인사팀 교육그룹에서 신입사원 온보딩 교육부터 승진, 직무 역량강화 리더십 교육등 임직원들의 성장을 돕는 교육기획, 운영, 강의에 이르기까지 16년간 HRD 실무를 담당한 현장을 아는 기업교육 전문가이다. 아주대학교 교육대학원에서 평생교육 & HRD를 전공으로 석사 학위를 취득하고, 현재는 배움, 채움, 나눔, 비움의 선순환을 통해 지속적 성장을 도모하는 WOOM교육 컨설팅 대표를 맡고 있다. 전국의 수 많은 기업의 리더들을 만나며 그들의 고충을 듣고, 공감하며 행복한 리더들이 건강하게 조직을 변화 시킬 수 있다는 믿음으로 그들의 성장을 돕고 있다. (연락처: 010-2013-7222, woom7222@naver.com)

정성실

연세대학교를 졸업, 국민대학교 경영대학원에서 리더십과 코칭 전공으로 석사 학위를 취득하고 숭실대학교 일반대학원 프로젝트경영학과에서 코칭 심리로 박사학위 과정을 진행하고 있다. 국제코치연맹(ICF)에서 인증한 전문코치(PCC)이며, (사)한국코치협회 전문코치(KPC), 국민대학교 리더십코치(KCLC) 자격을 보유한 비즈니스 코칭 및 기업교육 전문가이다. 구성원의 잠재력을 믿으며, 내면의 변화와 성장을 돕는 코치로서 구성원과 기업을 이어주는 징검다리 역할을 하고 있다. 기업의 구성원에게 필요한 10가지 역량(NCS/국가직무능력표준, National Competency Standards)을 바탕으로 직업인이 갖춰야 할 덕목을 리더십과 코칭으로 연결하여 주요 연구 및 강의를 하고 있다. 저서로는 그러니까, 제 말은요(2021), 탁월한 소통 코칭커뮤니케이션(2021), NCS 입문서 직업기초능력평가(2022), 개정판 NCS 직업기초능력평가(2023)가 있다. (연락처: 010-7130-9731, yhhhaaa@naver.com)

배정진

순천향대학교 법학과를 졸업하고 같은 대학 행정대학원에서 행정학 석사를 취득했다. 순천향대학교 사회과학연구소와 한국전력기술 인재개발원을 거쳐 교육컨설팅 회사에서 근무하며 조직 전반의 다양한 문제들을 현장에서 함께 고민하고 해결책을 연구했다.
현재는 THE PLUS 대표로서 한국표준협회 전문위원, 긍정심리강점전문가, 상황대응리더십 코치로 활발하게 활동하고 있고, 경기도청소년수련원 재능기부 강사와 운영위원 등을 역임하며 사회 곳곳에 선한 영향력을 뻗치고자 노력하고 있다. 2023년 기업교육 명강사 30선(인재경영)에 선정되었다. (연락처: 010-8758-2449, baejjceo@gmail.com)

라원준

대우조선해양(주) HRD 파트장을 역임하였다. KAIST DSME CMP 과정을 수료하고 경상대 교육대학원에서 교육심리와 상담심리를 전공하여 교육학 석사학위를 취득했다.

대우조선해양(주)에서 HRD 리더십 전문가로 활동하면서 조직 전반의 다양한 문제들을 현장에서 함께 고민하고 해결책을 연구했다. 특히 리더십 및 소통 전담 강사로서 관리자 상황대응 애자일 리더십, 중견사원 SUPER 팔로워십, 신입사원 셀프 리더십과 소통 강의를 전문적으로 수행하였다.

현재는 한화오션 사내교육 전문 협력회사인 ㈜에듀십 대표이사로 재직하고 있다. 더불어 사업장 안전보건 강사, 국내 외국인 인식개선 전담강사로서 활동하며 우리 사회의, 곳곳에 선한 영향력을 주기 위해 노력하고 있다. (연락처: 010-9887-1088, wjna1@hanwhoceanpartners.com)

리더 행동 진단 시트

1 귀하는 경험이 많지 않은 팀원에게 새로운 장비의 구입에 관한 계획안을 작성하라고 지시했다. 이를 위해서는 가격과 세부사항에 대해 추가적인 조사를 더 해야만 제대로 된 결정을 내릴 수가 있다. 그런데 이 팀원은 이미 업무가 많기 때문에 추가로 이 업무를 담당하는 것을 부담스럽게 생각하고 있는 듯하다.

당신은……

A) 계획안을 언제까지 작성해 와야 하며, 그 안에 어떤 내용이 들어가야 하는지를 구체적으로 말해 준다. 그 장비에 대한 정보를 구할 수 있는 방법을 차근차근 알려 주고, 매일 함께 진척사항을 체크해 볼 수 있도록 일정을 잡는다.

B) 계획안 작성을 부탁하면서 그 일의 중요성에 대해 이야기한다. 언제까지 완료할 수 있는지 스스로 시한을 정하게 한 후, 필요한 자료나 지원을 제공하고, 주기적으로 진척사항을 보고해 달라고 한다. 가능한 한 스스로 알아서 하도록 내버려 둔다.

C) 계획안을 언제까지 작성해 와야 하며, 그 일이 왜 중요한지를 이야기한다. 그리고 계획안 속에 어떤 내용이 들어가야 하는지, 장비에 대한 정보는 어떻게 얻는지를 자세히 알려 준다. 그 팀원의 생각을 잘 들어보고, 가능하면 채택하는 방향으로 한다. 매주 1, 2회 진척사항을 체크할 수 있도록 일정을 잡는다.

D) 계획안을 작성해 달라고 하고 그 일의 중요성에 대해 이야기한다. 예상되는 장애물과 그 제거방법에 대해 함께 의논해 본다. 그 대원 스스로 시한을 정하게 한 후, 주기적으로 그와 함께 진척상황을 점검한다.

2 귀하의 프로젝트 팀은 회사 전체의 혁신에 관한 보고서를 작성하는 중이다. 최근 팀원 한 명이 새로 이 부서에 합류했다. 이 팀원은 다음 주 말까지 소요예산에 대해 보고하기로 되어 있지만, 보고해야 할 내용이나 양식에 대해 전혀 아는 바가 없다. 하지만 자신의 역할을 다하고 싶어 하는 이 팀원의 의욕은 대단하다.

당신은……

A) 무엇을 해야 하는지 상세하게 지시하고, 보고서의 양식과 필요한 내용을 구체적으로 알려준다. 그를 다른 팀원들에게 한 명 한 명 소개시켜준 후, 수시로 진척상황을 점검하고 틀린 곳이 있으면 고쳐준다.

B) 당신이 도울 수 있는 일이 없는지 물어본다. 그를 다른 팀원들에게 소개한다. 보고기한에 맞추기 위해서 어떻게 해야 하는가를 함께 검토한다. 금주 중으로 일의 진척상황을 함께 확인한다.

C) 보고서의 양식과 필요한 정보를 구체적으로 제공하고, 그의 의견을 듣는다. 그를 다른 팀원들에게 한 명 한 명 소개한다. 수시로 그와 함께 진행상황을 점검하면서, 수정이 필요한 부분이 있으면 지도한다.

D) 부서에 새로 들어온 것을 환영해 주고, 그에게 도움이 되어줄 만한 팀원들을 소개시켜 준다. 혹시라도 문제가 생기면 처음부터 다시 스스로 점검해 보라고 한다. 가능한 한 본인에게 맡긴다.

3 최근 'A'라는 팀원의 일하는 모습을 보니, 업무수행에 문제가 있다는 생각이 든다. "될 대로 되라"는 식의 태도를 보이고 있는 것이다. 끊임없이 재촉해대지 않으면 일에 진척이 없다. 그에게 지금 매우 긴급한 업무를 맡겨 두었는데, 아무래도 그 일을 해낼 능력이 부족하지 않나 걱정이 된다.

당신은……

A) 일을 하는 방법과 요구되는 성과를 구체적으로 설명한다. 보고서의 내용과 제출기한을 명시한다. 일이 예정대로 진행되고 있는지 수시로 점검한다.

B) 이번에 맡겨진 업무에 대해서 어떻게 생각하는지 묻는다. 일을 하는 방법과 요구되는 성과를 구체적으로 설명한다. 아이디어를 내 보라고 하고, 적절하다고 판단되면 수용한다.
일이 예정대로 진행되고 있는지 점검한다.

C) 문제해결에 이 팀원을 참여시킨다. 도움을 주겠다는 의사를 전달하되, 스스로의 아이디어를 활용하여 임무를 완수할 수 있도록 격려한다. 주어진 업무에 대한 그의 느낌을 묻는다. 일이 어떻게 진행 중인지 정기적으로 확인한다.

D) 이 일의 중요성을 이해시킨다. 이 업무를 완수하기 위한 그의 계획을 작성해서 당신에게 사본을 보내달라고 한다. 혹시라도 문제가 생기면 처음부터 스스로 점검해 보라고 한다.

4 회사 조직개편에 의해 우리 팀의 임무에도 변화가 있었다. 새로운 임무에 대해서 지식이나 기술은 부족하나 새로운 변화에 잘 적응해 보겠다는 의욕과 포부는 대단하다.

당신은……

A) 팀원들에게 성과향상을 위해 자신들에게 어떤 교육이나 훈련이 필요한지 밝히고 스스로 계획을 세워보라고 한다. 지금까지 잘 해왔으니 팀원들에게 일임한다.

B) 문제해결을 위한 당신의 계획을 팀원과 상의한다. 그들의 의견을 묻고, 괜찮은 아이디어가 있으면 계획에 반영시킨다. 당신 생각의 근거나 이유 역시 충분히 설명한다. 계획대로 진행이 되어가는지 관찰한다.

C) 문제해결을 위해 팀원들이 따라야 할 단계적인 행동방침들을 알려 준다. 그들이 어떤 기술을 언제까지 습득해야 할 것인지도 구체적으로 제시한다. 계획대로 잘 진행이 되고 있는지 꼼꼼히 감독한다.

D) 팀원들이 성과향상을 위한 계획을 세울 수 있도록 도와준다. 창의적인 아이

디어를 낼 수 있도록 격려한다. 대원들이 제출한 계획을 지원하여 주고, 주기적으로 성과를 체크한다.

5 예산삭감으로 인해 팀 내 업무통합이 필요해졌다. 당신은 경험이 아주 많은 한 팀원에게 이 일을 맡겼다. 이 팀원은 팀의 모든 업무를 거친 사람으로, 이 통합 작업의 적임자라는 생각이 든다. 그런데 과거에는 일을 열심히 했던 이 팀원이, 지금은 이상하게도 일에 관심이 없는 것 같다.

당신은……

A) 그에게 자신감을 심어준다. 이 프로젝트를 수행하는 절차를 설명해 준다. 그의 아이디어를 묻고, 좋은 아이디어가 있으면 받아들인다. 그러나 전반적인 접근법에 있어서는 당신의 생각에 따르게 한다. 진행상황을 자주 확인한다.

B) 그에게 자신감을 심어준다. 팀원 자신의 생각대로 이 프로젝트를 수행하라고 한다. 인내심을 갖고 그가 필요로 할 때마다 도움을 제공하라. 주기적으로 진행상황을 알려달라고 한다.

C) 그에게 자신감을 심어준다. 업무를 수행하기 위한 최선의 방법을 스스로 결정하게 한다. 그가 세부적인 선택사항들을 처리하는 것을 돕고, 그 자신의 아이디어를 활용하도록 격려한다. 일이 진척될 때마다 함께 점검하기로 한다.

D) 그에게 자신감을 심어준다. 전체적인 계획을 세워 주고, 그것을 체계적으로 따르게끔 한다. 각 단계별로 제대로 수행이 되고 있는지 수시로 확인을 해준다.

6 '**B'라는 팀원이 이달 들어 벌써 두 번째로 실책을 범했다. 부정확한 보고서를, 그것도 제출 기한을 넘겨서 제출한 것이다. 그동안 그는 정확한 보고서를 정해진 기한 내에 제출했었다. 그와 이런 문제로 이야기하는 것은 이번이 처음이다.**

당신은……

A) 보고서의 정확성을 높이고 제출시한을 지키라고 한다. 부정확한 부분을 함께 점검하면서, 그에게 기대하는 바가 무엇이며 보고서의 각 부분을 어떻게 채워야 하는지를 분명히 알려준다. 업무 수행을 지속적으로 지켜본다.

B) 정확한 보고서를 기한 내에 제출하라고 부드럽게 말한다. 업무 수행을 맡기고 지켜본다.

C) 보고서를 작성하는 시간과 완성도에 대해 그와 의논한다. 그의 생각을 잘 들어보되, 그가 자신에게 기대되는 바를 분명히 이해하게끔 한다. 보고서의 각 부분을 하나하나 살피면서 그가 궁금해하는 모든 질문에 답해준다. 가능하다면 그의 아이디어를 활용한다. 업무 수행을 지속적으로 지켜본다.

D) 보고서가 미비했던 이유를 묻고, 그의 말에 귀를 기울인다. 그래서 그가 정확

한 보고서를 제시간에 제출하는 것이 왜 중요한지를 이해할 수 있도록 해 준다. 업무 수행을 옆에서 지켜보고, 필요한 것을 지원한다.

7 당신은 지금까지 뛰어난 성과를 보여온 팀원에게 새 프로젝트를 맡겼다. 이 프로젝트는 당신 회사의 장래에 중대한 영향을 미칠 만한 것이다. 그는 새로 맡은 이 일에 대해서 의욕에 불타고 있지만, 프로젝트에 관한 정보가 부족하기 때문에 어디에서부터 손을 대야 할지 모르고 있다.

당신은……

A) 그가 어떤 점에서 이 일의 적임자인지를 설명한다. 앞으로 어떤 문제점들이 생겨날 것 같은지 그의 생각을 묻고, 그에 대한 대안을 찾을 수 있도록 돕는다. 지속적으로 연락을 취하며 그를 지원한다.

B) 프로젝트의 수행방법을 구체적으로 지시한다. 업무를 완수하기 위하여 어떤 활동들이 필요할지를 정한다. 진행상황을 면밀히 감독한다.

C) 프로젝트를 완수하기 위한 계획안을 준비해서 당신에게 알려주도록 요청한다. 프로젝트 시작 때까지 충분한 시간을 주고 재촉하지 않는다. 정기적으로 그가 필요로 하는 지원을 제공한다.

D) 프로젝트를 어떤 식으로 진행하라고 알려주고, 그의 아이디어나 제안을 들

어본다. 좋은 아이디어는 채택하되 당신이 가지고 있는 기본방침은 지켜나간다. 일의 진척상황을 자주 점검한다.

8 팀원 중 한 명이 이번에 할당받은 업무에 대해서 불안해하고 있다. 하지만 이 팀원은 대단히 유능해서 이 업무를 충분히 성공적으로 완수할 수 있다는 것을 당신은 알고 있다. 마감일은 얼마 남지 않았다.

당신은……

A) 마감일이 가까워져서 걱정이 된다고 알린다. 대안으로 취할 수 있는 행동들을 함께 찾아보고 팀원 스스로의 아이디어를 살려 보도록 격려한다. 정기적으로 확인하고 필요한 지원을 해 준다.

B) 마감일이 가까워 오는데 어떻게 되어가느냐고 물어본다. 그를 위해 활동계획서를 만들어 주고, 그의 의견을 묻는다. 그가 변경하고자 하는 사항들을 받아들이되, 당신이 처음에 만든 큰 틀은 벗어나지 않도록 한다. 자주 일의 진척상황을 확인한다.

C) 그가 어떤 단계를 거쳐 업무를 수행해야 하는지 알려준다. 마감일이 지켜져야 하는 이유도 자세하게 설명한다. 진행상황을 면밀히 감독한다.

D) 혹시 무슨 문제는 없는지 물어보되, 해결은 그 스스로 하도록 맡긴다. 마감일

이 임박했음을 인식시킨다. 그러나 재촉하지는 않는다. 보고할 것이 생기면 알려 달라고 한다.

9 팀원들이 업무 스케줄을 바꿔달라고 요청했다. 당신의 생각으로도 그렇게 하는 것이 좋겠다고 판단된다. 팀원들은 대단히 유능하고 서로 잘 협력하고 있다.

당신은……

A) 팀원들이 스케줄을 새로 짜는 것을 돕는다. 필요하다면 당신이 그들의 그룹 토의를 진행해 준다. 그들이 만든 수정안을 지원하고, 새로 바뀐 스케줄이 어떻게 실행되고 있는지 점검한다.

B) 직접 스케줄을 새로 짠다. 새로 수정된 사항들에 대해 이유를 팀원들에게 설명한다. 그들의 반응에 귀를 기울이고, 아이디어를 구한다. 좋은 아이디어가 있다면 채택한다. 팀원들이 새로 바뀐 스케줄을 제대로 실행하고 있는지 점검한다.

C) 팀원들이 자율적으로 스케줄을 짜도록 내버려 둔다. 당신의 승인만 거치면 자신들이 스스로 실행할 수 있게 한다. 그러고 나서 나중에, 스케줄을 바꾼 것이 효과가 있는지를 확인한다.

D) 직접 스케줄을 새로 짠다. 이 새로운 스케줄이 어떻게 실행될 것인지 구체적으로 설명하고 팀원들에게 질문이 있으면 답해준다. 새로운 스케줄이 잘 지켜지

고 있는지 수시로 점검한다.

10 인사이동으로 인해, 지난 3개월 동안 실적이 하향곡선을 그리고 있는 팀원 6명이 귀하의 팀에 새로 배치되었다. 그런데 이들은 업무 관련 지식도 별로 없는 것 같고, 새로 맡은 일에 필요한 기술도 갖추지 못한 것 같다. 게다가 인사이동 때문인지 업무태도도 나빠졌다.

당신은 회의에서……

A) 그들의 과거 3개월간 실적이 하향 추세임을 본인들에게 지적한다. 그들 스스로 대책을 강구하고 그 대책을 실행하기 위한 시한을 정하게 한다. 어느 정도 때가 되면, 진행이 어떻게 되어가는지 점검한다.

B) 그들의 과거 3개월간 실적이 하향 추세임을 본인들에게 지적한다. 그들이 어떤 행동을 취해야 할지를 구체적으로 제시해 주고, 실적을 개선할 수 있도록 세부적으로 지도한다. 진척상황을 면밀히 감독한다.

C) 그들의 과거 3개월간 실적이 하향 추세임을 본인들에게 알려준다. 그들이 어떤 행동을 취해야 할지를 이유와 함께 구체적으로 제시해 주고, 그들의 생각을 들어본다. 가능할 경우 그들의 아이디어를 수렴하되 당신의 기본적인 틀은 지키도록 한다. 진척상황을 수시로 점검한다.

D) 그들의 과거 3개월간 실적이 하향 추세임을 본인들에게 알려준다. 실적이 하락하고 있는 원인이 무엇인지 묻는다. 그들의 고충과 의견에 귀를 기울인다. 그들 스스로 실적향상계획을 세우는 것을 돕는다. 진척상황을 정기적으로 점검한다.

11 귀하의 팀원 중 한 명이 지난 2년 동안 우수한 실적을 보여왔다. 그는 내년에도 좋은 실적을 올릴 것이라는 기대에 차있다. 내년도 팀의 목표나 예산은 금년도와 비슷한 수준이다. 그와 함께 내년도 목표와 계획을 의논하면서

당신은······

A) 그에게 내년도 목표와 계획을 직접 작성해서 당신의 승인을 받으라고 한다. 검토해 보고 의문점이 있으면 부르겠다고 말한다.

B) 그가 내년도에 달성 가능할 것 같은 목표와 계획의 목록을 당신이 준비한다. 그 목록을 팀원에게 보내주고, 그 후 그를 직접 만나 질문이 없는지 물어본다.

C) 그가 내년도에 달성 가능할 것 같은 목표와 계획의 목록을 당신이 준비한다. 팀원을 만나 그의 반응과 제안을 듣고 의논한다. 그의 아이디어를 듣고 필요하다고 판단되면 계획을 변경하지만 최종결정은 당신이 한다.

D) 그에게 내년도의 목표와 계획안을 보내달라고 한다. 그 목표와 계획들을 그와 함께 검토한다. 그의 생각에 귀 기울여주고, 수정안 작성을 돕는다. 자신의

목표와 계획에 대한 결정을 그가 스스로 할 수 있도록 한다.

12 귀하의 팀원들은 지난 2년 동안 대단히 훌륭한 실적을 보여 주었다. 그러나 최근 불가항력적인 외부요인으로 인해 3번의 중대한 실패를 경험했다. 팀원들이 다소 불안해하고 자신감이 없어 보인다.

당신은 회의에서……

A) 최근의 실패들에 대해서 의논한다. 실적을 향상시키기 위해서 그들이 취해야 할 행동을 구체적으로 이야기한다. 업무성과를 면밀히 감독한다.

B) 최근의 실패들에 대해서 그들은 어떻게 생각하는지 묻는다. 그들의 고충을 들어주고 격려하여 그들이 실적 향상을 위한 아이디어를 찾아낼 수 있도록 돕는다. 정기적으로 실적을 확인한다.

C) 최근의 실패들에 대해서 의논한다. 실적을 향상시키려면 그들이 어떻게 해야 하는지 분명히 제시해 준다. 그들의 아이디어를 잘 듣고, 가능할 때에는 반영시킨다. 결과를 강조한다. 지속적으로 노력하도록 격려한다. 수시로 실적을 점검한다.

D) 최근의 실패들에 대해서 의논하되 팀원들에게 부담을 주지 않도록 한다. 실적을 개선하기 위한 기한을 정하고 그 과정에서 서로 협력하라고 한다. 정기적으로 실적을 확인한다.

13 최근 당신 팀에 팀원이 한 명 새로 배치되었는데, 그는 앞으로 팀에서 중요한 일을 수행할 예정이다. 그는 이 일에 경험이 없지만 대단히 의욕적이고 자신감을 갖고 있다.

당신은……

A) 그가 스스로 업무를 파악하고 일할 방법을 결정할 수 있도록 시간을 준다. 그가 맡은 일이 왜 중요한지를 알려준다. 자율적으로 알아서 하되, 도움이 필요하면 당신에게 연락하라고 한다. 그의 성과를 정기적으로 점검한다.

B) 그가 언제까지 어떤 성과를 내야 하는지 구체적으로 이야기한다. 목표를 달성하기 위해 그가 취하고 밟아야 할 단계들을 명확하게 알려준다. 그 일을 어떻게 해야 하는지 그에게 보여준다. 업무의 진척상황을 면밀히 감독한다.

C) 그가 언제까지 어떤 성과를 내야 하는지에 대해 이야기를 나눈다. 목표를 달성하기 위해 그가 어떤 행동을 취할 수 있을지에 대해서도 명확하게 알려준다. 그런 행동들이 왜 필요한지를 그에게 설명한 뒤 그의 의견도 들어본다. 필요하다면 그의 의견을 반영하되 당신의 기본방침은 준수하도록 한다. 진척상황을 수시로 점검한다.

D) 그가 앞으로 자신의 업무를 어떻게 다룰 것인지 계획을 들어본다. 그리고 어떤 문제점들이 생겨날지 예상해 보고 그 대책을 강구하도록 돕는다. 그가 자신의 계획을 밀고 나갈 수 있도록 격려한다. 고충이 있을 경우 언제라도 와서 상담

하라고 한다. 진척상황을 주기적으로 점검한다.

14 귀하 팀의 소요 예산을 7% 감소시키라는 지시가 내려왔다. 가능한 일이라는 것을 알지만, 이를 위해서는 당신의 적극적인 개입이 필요하다. 이 일을 위해 시간을 내려면 당신 업무 중의 하나인 비용관리 시스템 개발업무를 팀원 중 누군가에게 할당하지 않으면 안 됩니다. 당신이 생각하고 있는 팀원은 비용관리 시스템에는 상당한 경험이 있으나 이 일을 혼자서 수행하는 것에 대해서는 약간 자신이 없어 보인다.

당신은⋯⋯

A) 해당업무를 그에게 맡기고 그가 염려하는 부분이 무엇인지 들어본다. 당신이 그를 적임자라고 생각하는 이유를 말해 준다. 그가 괜찮다고 생각하는 업무방식이 있으면 얼마든 시도해 볼 수 있게 한다. 필요한 자원을 제공함으로써 격려하고 지원한다. 실적을 주기적으로 점검한다.

B) 해당업무를 그에게 맡긴다. 업무를 완수하기 위해서 해야 할 조치를 알려준다. 팀원에게 아이디어와 제안을 요청한다. 좋은 아이디어가 있으면 받아들이지만 당신의 기본 틀은 지키도록 한다. 진행상황을 점검한다.

C) 해당업무를 그에게 맡긴다. 그가 염려하는 부분이 무엇인지 들어보되 해결은 스스로 하게 놔둔다. 새 일에 적응할 수 있는 시간을 주고, 결과를 재촉하지 않

는다. 수시로 보고를 해달라고 한다.

D) 해당업무를 그에게 맡긴다. 그가 염려하는 부분이 무엇인지 들어보고 이 일을 어떻게 하면 되는지 구체적으로 알려줌으로써 그의 불안감을 최소화시킨다. 어떤 행동들을 취해야 하는지 알려주고 가까이에서 진척상황을 면밀히 감독한다.

15 귀하의 팀원 중 한 사람을 전사적인 프로젝트 팀에 파견하라는 지시가 내려왔다. 이 프로젝트 팀에서는 회사의 복리후생에 대한 대폭적인 개선안을 만들게 된다. 당신은 대단히 유능한 팀원을 한 사람 선정했고, 그는 동료들이 기존 제도에 대해서 어떻게 생각하고 있는지를 잘 알고 있다. 이 팀원은 전에 다른 프로젝트를 성공적으로 수행한 적이 있다. 이 대원도 이 일을 하고 싶어 하고 있다.

당신은……

A) 그에게 그 일을 맡기되, 회사의 복리후생에 대한 동료들의 견해를 그가 어떤 식으로 대변해야 할지 얘기해 준다. 팀 미팅이 있을 때마다 이틀 안에 진척상황에 관한 보고서를 제출하라고 지시한다.

B) 그에게 그 일을 맡아달라고 한다. 그 프로젝트에 대해 어떤 관점을 가지고 임할 것인지 그가 생각을 정리할 수 있도록 돕는다. 정기적으로 진행상황을 점검한다.

C) 그에게 그 일을 맡긴다. 동료들의 의견을 확실히 반영하려면 그가 어떻게 해야 할 것인지를 함께 의논한다. 그의 의견을 물어보되, 당신이 세운 기본방향은 벗어나지 않도록 한다. 팀 미팅이 있을 때마다 보고서를 제출하라고 지시한다.

D) 그에게 그 일을 맡긴다. 일이 진행되어 가는 중에 새로운 사항이 생길 때는 당신에게 알려달라고 부탁한다.

16 당신은 집안의 우환으로 인해 자신이 주재하는 위원회에 2차례나 참석을 하지 못했다. 그런데 이번 회의에 참석해 보니 위원회는 잘 운영되고 있고 목표를 향해 착실히 진행해가고 있었다. 위원회 멤버들은 사전에 준비를 성실하게 해서 회의에 출석하고 활발하게 발언하며 순조로운 진척에 대해서 대단히 즐거워하고 있는 것 같다. 그러자 한편으로 당신은 자신의 역할은 도대체 무엇인지 모르겠다는 생각이 든다.

당신은……

A) 지금까지의 성과에 대해서 위원들에게 고마움을 표시한다. 지난 두 번의 회의에서 해온 것처럼 앞으로도 계속해서 잘해달라고 한다.

B) 지금까지의 성과에 대해서 위원들에게 고마움을 표시한다. 다음번 회의를 위한 안건을 결정하고, 위원회의 활동을 지휘한다.

C) 지금까지의 성과에 대해서 위원들에게 고마움을 표시한다. 그들로부터 아이디어와 제안을 요청하고, 그들이 자신들의 존재감과 소속감을 느끼게끔 최선을 다한다.

D) 지금까지의 성과에 대해서 위원들에게 고마움을 표시한다. 다음번 회의의 안건을 정하되 다른 위원들의 아이디어와 의견을 요구하고 참고한다.

17 귀하의 팀원들은 매우 능력이 뛰어나고, 독자적으로도 훌륭하게 업무를 수행한다. 더구나 최근에 업무를 성공적으로 완료했기 때문에 현재 의욕이 넘쳐 있다. 팀 전체의 업무수행도 뛰어나다. 자, 지금 당신은 내년도 팀 목표를 세우려 하고 있다.

당신은 회의에서……

A) 금년도의 업적을 칭찬한다. 팀원들을 문제해결과 내년도 목표설정에 참여시킨다. 새롭고 참신한 아이디어를 내도록 격려하고 새로운 방안을 찾도록 돕는다.

B) 금년도의 업적을 칭찬한다. 내년도 목표를 설정함으로써 도전의식을 불어넣고, 그 목표를 달성하기 위해 필요한 조치들을 제시한다.

C) 금년도의 업적을 칭찬한다. 팀원들 자신이 내년도 목표를 세우고 그것을 달성하기 위한 실천계획을 만들게 한다. 대원들이 요청해 오면 당신도 도움을 준다.

D) 금년도의 업적을 칭찬한다. 당신이 직접 내년도 목표와 실시계획을 세운다. 대원들의 아이디어와 제안을 들어보고, 가능하다고 여겨지면 채택한다.

18 당신은 당신의 팀이 장기적인 성과 향상을 이루기 위해서는 현재의 업무 처리 절차를 바꿀 필요가 있다는 것을 알고 있다. 팀원들도 그것을 열렬히 원하지만, 각 개개인의 업무가 세분화되어 있기 때문에 업무 전반을 이해하는데 필요한 지식과 기술은 결여되어 있다.

당신은……

A) 새로운 업무절차를 제시하고, 그것을 실제로 실행하기 위한 당신의 계획을 내놓는다. 다른 대안은 없는지 대원들과 함께 토의해 보고, 타당하다고 판단되면 그들의 제안을 활용한다. 하지만 당신이 정한 큰 틀에서는 벗어나지 않도록 한다. 새로운 업무절차가 제대로 지켜지고 있는지, 그 결과는 어떠한지를 수시로 점검한다.

B) 새로운 업무절차를 제시하고 보여준다. 그리고, 새로운 절차가 처음부터 바르게 지켜지도록 세밀하게 지시하고, 결과를 면밀히 감독한다.

C) 팀원들이 모두 함께 새로운 업무절차에 대해 알아보고 토의하게 한다. 팀원들이 주도적으로 창의성을 발휘하여 새로운 절차를 생각해 낼 수 있도록 격려한다. 가능한 대안들을 모두 찾을 수 있도록 돕는다. 새로운 업무절차가 잘 활용

되고 있는지를 정기적으로 점검하고, 성과를 관찰한다.

D) 팀원들에게 새로운 처리절차를 만들어 실시하라고 한다. 당신은 필요한 정보는 제공하지만, 이 임무에 대한 책임은 대원들이 진다. 새로운 업무절차를 실시한 후 정기적으로 성과를 점검한다.

19 귀하는 최근에 팀장 자리를 맡았다. 그런데 당신이 팀을 맡은 뒤로 실적이 떨어졌다는 것을 알게 되었다. 기술적인 면에서 큰 변화가 있었는데, 팀원들이 새로운 기술을 제대로 습득하지 못한 것이다. 더욱 큰 문제는 그들이 그 기술을 배워볼 의욕도 없어 보인다는 점이다.

당신은 회의에서……

A) 팀의 실적이 떨어진 이유에 대해서 토론한다. 팀원들의 고충을 듣고, 실적을 향상시킬 수 있는 방안을 내어 보라고 한다. 그들이 제시한 방안에 대해서는 신뢰를 표시하고, 그들이 과거에 보여 주었던 열의와 노력을 강조한다. 그들이 제시한 전략을 실행하면서 실적이 어떻게 개선되어 가는지 점검한다.

B) 팀원들이 시정했으면 하는 사항들을 이야기한다. 다른 대안들을 말해보게 하고 그들의 아이디어를 수렴한다. 필요하다고 생각되면 계획을 수정하되, 시정사항이 반드시 준수되도록 한다. 그들의 실적을 수시로 점검한다.

C) 실적이 떨어졌다는 것을 팀원들에게 알려준다. 그들에게 문제를 분석하고 개선방안을 스스로 마련해 당신의 승인을 받게 한다. 계획안 작성의 시한을 정하게 하고, 제대로 시행되는지 점검한다.

D) 팀원들이 시정했으면 하는 사항들을 제시하고 지도한다. 각자의 역할과 책임, 그리고 기준을 명확하게 정한다. 실적이 향상되고 있는지 수시로 확인한다.

20 당신은 경험이 부족한 대원 한 명이 업무를 제대로 처리하지 못하고 있다는 것을 알게 되었다. 이 대원이 제출한 보고서는 부정확하고 완벽하지 못했다. 이 대원은 자기 일에 열의가 없고, 서류작성 같은 일은 시간 낭비라고 생각한다.

당신은……

A) 그가 제출하는 보고서가 부정확하고 질이 떨어진다는 사실을 그에게 알려준다. 대원이 따라야 할 서류작성 절차에 관해 논의하고 왜 이러한 절차가 중요한지 알려준다. 그의 의견을 묻되, 당신이 제시한 큰 틀은 반드시 지켜지도록 한다. 그가 작성하는 서류를 수시로 점검한다.

B) 그가 제출하는 보고서가 부정확하고 질이 떨어진다는 사실을 그에게 알려준다. 서류 작업의 시한을 그가 스스로 정하고 지키도록 요청한다. 일을 제대로 할 수 있도록 보다 많은 시간을 허용한다.

C) 그가 제출하는 보고서가 부정확하고 질이 떨어진다는 사실을 그에게 알려준다. 이에 대해 어떻게 할 생각인지 묻고, 그가 문제 해결 방안을 마련하는 것을 돕는다. 그의 서류 작업을 정기적으로 점검한다.

D) 그가 제출하는 보고서가 부정확하고 질이 떨어진다는 사실을 그에게 알려준다. 보고서의 완성도와 질을 높이기 위한 구체적인 방법과 절차를 알려 준다. 시한을 정하고, 그가 취해야 할 조치를 구체적으로 제시한다. 그의 서류 작업을 가까이에서 감독한다.

리더십 유연성 분석표

문항	S1	S2	S3	S4	비고
1	A	C	D	B	
2	A	C	B	D	
3	A	B	C	D	
4	C	B	D	A	
5	D	A	B	C	
6	A	C	D	B	
7	B	D	A	C	
8	C	B	A	D	
9	D	B	A	C	
10	B	C	D	A	
11	B	C	D	A	
12	A	C	B	D	
13	B	C	D	A	
14	D	B	A	C	
15	A	C	B	D	
16	B	D	C	A	
17	B	D	A	C	
18	B	A	C	D	
19	D	B	A	C	
20	D	A	C	B	
합계((A)					
표준(B)	5	5	5	5	
유연성(A-B)					

요즘 시대, 요즘 세대, 요즘 리더

리더십 유연성 분석

1. 리더십 유연성 항목 구분 난은 각각 4 가지의 리더십 유형을 가리킨다.

   # S1 : 높은 지시행동, 낮은 지원행동

   # S2 : 높은 지시행동, 높은 지원행동

   # S3 : 높은 지원행동, 낮은 지시행동

   # S4 : 낮은 지원행동, 낮은 지시행동

2. O표가 가장 많이 나온 항목이 주로 사용하는 1차 리더십 유형이다.

   2차 리더십 유형은 O표가 2개 이상이며 두 번째로 많은 항목이다.

   개발해야 할 리더십 유형은 O표가 1개 이하인 모든 항목이다.

리더십 유연성 점수

1. 여러분의 리더십 유연성 점수를 계산하려면, 각 난의 점수에서 5를 뺀 절대값을 구한다.

   # 3 - 5 = -2, -2 의 절대값 |-2| = 2

2. 각각의 점수를 더한다.

   # 30 에서 소계를 뺀 값이 여러분의 리더십 유연성 점수이다.

3. 리더십 유연성 점수는 14 - 16점을 기준으로 삼는다.

   # 0 ~ 4 점 : 매우 고착되어 있다.

   # 8 ~ 12 점 : 고착되어 있다.

   # 14 ~ 16 점 : 중간이다.

   # 18 ~ 24 점 : 유연하다.

   # 26 ~ 30 점 : 매우 유연하다.

리더십 효과성 분석표

문항	P	F	G	E	비고
1	B4	D3	A	C	
2	D4	B3	C	A	
3	D4	C3	A	B	
4	A4	D3	B	C	
5	D1	A2	C	B	
6	A1	C2	B	D	
7	C4	A3	D	B	
8	C1	B2	D	A	
9	D1	B2	A	C	
10	A4	D3	B	C	
11	B1	C2	D	A	
12	A1	C2	D	B	
13	A4	D3	C	B	
14	D1	B2	C	A	
15	A1	C2	B	D	
16	B1	D2	C	A	
17	B1	D2	A	C	
18	D4	C3	A	B	
19	C4	A3	D	B	
20	B4	C3	D	A	
합계(A)					
X비중	X(-2)	X(-1)	X(+1)	X(+2)	
효과성(AX비중)					

요즘 시대, 요즘 세대, 요즘 리더

리더십 효과성 분석

1. 리더십 효과성에서 높은 점수를 얻으려면, 리더십 유형 선택에서 높은 유연성을 보여야 함은 물론이고, 동시에 각각의 상황에 가장 적절한 리더십 유형을 선택해야 한다.

2. 리더십 효과성의 각 난에는 부족(Poor : P), 보통(Fair : F), 우수(Good : G), 최우수(Excellent : E) 라는 제목이 붙어있다.

3. 각 난의 밑에 있는 합계는 설문지에서 여러분들이 각각에 해당하는 답을 선택한 횟수를 보여주는 것이다.

리더십 효과성 점수

1. 여러분의 리더십 효과성 점수를 알려면 P, F, G, E 칸의 점수를 각각의 합계 난 밑에 있는 숫자와 곱해서 그 값을, 맨 밑 네모 안에 적는다. 그 값 네 개를 모두 합한다. 점수는 –40 점에서 +40 점까지 분포된다. 낮은 점수는 낮은 효과성을 의미하는데, 이는 여러분이 20개 상황에서 선택한 답이 P나 F가 많았다는 것을 의미하며, 또한 높은 점수는 높은 효과성을 의미하는데, 여러분이 G나 E를 더 많이 선택했다는 뜻이다.

2. 리더십 효과성 점수는 -6 점 - + 6 점을 기준으로 삼는다.

   # +40 ～ +30 점 : 매우 효과적이다.

   # +29 ～ +20 점 : 효과적이다.

   # +19 ～ + 9 점 : 다소 효과적이디.

   # + 8 ～ - 8 점 : 보통이다.

   # - 9 ～ - 19 점 : 다소 비효과적이다.

   # - 20 ～ - 29 점 : 비효과적이다.

\# - 30 ~ -40 점 : 매우 비효과적이다.

리더십 비효과성 원인 분석

1. 리더십 효과성을 높이려면 여러분 리더십 유형 선택의 적절성을 검토하는 것이 도움이 된다.

2. 리더십 효과성의 P와 E 칸에 있는 알파벳들의 오른쪽을 보면 숫자들이 조그맣게 적혀 있을 것이다. 그 숫자들은 리더십 유형을 표시한 것이다.

3. 여러분이 P 또는 F를 맞은 항목 중에서, 한 가지 리더십 유형에서 P 나 F의 개수가 2개 이상이라면 이는 여러분이 리더십 유형을 선택할 때 상대방의 발달단계를 고려하지 않는다는 것으로 해석할 수 있다.

4. 그 경우에는 여러분이 작성한 설문지로 돌아가서 상황을 재 분석해서 여러분들이 왜 해당 리더십 유형을 부적절하게 사용하는 지를 검토해 보는 것이 바람직하다.

요즘 시대, 요즘 세대, 요즘 리더